一本木透

あなたに心はありますか？

小学館

あなたに心はありますか？

第一章

陰謀の影

《二〇××年九月二十日、メディア・アンカー社、ＫＣプロジェクト配信スタート》

1

風と緑が語らう場所――。

私は、自身が「特任教授」をつとめる東央《とうおう》大学のキャンパスをそう呼んでいる。

工学部研究棟の十七階にある、ここ特任教授室からは、都心でありながら緑豊かな広大な敷地がのぞめる。

九月に入り、新学期がスタートした。

車イスで窓の前まで移動する。

下をのぞくと芝生ゾーンに学生たちが憩っている。ゆるいカーブを描いた歩道にそって、スイートアリッサム、日日草などの小さな花が植えられている。風が吹くと、木々や草花が波のように揺れていく。わが東央大学は、そんな安らぎの学びの場だ。

胡桃沢《くるみざわ》宙太《ちゅうた》。三十九歳。

私は、工学部のＡＩ情報科学科で教鞭《きょうべん》をとっている。

数年前、「国際ＡＩ技術研究所」の所長だった私は、本学に招かれた。そして今、わが胡桃沢研究室では、産学官共同の一大研究開発「Ｋ　Ｃ《ココロ・クリエーション》プロジェクト」に取り組んでいる。

ＡＩロボットに心を持たせる――。

それは、世界中の科学者の「夢」とされてきた。

鉄腕アトム、フランケン・シュタイン、ドラえもん……。SFの世界では、人間が科学の力で創り出した心を持ったロボットなどが登場する。だが、それが現実に可能なのか、ただの「夢物語」でしかないのかはわからない。まだ、だれも成し遂げたことがない。それゆえ価値ある挑戦ともいえる。

そもそも「心」とは何か。

知性、感情、意識、自我、精神、魂――。

類語は数知れない。「心」の定義はあまりに広すぎる。そして、それらが脳内でどうやって発生するのか、メカニズムはいまだ解明されていない。だからだろう。科学者は「雲をつかむような謎」にこそ惹《ひ》かれるものだ。

もし「脳」の仕組みをそっくり再現できれば、科学技術で創り出せるかもしれない――。多くの科学者がそこに一縷《いちる》の望みを託す。「心を創るなど神の領域だ」という声に、夢はかき消されそうにもなる。でも、もし不可能であっても、その生成過程を突きとめようとすることにきっと意味はある。それは「人間とは何か」の探求の旅でもあるからだ。


こんな、よく晴れた日の夕方には、この部屋に奇跡のような時間が訪れる。

淹《い》れたてのコーヒーを口に運びながら、ゆったりその時を待つ。まもなくみられる。この部屋が「夕暮れギャラリー」になるのだ。

西の窓から、傾いた陽《ひ》がさしこんできた。

とたんに雲の端々が茜《あかね》色に染まりだす。すきまから夕陽が放射線状に広がった。私は、ながめる位置を変えて、理想の画角をさぐる。

よし、ここだ。

色の配分、雲の配置、全体の構図——完璧だ。

景色が四角い窓枠におさまり、一枚の美しい絵画として立ちあがる。

天空のキャンバスはどんどん暗くなっていく。雲間からさしこむ光は、この世で一番明るい場所にみえた。雲はゆっくり風に動き、少しずつ形を変えていく。どの瞬間をとっても、一度しかみられない「偶然の芸術」だ。

部屋の中に目を向ける。

今度は東の「額縁」だ。

車イスを滑らせて反対側の窓に移動する。

都会のビル群が見渡せる。その中に一棟だけガラス張りの高層ビルがある。周囲に反射する物がないからだろう。夕陽に照らされると、それは、薄闇の東の地平にそびえ立つ「金の延べ棒」になる。

ほんの数分間みられる、自然と人工物の融合だ。

風景が美しいのか。それを美しいと思う私の心が先にあるのか——。

そんな思索にふと囚《とら》われる。それは哲学の領域かもしれない。明確な「解」を教え導く工学部の特任教授でありながら、そんな答えの出ない謎かけが、私は好きだ。

この窓からの光景は、だれにも教えたことがない。コーヒーをまた口に運ぶ。自分だけの至福の時間と空間だ。邪魔されたくない。

スマホが鳴った。

わが研究室で助教をつとめる石神結衣《いしがみゆい》からだ。あわてて電話に出る。

「胡桃沢先生。いまどこですか？」

いつもおだやかな結衣の声が、やけにとがっている。

「え？　研究棟の私の部屋だけど」そう答えながらも、もしやの思いにかられて聞き返す。

「本部キャンパスの大講堂での講演は今日だった？」

「ちょっと！　もう講演三十分前ですよ。そこから何分かかると思ってるんですか」

あろうことか日にちを間違えている。今日はＫＣプロジェクトへの挑戦スタートを対外的に発表するシンポジウム開催の日だった。「メディア・アンカー社」のネット配信中継もあると聞いていた。番組はすでに始まっていて、会場では現在、幕が上がる前に『ＡＩの歴史を振り返る』というドキュメント映像を上映中だという。

結衣の声が動揺している。

「胡桃沢先生の講演スタートまで、まだギリギリ間に合います。でも、もう打ち合わせの時間はありませんから、大講堂に着いたらそのまま登壇していただきますよ」

腕時計をみた。

午後五時三十分。講演のスタートは午後六時だ。

いつもなら「金の延べ棒」が消えるまで見届けるところだが、そんな余裕はもちろんない。

「わかった。すぐに行く」

ここから、本部キャンパスの大講堂までは十五分以上かかる。あわてて資料を抱え込み、電動車イスの下の収納スペースにしまいこむ。車イスで最上階の十七階からエレベーターで階下に降り、工学部の研究棟を出た。

大講堂のそびえる本部キャンパスに向かう。

講演スタートまであと二十分。車イスを手動から電動に切り替え、スピードをフルにあげた。ところが行く手には、講義を終えた学生たちの波が、横に広がってこちらにむかってくる。

私はあわてて声をあげた。

「ごめんね。みんな通してくれる?」

「あ。胡桃沢先生が通るよ」男子学生が周囲に知らせてくれた。

学生たちの波が、真ん中から二つに割れて、見通しがよくなった。

よけてくれるのは私が車イスだから、だけではない。学内の名物「特任教授」と知ってのことだろう。週一コマ九十分の、私の講義「AIの未来を語ろう」は、学生たちに大人気で抽選になるほどだ。今では二百人収容の大教室で講義をしている。彼らにとって私は、少し歳《とし》の離れた兄貴のような存在らしい。

いまも女子学生が、私の視線の先に歩み出て「胡桃沢先生、講演がんばってください」と手を振ってくれた。「ありがとう」私も手をあげる。「みんな道あけて」前方の学生たちが、そのまた先に声をかけていく。

夕暮れ時、風が通り抜けるのを木々や草花が迎え、奥へと伝えていくようだった。

本部キャンパスの正門は車道をはさんだ向こう側にある。

正門から先、イチョウ並木越しにレンガ造りの大講堂が顔をのぞかせる。大時計に明かりが灯《とも》っている。午後五時四十三分。あと十七分。何とか間に合いそうだ。

青色の歩行者用信号が点滅を始める。

横断歩道の真ん中。一人の女子学生が、お腹《なか》をかかえてうずくまっていた。動かない。もう赤になる。近くにはだれもいない。

「危ない！」

私はあわてて横断歩道に飛び出した。

右手から黒いワゴン車が直進してくる。とっさに車の前に飛び出し、彼女と車の間に、車イスを押しこんだ。車が急ブレーキをかける。タイヤが悲鳴のようにきしんだ。ワゴン車は、わずかに車イスの手前で止まった。

彼女には、ぶつからずにすんだ。

「ばかやろう。お前、死にてえのか！」

サングラスをかけた運転席の男が、ウインドウを下げて私に怒鳴った。車はすぐに走り去った。

そこで離れたところにいた学生たちも、横断歩道上の私と女子学生に気がついた。

赤信号のままだったが、三、四人の男子学生が走り寄ってきて、左右から来る車を手をあげて止めてくれた。すぐに彼女を抱えるようにして、横断歩道を戻り、街路樹下のベンチに座らせた。

すぐさま車が行き交い始める。

手伝ってくれた男子学生たちは「急いでるんで」と走って行ってしまった。

「君、大丈夫かい？」

私は女子学生の背中をそっと押さえた。

彼女はなおも、お腹に手をあてたまま苦しそうにしている。

イチョウ並木の先にそびえる大講堂の時計をみた。講演開始まであと十分。スマホを取り出し、大学の医務室に電話した。

「女子学生が本部キャンパスの正門向かい側、車道をはさんだベンチにうずくまっています。すぐに救護をお願いします」

医務室から職員が到着するまで、ずいぶん長く感じた。

彼女は、なおも苦しそうだ。私は「しっかり」と励まし続けた。やがて職員三人が担架を運んできた。

「あとはよろしくお願いします」

私は顔をあげた。

大講堂の鐘が午後六時を告げた。

2

我に返った。

横断歩道を渡り、電動車イスをフルスピードにして、イチョウ並木を抜けて大講堂へと急ぐ。講堂の玄関前まで来ると、看板が掲げてあるのがみえた。

《ＡＩは心を持てるのか？――夢のＫ Ｃ《ココロ・クリエーション》プロジェクト スタート》

午後5時30分

■プロローグ／～『ＡＩの歴史を振り返る』～（30分のビデオ上映）

午後6時

（シンポジウム本編）

■第一部／東央大工学部　胡桃沢宙太・特任教授の基調講演
■第二部／ＡＩ最前線、四大学教授によるパネルディスカッション

三十メートル手前まで来ると、今度は講堂の入口に三段の階段がみえた。しまった。

車イスの私にとって、ここはキャンパス内の難所のひとつだった。講堂に来る時は、いつも三人がかりで車イスをかついでもらっているのだ。そのつど周囲に声掛けをするが、今はだれの姿も見当たらない。

「……ったく、次から次へと！」

自分に腹を立てた。ふいに結衣の声が聞こえた。

「胡桃沢先生。こっちこっち」

入口の脇で私を待っていたのだろう。いつものラフな私服ではなく、スーツ姿で資料を抱えている。

「先生。遅すぎます。ほら、こっち。車イス用のスロープができたんですよ」

みると講堂の入口脇に、五メートル行って折り返す真新しいスロープができていた。気づかなかった。

「結衣ちゃん。これ、いつできたの？」

「つい最近です。お隣の研究室の山上《やまがみ》さんの発案で」

「へえ。あの山上さんが？」

「先生、ほら感心してないで、急いで」

結衣が私の後ろにつき、手動に切り替えて車イスを押してくれる。スロープを通り、山上さんがこの道を発案した経緯を聞きながら、講堂の玄関に入った。「関係者以外立入禁止」のドアを抜け、ようやく舞台裏の楽屋にたどりつく。

すでに講演開始時間を五分過ぎていた。

前段のドキュメント映像『AIの歴史を振り返る』の上映が終わったところで、会場の照明をつけて、急きょ「休憩」タイムにしたらしい。

私は幕が下りたままのステージにあがった。

緞帳《どんちょう》の向こう側には五百人の聴衆がざわめき、熱気が伝わってくる。幕の下りたステージ上では、二《ふた》ツ木《つぎ》明《あきら》教授が、丸めた運営マニュアルを持ちながら待ち構えていた。私をみつける。

「ああ、やっと来た。胡桃沢先生、ハラハラさせないでくださいよ」

あきれ顔をしつつも、ふうと胸をなでおろしている。

二ツ木は「胡桃沢研究室」の教授で、私と同じ三十九歳だ。私を本学に迎え入れてくれたのが彼だった。

二ツ木は八年前の准教授時代、AI将棋ロボット「VOLCANO《ボルケーノ》」を開発したことで知られる。国内無敵の松田源太郎《まつだげんたろう》・九段を負かした時、メディアに「人間の知の敗北」と騒がれた。それは同時に、二ツ木のAI研究開発者としての「勝利」でもあった。

だが同時に世間からは「VOLCANO は盤上の最適解を求めるだけで、所詮『心』は無い」とも評された。その屈辱をバネに、いつしか二ツ木の次なる目標は定まった。AIロボットに心を持たせることに向けられたのだ。ちょうどそのころ、私は海外の最先端AI技術の視察を終え、日本に戻って「心を持たせる」研究を始めていた。

二ッ木と意気投合した私は、彼の招きを受けて「胡桃沢研究室」を開設した。二ッ木自身が、研究室名を私に譲って一歩身を引いたのは、教授として研究開発に没頭したいからだと聞いている。

「胡桃沢先生。もう打ち合わせはなしです。そのまま本番です。あとは先生のウイットあるアドリブでお願いします」

二ッ木が同齢の私に、いつも敬語を使うのはリスペクトしている意思表示らしい。

「ごめん。まかしといて」

結衣が、私の車イスをステージ中央まで押していく。ヘッドセットのマイクを頭にかぶせて「こんなもんですかね」と気遣ってくれる。

「うん。ありがとう。ピッタリだよ」

彼女の「助教」の肩書は、私の「付き添い人」の意味も含んでいるのか。そう思ってしまうほどいつでも寄り添ってくれている。もっとも彼女は、介助ロボットの研究もしているので、私をヒントにして何かに役立ててもいるのかもしれない。

「胡桃沢先生。いいですか。第一部の先生の講演が終わるころに、私たち研究室が開発したＡＩロボットたちが、総登場する手順ですからね」

結衣が耳元ですばやく説明してくれる。

「わかった。盛り上げよう」

スタンバイした私の目の前に、壁のような緞帳が下りている。その向こうにいる聴衆の姿は、まだみえない。

緊張が高まる。

「じゃあ先生」「しっかりね」

二ツ木と結衣が、舞台の袖に走っていった。私は広いステージの上に一人とり残された。急に心細くなる。胸を張って深呼吸した。

会場にブザーの音が鳴り響き、緞帳の向こう側で、客席のざわめきが少しずつ収まっていく。すっかり静まったところで、滑舌のいい女性の声が会場を支配する。

「みなさま。五分遅れとなりまして誠に申し訳ございません。本日は『AIは心を持てるのか？――夢のKC《ココロ・クリエーション》プロジェクトスタート――』の公開シンポジウムにご来場いただきまして、誠にありがとうございます。司会を務めさせていただきます『メディア・アンカー社』の記者で、比《ひ》留間奈々《るまなな》と申します」

緞帳が下りたままの舞台袖であいさつをした。

比留間奈々の属する「メディア・アンカー社」は、前身が全国紙の新聞社だった。

プリントメディアは、今ではすっかり衰退し、「オワコン」になった。そこで同社は、系列のテレビ局と合体し、WEB・動画配信・紙媒体も手がける「複合メディア企業」へと姿を変え、いまは「新聞も出している」という位置づけだ。

そして「創業百五十周年記念」の特別事業として、今回このKCプロジェクトのメディア・パートナーになってくれている。

比留間は「科学未来セクション」の記者で、このシンポジウムを手始めに、我々「胡桃沢研究室」の研究開発の取り組みから成果までを、折に触れてテレビのニュース番組で報道したり、動画配信をしたりしていくという。自らもテレビ番組をプロデュースし、出演・解説もしている比留間は、有能なコメンテイター、論客として、政権にも容赦なく切り込む「気鋭のジャーナリスト」でもあった。

ＫＣプロジェクトは、国と関連の研究機関、大企業が共同開発を進め、五十九の大企業がスポンサーになっている。「産学官」が一体となり、総額五十億円を投じていた。

比留間が続ける。

「さて、ここからはＡＩ研究の第一人者、胡桃沢宙太・特任教授の基調講演、その後、胡桃沢先生を含め、同じくＡＩ研究に取り組む四大学の教授によるパネルディスカッションを予定しています」

比留間が説明を終えると、会場全体に、未来をイメージした幻想的なデジタル音楽が流れ始めた。七色のレーザービームが行き交う。客席から「おお」と声があがる。比留間の声もつられて高揚したトーンになる。

「ＡＩに心を持たせる挑戦プロジェクトなんて、みなさん、ワクワクしますよね。そんな夢が叶《かな》うのでしょうか。胡桃沢・特任教授、まずはご講演をお願い致します。さあ、今、未来への幕が上がります」

「ちょっ比留間さん、大げさだよ」

私は照れ臭くなってつぶやいた。

目の前の緞帳があがっていく。

視界が一気に開け、嵐のような拍手に迎えられた。天井から放たれた強烈な光が私に向けられる。一瞬目がくらんだ。拍手が鳴りやむのを待って、せき払いを一つ。

「え〜。ただ今、ご紹介にあずかりました胡桃沢でございます。お待たせしてしまって大変申し訳ございません。このシンポジウムは『ＡＩは心を持てるのか』がテーマですのに。まずは私に、みなさまへの『心遣い』が足りていなかったわけで」

会場に、ふふっと笑いが漏れた。

ピンチをチャンスに変える。

数々の講演をこなしてきた私も心得ていた。大事なのは冒頭でいかに聞き手の心をつかめるかだ。遅れた言いわけはするまい。まずは誠意で向き合うのだ。

「さて。今日はまず、私がなぜＡＩに心を持たせる研究開発に生涯をかけようと思ったかについて、順を追ってお話をしたいと思います」

詳細は、私のブログでも公開している。すでに知っている人も多いはずだ。

「数年前、私は大切な家族を失い、こうして車イス生活を強いられることになりました。交通事故が原因でした」

ふと脳裏に、さっき女子学生を救おうと道路に飛び出した時の、急ブレーキの音がよみがえる。

人の命を奪う交通事故――。

穏やかな日常に、何の前触れもなく突然やってくる悲劇。思い出すのは、あまりにつらい。

だが、あの体験にこそ「ＡＩに心を持たせる」研究開発の重要な問いかけがある。私は講演のたびに、ブログにも書いた記録を反芻《はんすう》してきた。

静かに口を開いた。

3

東央大に招致される前。

まだ私が「国際AI技術研究所」の所長を務めていたころだ。

家族で東京の郊外に住んでいた。

その日の夕方は、自宅近くのスーパーで、妻と十歳の息子と一緒に買い物をして帰宅する途中だった。夕食は、鉄板で餃子《ギョーザ》を焼くことにしていた。妻の作る餃子を、息子は「日本一だ」と喜んでいた。

息子もまねをして、台所で妻と一緒に皮に具をつめるようになった。

鉄板に並べると、いつも息子の作った餃子だけ形がいびつなので、すぐわかる。私が焼きあがったそれを一つ、つまみあげて口に運ぶ。

「お。うまい。これ、どっちが作ったの?」わざと聞く。

「僕だよ」息子は得意げに言った。私は、妻と目顔で笑いあう。息子が私に言った。

「そうだパパ。日本一おいしい餃子を作れるAIロボットを創ってよ」

「お前のよりもおいしい餃子は、AIロボットでも作れないよ」

三人で笑った。餃子一つで小さな幸せに包まれる。そんな家庭だった。


スーパーからの帰り道には、ガードレールも歩道もない場所があった。

道路の左隅には、フタのない側溝が続いている。足を踏み入れないよう注意しながら、車道の脇を、私を先頭にそれぞれレジ袋を持って、一列になって歩いていた。息子の袋からニラの先がみえていた。

右カーブにさしかかったあたりだ。

突然、背後でタイヤのきしむ音がした。

振り向くと、黒いワゴン車がカーブを曲がりきれず、私たちに突っ込んできた。

一瞬の出来事だった。

そこから、私の記憶はしばらく飛んでいる。

救急車のサイレンが耳元まで迫ってきて、ようやく意識が戻った。

背中に激痛を覚えた。体を起こそうとしても無理だった。目の前にアスファルトがあり、細かい砂利がみえた。地面スレスレの目線に、自分が倒れていることを知った。

ぼんやりした視界の先に、妻と息子が倒れていた。二人とも動かない。呼びかけようにも声が出ない。近くにウインカーの破片や、もぎ取られたサイドミラーも散らばっていた。

私は再び気を失った。

意識が戻ったのは三日後だ。

脊髄《せきずい》を損傷しており、両足が麻痺《まひ》して動かなかった。

男性の医師が、酸素マスクをしたままの私の顔をのぞきこむ。

「胡桃沢さん？　わかりますか」

私はうなずき、逆に問い返した。

「妻と息子は？」

医師は目をそらした。

「そのまま安静にしていてください。体にいろいろな管がついていますから」

「私と一緒にいたはずです。妻と息子はどうなりました？」

もう一度聞いた私に、医師は何も答えず真顔になった。

のちに看護師から妻と息子の死を知らされた。

数日後、警察が事故当時の状況を聞きに来た。

「死亡ひき逃げ事件」として、四十八時間の緊急配備を敷いて捜査したが、犯人は捕まらなかった、と語った。


悲しい過去を話し終えた。

客席からは、せき音一つ聞こえてこない。

交通事故で家族を失い、私自身も半身不随になった。

「私はこうして過酷な運命を背負うことになりました。これは『偶然』の悲劇なのでしょうか。もしかしたら、社会が見落とした『必然』ではないのか。つまり、起こるべくして起きた事故だったのかもしれない。

たとえば、急カーブの現場には歩道もガードレールもありませんでした。

実はその場所では、過去に何度も同様の事故が起きていました。道路管理者である行政の担当者は何をしていたのか。聞けば、三年ほどで異動になり、道路の盲点を引き継いでいなかった。これは怠慢だと思います。

運転者の意識はどうか。急カーブに差し掛かるのに減速しなかった。人がいるのを認識していなかった。

私は決意しました。

交通事故を防げる自動運転の車を創ろう。さらに、私のような半身不随の人たちのために、不自由になった体が意識と連動して動いたり、身体能力を補完したりできるＡＩ技術を開発しよう。高性能な車イス、介助器具や医療機器もたくさん作ろう——。

つまり、私のＡＩ研究開発は、家族と私自身の悲劇から再出発することになったのです」

ここまで話し終え、妻と息子を思い出した。

感情があふれ、目から涙がこぼれおちた。私は顔をあげて、天井からの、まぶしい光に向きあった。

「あれから数年の歳月《さいげつ》がたちました。私にとって、一番の幸せは『愛する家族が笑っている時間』だったと気づきました。でも、その時間は二度と戻らない。今度はその悲しみを研究開発に振り向けることが私の使命であると、思い直したのです」

私は会場を見渡すようにして、語りかけた。

「でも、あの死亡ひき逃げ事件の犯人は、今も捕まっていません。この悲劇がなぜ発生したのか。道路環境の改善を怠った行政担当者の慢心、運転者がカーブを曲がり切れるだろうと考えた気の緩みと、事故後に逃げてしまった保身――。

つまり、この悲劇を起こしたのは、人間の『心の問題』ではなかったでしょうか。

さらに、自動運転を社会実装させても、果たしてその場に即した臨機応変な『良心』が働くのか。

それは、交通教則だけに従えば良いわけではありません。

たとえば信号。

横断歩道に、だれかがうずくまっているとしましょう。

青信号が点滅し始め、やがて赤になる。その人は動かない。あなたはどうしますか？　赤信号であろうと、助けに行くべきではないでしょうか。つまり交通ルールに反してでも、一瞬の判断で行動を起こさなければならない時もある。

それが人間の『心』というものです。

私と家族、三人が死傷した事故では、その後、道路管理者である行政、交通規制をする警察の間で、責任のなすりつけ合いもあったと聞いています」

静まり返った会場で、私は声の調子を少し明るくした。

「さて。ここまでの話を聞いてしまうと、みなさんは人間の心の醜さに嫌悪感を覚えたのではないでしょうか。でも、私はこの講堂に入る直前に、ある一つの『心』と出会いました。それは、講堂前にできたスロープのことなんです」

楽屋に入るまでの間に、結衣に聞いてわかった話だった。

「スロープ設置を提案したのは、同じ工学部研究棟にいる、別の研究室の男性でした。彼には重度の『視覚障がい』があり、ほぼ全盲です。その彼がシンポジウム開催が決まった数カ月前、『あの三段の階段。胡桃沢先生はきっと苦労されると思います』と口にしたそうです。会場スタッフも、そう言われて初めて気がついたのです。

つまり、スタッフたちは見ていたのに『見えていなかった』。

その男性には、見えていなかったのに『見えていた』――。

彼の提案で、急きょスロープの増設工事が決まったのです」

会場をゆっくり見渡した。

「私が胸を衝《つ》かれたのは、ほぼ全盲である彼の『心眼』です。他者の気持ちになれる心がないと、決して見えてこない風景がある。みなさんも、この大講堂に入る時にあの三段の階段をあがってきたはずです。でも、果たして何人の方が、同じことに思いを巡らせたでしょうか」

多くの人が、小さくうなずいている。

「彼は、他の人の体の不自由までも感じることができた。人はいつも目の前の光景をみていても、そこに欠けているものはみえていない。心の視野狭窄《きょうさく》です。

私は正直、行政の怠慢や、死亡ひき逃げ犯への人間不信は今もぬぐえません。一方で今日、私は『見えないものを見る』強い心に出会い、救われた思いがしたのです。そこにこそ『AＩに心を持たせる』研究開発者の持つべき視点が、まずあると思うのです」

会場から大きな拍手がわいた。静かに付け加えた。

「AＩ技術を使うのは、あくまで人間です。だから、私たちの研究室での最初の『社会実装』への取り組みは、人に寄り添い、安全を確保し、癒し、幸福をもたらす、という出発点に立ちました」

ここでステージの照明が落とされる。

「それでは、私たちが創っているAＩロボットがどんな仕組みなのかを、ごく簡単にご説明致しましょう」

舞台後方のスクリーンに大きな図が映し出された。

三つのゾーンに分類した概念図を、私が矢印のポインターでさし示す。

「センサー」は、外部からの刺激を認知できる感覚器に相当する。

「アクチュエーター」は、筋肉と腱《けん》、骨と同じように全身を動かす。

「コンピューター」は脳や脊髄にあたる。このコンピューターが、センサーからの情報を処理し、アクチュエーターに動きを指令する。

画面が切り替わり、コミカルなイラストが登場した。

ごちそうを前にしたメタボ中年男性と、充電基地に身を預ける細マッチョロボットが並んでいる。

「このように、人間のエネルギー源は食べ物になりますが、ロボットは現状、電気になります。人間のようにカロリー過多になって太る心配はありません」

会場のあちこちで笑いが漏れる。

次に細マッチョロボットの頭部が拡大されて、脳の内部構造を示した球体の３Ｄ画像が空間にせり出してきた。会場がどよめく。網目のように張り巡らされたネットワークだ。シナプスを模した交差地点に閃光《せんこう》が走り、別のエリアに伝播《でんぱ》していく。

「これが人間の脳神経細胞のネットワークを再現した『ニューラルネットワーク』の空間概念モデルです。あちこちがピカピカ光っているでしょう？　無数のニューロンの発火によって、お互いに作用して電気的な信号を交わし、思考、記憶、学習などを行うんです。この構造をさらに多層化、複合化し、ＡＩ自らが学んでいく『ディープラーニング（深層学習）』技術の登場によって、今の第三次ＡＩブームが起きました。その過程で、わが研究室の二ツ木明教授が、みなさんもご存知の、ＡＩ将棋ロボット『VOLCANO』を生み出したのです」

ここで二ツ木が、舞台の袖から「VOLCANO」とともに顔を出す。

台座に載ったアーム一本の「VOLCANO」は、本体の身長は最大で一メートル。折り曲げると五十センチほどになる。二ツ木が客席に頭をさげると「VOLCANO」もアームをお辞儀のように折り曲げた。会場から笑いと拍手を浴びた。

二ツ木と「VOLCANO」が舞台袖に引っ込む。

「さて――」と私が続ける。

「胡桃沢研究室の新たな挑戦は、ここからです。つまり、ＡＩロボットのコンピューターに、人間と同じような『心』を持たせることです。そのために今度は脳科学、脳神経学などとの連携をさらに深めているところです」

人間の赤ちゃんが外界を知覚し始め、自我や意識が生成されていく過程をヒントにしようと、東央大医学部病院とのコラボをスタートした。生後まもない乳幼児から、言語をある程度獲得し始める二歳ごろまで延べ五百人の赤ちゃんとお母さんに協力を依頼し、脳波測定や監視モニターをリンクさせ、検証実験を繰り返している。

病院内の映像が流れる。

乳幼児が寝ているケースがズラリと並び、それぞれ横にさまざまな機器が配備され、頭に電極がつけられている。看護師と白衣の研究者が見守るなか、お母さんが赤ちゃんに声をかけたり、キスをしたりする。赤ちゃんの反応をセンサーが検知し、すぐ横のモニターで脳波の変化が記録されていく。

「こうして人間の脳の発達過程を探り、いわば『リバース・エンジニアリング（逆行工学）』によって再現しようと試みているのです。大脳新皮質、大脳基底核、海馬などさまざまなパーツや機能ごとのＡＩをいくつも創ってネットワークでつなぎ、トライ＆エラーを繰り返しています。今は世界中で対話型の『生成ＡＩ』が話題を集め、『自然言語処理』『文章生成機能』などの技術も飛躍的に発展していますね。欧州でもヒューマンブレイン・プロジェクトが進行中です。これらの知見も融合させて、私たちのロボットはさらに進化し、心の生成を目指しています」

私が、舞台袖の結衣と二ツ木をチラとみる。

二人とも「準備ＯＫ」と合図している。

「そこで本日は、私たちと各企業で取り組んでいる研究開発の成果を、一部おみせしたいと思っています。いずれもまだ試験段階なので、詳細は機密事項ですが――」次に司会者の比留間に目を移す。

彼女が、あうんの呼吸で切りだす。

「さあ、それでは。その数々のＡＩロボットをお披露目していきましょう。いずれもプロトタイプ（試作品）ですが、来春には、完成したロボットから順番に社会実装され、一般向けにも販売していく予定です」

まず舞台の袖から登場したのは、介護用ロボット「へるぱあ Ver.7.0」だ。

身長百六十五センチ。バッテリーを含んだ重さは九十二キロ。二足歩行で下半身が頑丈なため、近づいてくる音が大きいのと、グロテスクな外装が、お年寄りに恐怖を与えてしまわないように改良予定だ。

「へるぱあ」は私の前まで来て、車イスに座った私の体を、すくい上げるようにして持ち上げた。そのまま、舞台の端に用意したベッドまで運んで寝かせてくれた。

頭部に突起したホーンは三百六十度の事物を検知できるセンサーがついており、車イスとベッドの位置関係も瞬時に把握。私を持ち上げるアームは特殊な素材で柔らかく、私が「ちょっと痛い」とわざと声をあげると『ア。ゴメンナサイ』と電子音声が応じて動きをとめた。

そうして寝かせるまでの動作を披露し、布団をかけて『ソレデハ　オヤスミナサイ』と舞台の袖に引き上げていく。会場から大きな拍手がわいた。

司会の比留間が続ける。

「さて。続いては、災害救助用ロボット『スーパー・レスキュン』の登場です」

勇壮な音楽が流れだす。

客席後方にある、大きな扉が音を立てて左右に開いた。

観客がいっせいに振り返る。スポットライトを浴びて登場したのは、やはり二足歩行でさらに大型のロボットだ。アニメに登場するヒーローのような十二頭身。身長百九十六センチ。体重百十キロ。胸厚で、盛り上がった肩からさがった両側のアームはひざ下まで伸び、手の形状はモノを挟めるように太い三本指だ。

スーパー・レスキュンは駆動音をうならせて、客席間の階段を降り始めた。

途中、客席の真横で九十度向きを変えてしゃがみこむ。すぐ近くの観客が「わあ」と身をのけぞらせた。

スーパー・レスキュンはしゃがんだまま、肘を床につけた。指の先からスルスルっと出たノズルが、座席の下を這《は》い始めた。ノズルが座席のすぐ下を通っていく。驚いて腰を浮かす人もいた。

ノズルの先には超小型カメラが搭載されており、座席の下をめぐっていく様子が舞台上部のスクリーンに映し出された。観客の一人が、座席と座席のすきまから出てきたノズルにぎょっとした。カメラと視点がかち合い、その顔がスクリーンに大写しになった。

ノズルの先端から声がする。

『ソコニハ　ナンニン　イマスカ?』『ケガニン　ハ?』『ナニガ　ヒツヨウデスカ?』

比留間が解説する。

「このようにスーパー・レスキュンは、瓦礫《がれき》の中に埋もれている人を探し出し、ノズルの先を通じて対話もできます。瓦礫を取り除く力もあり、三本指の破砕力は鉄筋も切断できるほど強力です。国内の被災地や外国の戦場など、火災や放射能、倒壊の危険のあるような人間が容易に立ち入ることのできない現場で威力を発揮します。もちろん建設現場での組み立て作業などの重労働にも対応できる汎用性があります。見た目はちょっと怖いですけど……」

災害現場では、瓦礫に埋もれている人の救出リミットは一般的に四十八時間とされている。スーパー・レスキュンのバッテリーの持続時間は最大二十時間までなので、さらなる長時間稼働への改良と増産も急務になりそうだ。

スーパー・レスキュンは、音を立ててひき返し、再び会場の出入口に引き上げて行った。

4

会場のざわつきが収まると、比留間が続けた。

「客席のみなさま、ちょっと驚かせてしまい申し訳ございません。さて。次は一転、みなさんの心を癒すロボットの登場です。一人暮らしの方や、ペットを飼えないマンション暮らしの方などに向けて開発した『ムウパア』七体が登場します。見た目はダルマ体型のかわいいロボットです。みなさん拍手でお迎えください」

ファンシーな音楽が鳴った。

先導役の結衣が、舞台下手《しもて》から登場した。

「みんな出ておいで」と引率する。ムウパア七体が一列になって出てきた。身長四十センチ、体重三キロ。「8」の字の体型の頭部には、ポンポンのようなフワフワの耳がついている。

ネコのような大きな目は液晶ディスプレイで、電光が灯り十秒に一回まばたきをする。下腹部の左右には車がついていて、スウ〜ッと移動。ペンギンのような手がパタパタ上下する。

ムウパアの活動範囲は、家庭やお年寄りの施設などのフローリングタイプの部屋を想定している。

七体のムウパアは、ステージ中央に戻った私の前を通って、横向きで等間隔に整列した。結衣が「はい。それじゃあ、お客さんたちに挨拶して」と号令をかける。七体全部が体を九十度回転させて客席を向き、一斉に両手をあげた。

ベージュの本体を覆うウエアは七色だ。舞台に向かって左から、オレンジ、黄色、ピンク、赤、緑、白、青という並びだ。

衣装の色は違うが、顔などの造形は同じだ。それぞれが微妙にタイミングをずらしてまばたきをする。客席をキョロキョロみる。まったく個別の生き物のように微妙に動く。一体がくしゃみをすると、会場がドッとわいた。

比留間が説明する。

「今、ムウパアちゃんたちを先導してきたのが、胡桃沢研究室の石神結衣・助教です。彼女がこの子たちを開発しました」

結衣が客席に向かって頭をさげる。私が補足する。

「ムウパアたちの見た目が、ぽっちゃりしているのは、安定性を重視しただけではありませんよ。彼女の愛情がぎっしりアンコみたいにつまっているからです」

客席が再び笑いに包まれる。私がさらに解説する。

「この子たちには、生みの親である石神・助教を『ママ』と覚えさせています。ムウパアたちも彼女を本当の母親のように慕っています。でも来春以降、家庭用に一般販売後は、ジジ、ババ、パパ、ママ、オニイチャン、オネエチャンなどの呼び方を自在に設定できます。『オ～キ～テ～』と枕元で呼びかけるアラーム機能もあり、会話もできますよ。さあ司会の比留間さん、リーダーの赤い服の一体に、何か語りかけてみてください」

「それじゃあ。ムウパアちゃん」比留間が呼びかける。

『ナアニ?』目をパチクリさせ、彼女に目を向けた。

「君には心があるのかな?」

『オネエサン　ガ　シンジレバ　アルヨ』

「まあ。おねえさん、だなんて」

三十二歳の比留間がおどけると、客席に笑いが起きた。

『シンジレバ　ナンデモ　ソウナルヨ』

粋な回答に、感心したような声があがる。

「ありがとう。じゃあ信じるね」比留間も微笑《ほほえ》む。

「そうそう。今日は、みんなで踊りを披露してくれるそうね」

『ウン。ボクタチ　レンシュウ　シタ』

ここで結衣がステージの前に歩み出た。

「はい。じゃあみんないい？」

軽快な音楽が流れだす。

七体が自分に割り振られた音が鳴った時に両手をあげるパフォーマンスを披露。さらに私の周りを一列になって回り始めた。この日まで毎日、研究棟十七階の広い「演習実験室」で、音楽にあわせてトレーニングを重ねた成果だった。

結衣はムウパアの製作に、こだわりがあった。

機械仕掛けの人形らしく、きっちりそろってしまっては、かえって無機質にみえてしまう。そこでムウパアたちの動きには、プログラムでモーター作動時間の計算に乱数を導入。微妙にふぞろいになるようにしていた。

人間の幼児と同じように、ウッカリ屋だったり、勝手な行動をしたり。踊り方を忘れて、あわてて周囲を見回し、マネをする個体もいる。そんな「人間くささ」「幼児っぽさ」が会場では大うけだった。

「はい。みんなよくできました」

結衣が一体ずつ撫《な》でていくと、順番にニッコリ笑顔になっていく。

司会の比留間が、

「はい。ムウパアちゃんたちでした。みなさん大きな拍手をお願いします」

七体のムウパアたちは、再び横一列になり、全員が両手をあげて笑顔をみせた。

「じゃあ退場してください」

結衣が言うと、今度はポップな音楽が鳴り出した。

一番左の一体がクルリと向きを変え、順番に舞台の袖に引き上げていく。ところが真ん中の一体が、まだ客席に向かって両手をあげて愛嬌《あいきょう》を振りまいたままだ。後ろにいる一体に『ハヤク　イッテヨ』と急《せ》かされ、あわてて前の仲間を追いかけた。

幼児の学芸会のように、会場はほっこり笑いの渦に包まれた。


第一部はここで終了となる。私も一番後ろのムウパアについて退場した。

司会の比留間記者が明るい声で締めくくる。

「さあて。第一部の胡桃沢教授の基調講演とAIロボットたちのデモンストレーションはいかがでしたでしょうか。胡桃沢教授の悲惨な交通事故体験から始まり、スロープでの心眼の話、そして介護や救助をするAIロボットの、現場でのきめ細やかな対応、ムウパアが私を『オネエサン』と呼んだ心遣い……」

また笑いが起きる。

「いずれも、ＡＩに心を持たせるならば、まず、周囲の人の心を読めることが肝要である、と気づかされるエピソードだった気がします。今後もＫＣプロジェクトにご注目ください」

ゆっくり緞帳が下りていく。会場には拍手が鳴り渡っていた。

ステージの袖に戻ると、結衣がムゥパアたちを誘導しながら笑顔になった。

「胡桃沢先生。いいステージを展開できましたね。先生のお話も、なんか感動しましたよ」

「うん。良かったですよ」二ツ木も感慨深げにうなずいている。

幕が下りたあと、司会の比留間記者が再びマイクを持った。

「ここで会場のみなさまに、ご報告がございます。本日、胡桃沢教授が会場に着くのが遅れてしまった理由ですが……」

「え？」舞台裏にいた私は耳を疑った。

比留間が語り出す。

「実はさきほど、大学の医務室から舞台裏の控室に連絡がありました。胡桃沢先生はここへ来る途中、赤信号になった横断歩道上にうずくまっていた女子学生を救おうと自ら車の前に身を投げ出し、その後も彼女の救護を待っていたのです。たった今、医務室から『胡桃沢先生に、女子学生が無事に帰宅したことを伝えてほしい』と連絡がありました」

会場が少しどよめいた。

「へえ。そうだったんですか」二ツ木と結衣もこちらをみて笑っている。気恥ずかしくなった。ステージ上にいなくてよかったと思う。比留間記者が続けた。

「交通事故がきっかけでＡＩの研究開発に生涯をかけると決めた胡桃沢先生。そんな先生がついさきほど、交通事故から女子学生の命を守ろうとした。ＡＩに心を持たせる研究・開発の当事者が、自らそのように行動したことに、私は特別の感慨を覚えます。そんな心ある胡桃沢先生にこそ、この夢を託せると確信しています」

大きな拍手がおくられた。

舞台の袖から、結衣が客席をのぞきみる。私を振り返って教えてくれた。

「先生。会場のみなさん、スタンディングオベーションです。あ、二階席の奥まで」

結衣も感激している。

拍手が延々と続く。しばらく鳴りやまなかった。

5

シンポジウムの第二部はパネルディスカッションだった。

テーマは「ＡＩロボットの社会実装に向けて――夢と課題」。

私のほかに、わが東央大の胡桃沢研究室と連携している三つの大学で、ＡＩ研究を専門とする三人の教授を招いていた。

相棒の二ツ木教授の人選である。

壇上には、緩いカーブを描いた長いテーブルに五人が着席している。客席からステージに向かい、司会者の比留間が一番左で、その隣に私が座る。ゲストの三人の教授にはその右に並んでもらった。

「さて。第二部では、国内のＡＩ研究開発の最先端をいく大学教授のみなさんが、今日ここに一堂に会してくださっています」

比留間がステージに向かって右から紹介していく。

Ｋ大学の清水《しみず》名誉教授は、七十代で一番の年配にあたる。銀縁の丸メガネで白髪に白ひげ。いかにも博士っぽい風貌だ。かすれた声で「よろしくどうぞ」と頭をさげた。

その隣に座っているＨ大学の小寺《こでら》教授は、私より少し上の四十代だ。長髪で分厚いレンズのメガネをかけ、見た目はいかにも没入型の研究者で、口ごもったように話す。小寺は少し無愛想に「どうも」と頭をさげた。

Ｆ大学の中沢《なかざわ》教授は、弁の立つ女性論客として知られているミドルエイジだ。ステージ上で派手な真珠のネックレスが光彩を放っている。「お招きいただいて光栄です」こちらは満面の笑みだった。

司会の比留間に応じるかたちで、各教授がそれぞれ研究開発の進捗や、展望について語り始める。私があげた自動運転のほか、特に「人の命を救う」医療現場での活用について、話が盛り上がった。

清水名誉教授は咳《せき》こみながら説明する。

「そうですね。ＡＩロボットは、けがや病気などをみつけ、人間よりも高度な技術で治療もできます。すでに実用化も始まっています」医療現場での実績に触れた。

小寺教授もうなずく。

「確かに。今後は救命救急の現場でも、専門医の到着を待たずに迅速に威力を発揮できるのではないでしょうか」

中沢教授も詳しい。身振り手振りで事例をまじえて説明した。

「そうそう。植え込み型補助人工心臓をはじめ、人工肺と遠心型血液ポンプを用いた呼吸障害の患者を救う技術や手術支援ロボットなども、すでに導入されていますよね」

さらに昨今、急激な進化をとげた「生成ＡＩ」の登場で、ビジネスや教育現場、ニュース記事から行政文書、接客、翻訳、作曲、小説、動画、写真やイラストの作成など、あらゆる分野での実用化も進み、今後も生活はますます便利になる。夢のような未来を予感させる話が続いた。

明るい未来を語り合ったところで、司会の比留間が舵《かじ》を切る。

「では、一方で課題は何でしょうか」

私を含め、四人の教授が口をそろえたのは「人間の職業や雇用が奪われないか」「ＡＩばかりに頼って思考力が低下し創造性が育たないのではないか」「著作物の盗用や無断転載が横行するのではないか」「人間が生み出したモノの価値が薄れてしまわないか」などの懸念だった。

このメンバーで語り合うには、すこし時間が短かったのだろうか。議論を尽くせないまま、司会の比留間が締めくくりに入る。

「さて。今回のシンポジウム、そろそろお時間となりました。最後に何かございましたら」

いや。もっと重大な課題があるはずだ。

研究者として決して見逃してはならない、いずれ人類自らを脅かすことにもなりかねない重大な危機が。

ＡＩの軍事利用――。

このシンポジウムの主催は東央大学だが、ＫＣプロジェクトは国や大企業が後援・協賛している。ＡＩ関連の大規模イベントは数多く、異口同音に便利な生活、未来の希望、夢の実現を唱えている。シンポジウムの第一部がまさにそれだった。

こうしたシンポジウムや展覧会では、軍事利用に結びつく技術の提示や説明は、現に徹底的にタブー視されている。

だが、研究開発に携わる者たちの間では、水面下でかなり慎重に議論が続けられてきた。こんなふうに隠さなければならないところに、この国ならではの憂えるべき病巣がある。

今、防衛費の増強とともに、秘《ひそ》かな議論を巻き起こしているのが「自律型致死兵器システム・ローズ（ＬＡＷＳ：Lethal Autonomous Weapons Systems）」の研究開発だ。

人間の意思を介さず、軍事拠点の破壊や敵兵の殺傷をする。「キラー（殺人）ロボット」と言われる。

ＬＡＷＳは、プログラミングされた目的に沿い、ひたすらターゲットを攻撃する。人間ならば、瞬時の判断で攻撃をためらうような場面でも、目的完遂のために容赦なく殺傷を行ってしまう危険性がある。そのため、民間人の犠牲やジェノサイド（大量虐殺）につながる可能性も指摘されている。

ＡＩ兵器の開発に反対する声は、世界中であがっている。

多くの科学者が強く禁止を訴え、市民団体などの街頭デモも開催された。故スティーブン・ホーキング博士や米国の起業家イーロン・マスク氏、マイクロソフトの創業者ビル・ゲイツ氏らも、ＡＩの脅威に警鐘を鳴らしている。

グーグルも社内に、人工知能の悪用などを防ぐための審査をする評議会を設置。ＡＩ兵器は開発をしないことを明確に示した。社員数千人の声を反映したものだった。

今後、ＬＡＷＳを実戦配備するかどうか――。

国内にも賛否両論がある。

否定派は「戦闘を制御できず惨劇が起きてもＡＩのせいにされ、攻撃の責任の所在が不明確になる」「ＡＩ技術に頼り切ると、戦争のハードルが下がる」「標的の把握・識別・攻撃までＡＩに委ねられ、人間の生殺与奪を握るのはおかしい」「国際人道法に照らしても認められない」などと反発している。

肯定派は「敵の識別や攻撃が正確になる」「ヒューマンエラーの減少や軍事費の抑制ができる」「戦場に人を送らないですむ」「戦争を長期化させず、結果的に早期に終結させられる」「違法行為があっても記録が残り検証が容易になる」などの合理性をあげ、「結果としてより人道にかなう」と主張する。

肯定派を後押ししているのが、昨今の国際情勢だ。

R国やC国ではLAWSの開発はどんどん進められている。日本政府は「完全な自律型の兵器は開発しない」としているが、「人間の関与を伴った自律型兵器は省力化につながる」などとして開発・運用を抑制していない。つまり「最終決断は人間が下すAI兵器ならば研究・開発も可能」という余地を残しているように思える。

そこから先は、結局、「戦争の是非」論になる。

私はかねてから戦争には反対しており、人間が人間を殺す兵器を造ること自体も認めない立場だ。だが、科学技術と戦争は切り離せない現状もある。いつの時代にも、科学者の動機とはまったく別次元で、最先端技術は為政者や権力者、大企業の武器商人たちに利用されてきた。それは歴史が証明し、かつ未来を予言している。

商業、軍事のどちらにも応用可能な「デュアルユース（両用）」という言葉もよく聞かれるようになってきた。私にはそれが、政治がアカデミアの研究成果を取りこもうと近づいてくる足音に聞こえてならない。

もう、研究者はみな勘づいているのだ。

ＡＩ技術は平和のためだけに使われるはずがない、と。

一方で科学者たちの胸の隅には「世に送り出した後の最先端技術の使われ方までは制御できない」という抗弁や言い逃れも用意されている。

すでに、ハイテク戦争の恐ろしさは世界の人々が知っている。昨今、戦場でのドローンは自爆攻撃用の兵力として大いに利用された。つまり、私が基調講演で語ったように、結局ＡＩ技術の運用は、使い手の「心」次第ということになる。

私は常々思っていた。

戦争の萌芽や、歴史が変わる瞬間は、何かを言うべき人が「何も言わなかった」ほんのわずかな時間の隙を突き、立ち現れるのではないか、と。

私は今、ここで何か発言すべきではないのか。

シンポジウム冒頭でも、私は「ＡＩ研究の第一人者」と紹介された。もしそうであるなら、なおさらだ。その問いや警告をまったく発せずに、今、この場をやり過ごしていいものか。

6

もう時間がない。

幸い、二ッ木が人選したゲストの大学教授たちは、みな同じ問題意識を共有しているはずだ。彼らはＡＩ関連の学会などで、率先して軍事利用への警鐘を鳴らしてきた。タカ派の学者からは「反対の急先鋒」と敵視されている。

おそらく、私が口火を切ったら賛同を得られるに違いない。舞台袖にいる二ッ木と目があった。

彼もそれを期待しているはずだ。

比留間記者が、隣に座っている私に意見を求めた。

「胡桃沢先生、いかがでしょう。最後に留意しておきたい点などございましたら」

会場の視線が一斉に私に向けられる。ゆっくりと口を開いた。

「実は、この場でどうしても警告しておかねばならないことがございます」

そこで一度言葉を切る。比留間も黙って私をみつめていた。

「私は、ＡＩ技術の軍事転用には断固反対です」

会場は一瞬にしてどよめいた。私が続ける。

「さきほど、他大学の先生方からも、人の命を救うためのＡＩ技術の展望をお話しいただきました。ですが軍事利用はそれに逆行します。この会場にいる関係各位にお願いしたい。どうかＡＩ技術を、人の命を奪うことに使わないでください」

きっぱり言った。

空気が変わったのがわかる。会場は鎮まりかえった。

比留間が驚いたように目を見張る。

三人の教授は一様に私をみて小さくうなずいた。表情は変えなかったが、明確な意思表示と言える。

司会の比留間はどうするだろう。

「空気を読まない」「場にそぐわない」発言として、うまくとりつくろうのか。

だが彼女は、そこから話をそらさなかった。

「こういう華やかなイベントでは、ともすれば、その点がタブー視されがちですよね。ゲストのみなさまはいかがでしょうか？」

清水名誉教授が「あの」と手をあげた。

「胡桃沢先生の勇気ある発言に、私も賛同致します」

清水名誉教授がたどたどしく語ったのは、高齢だからなのか。あるいは、やはり会場に来ている省庁やスポンサーらへの気遣いでもあるのか。

「同じく。私も同意見です」H大学の小寺教授も続く。

「よくおっしゃってくださいました。実は私も、今日はそのことを最後に申しあげようと思っておりました」

F大学の中沢教授も強く肯定してくれた。

最後の最後に、シンポジウムは意外な展開になった。

最年長の清水名誉教授が、テーブルの上のスタンドマイクをつかんだ。声を震わせて訴える。

「実は、わが大学でも災害救助用のAIロボットを開発中です。近々、ある重工業製品メーカーとの共同研究で製品が完成致します。ですが――。それが、米軍が駐留する中東の紛争地域に向けて――」

急に歯切れが悪くなった。ところどころ言葉がもつれる。

「これには、べい、米軍からの費用が。具体的にはですね。その災害救助用のロボットは、機銃も化学兵器も搭載できるように追加設計されようとして。事実、私は、研究開発費の上乗せを条件に、ある、せ、せ、政府高官から……」

清水名誉教授は興奮しすぎて急に気分が悪くなったのか、胸を押さえ始めた。

客席がざわつく。

「先生どうされました？」ステージ上で、司会の比留間が気遣った。

突然、客席の前方に陣取っていた黒っぽい背広姿の男たちが五、六人、血相を変えてステージ上に駆けあがり、清水名誉教授を取り囲んだ。

会場は一層の混乱に包まれる。

私の位置から清水名誉教授はずっと死角になった。

比留間も司会席を離れて駆け寄る。男たちの後ろからしばらくのぞきこみ、何やらやりとりをしているようだ。ようやく彼女は司会席に戻った。

「みなさん。清水名誉教授のお体の具合がよろしくないようで。清水先生は、これで退席とさせていただきます」

結衣と二ッ木も舞台の袖から駆け出してくる。スタッフも次々と壇上に集まった。

「救急車。すぐに呼んで」

だれかが上ずった声で叫んだ。

彼を取り囲んだ人垣が、そのまま舞台の袖へと移動していく。背広姿の男たちの頭と頭の間に、清水名誉教授の蒼白《そうはく》な顔があるのが目に入った。両脇を抱えられたまま目を閉じて、ぐったりと首を預けていた。

ようやく幕が下ろされた。

観客たちのざわめきは続いている。

やがて比留間記者が、幕が下がったままのステージ脇に出て行った。

「誠に申し訳ございません。ちょうどお時間も参りましたので、本日のシンポジウムはここまでとさせていただきます。ＡＩに心を持たせる夢と課題について、数々の貴重な示唆をいただき、論点を確認できたと思います。本日はありがとうございました」

言葉少なに、そう締めくくった。

お愛想程度に拍手は起こったものの、釈然としない思いの観客も多かっただろう。何があったのか。私や二ッ木、結衣にもよくわからなかった。

シンポジウムは場内が騒然としたまま、午後七時半に終了した。


その晩。

私たちは本部キャンパスの大講堂から、工学部研究棟十七階の「共同研究室」に戻った。みんなでメディア・アンカー社が配信したばかりのシンポジウムのアーカイブ映像をみながら、反省会を開いている時だった。

電話が鳴った。

研究室の院生が「はい。胡桃沢研究室です」と出る。

「え?」彼女の表情がこわばった。送話口を押さえながら、みんなに伝えた。

「K大学の総務課から連絡です。清水先生が——亡くなられたそうです」

「まさか」「そんなばかな」

私と二ッ木は顔を見合わせた。

7

翌日。

清水名誉教授の訃報を知らされ、研究室のみんなの気分は、晴れないままだった。だが気持ちを切り換えて、清水教授の無念さを忘れずに、改めて日々の研究に取り組もうと話し合った。

工学部研究棟の最上階十七階に「胡桃沢研究室」はある。

みんなが机を並べている「共同研究室」のほかに、私の「特任教授室」、二ッ木の「教授室」が並び、少し狭い結衣の「助教室」も同じフロアだ。

このほか、ムウパアたちがパフォーマンスの練習をした一番広い「演習実験室」や、各分野ごとの研究室が細かく分かれていた。

いつもはみんな、ここ「共同研究室」にいる。

壁際には、シンポジウムで披露した、さまざまなＡＩロボットが大集合して並んでいる。さながら博物館のようだ。

昨日のシンポで登場した「へるぱあVer.7.0」「スーパー・レスキュン」など、機器や配線がむきだしになったグロテスクな形状のロボットばかりが並ぶ。その中の一角を「ムウパア」たちが占め、そこだけ異質な心なごむ空間になっていた。

ここには省庁や企業の担当者もよく訪れる。

「胡桃沢研究室」のメンバーは計二十人。

私と二ッ木、助教の結衣を筆頭に、大学職員の研究員のほか、博士・修士課程の院生、学部四年生らがいる。

「ごめんください」

メディア・アンカー社の比留間奈々記者が訪ねてきた。

「昨日は大変お世話になりました」

頭をさげた後、すぐに沈痛な面持ちで声を落とす。

「清水先生のご訃報、本当に驚きました。お気の毒に。心臓の持病のことは前から伺っていたのですが」

「比留間さんも取り乱さずに、最後まで素晴らしい司会でしたね」

「いえいえ胡桃沢先生こそ、聴衆をひきつける講演でした」

私は、比留間に今後の取材プランを聞いてみた。

やはりKCプロジェクトについては、さらに密着取材をしていくのだという。プロジェクトのすべてを逐一記録し、最後にドキュメンタリー番組に仕上げたいそうだ。

「昨日登場した最先端のAIロボットにも夢を感じますが、私は特に、AIロボットが本当に人間と同じような心を持てるのか、持ったとしたらどうなるのか、という点に注目しています」

横にいた二ツ木もうなずく。

「それが多くのAIロボット研究開発者の、いや、人類の夢でもありますね」

ムウパアが比留間をみて『ア』と声をあげた。両手をあげてスーッと彼女に近づいていく。

ムウパアは七体いるが、ふだんは日中、リーダーの赤いウエアの一体だけが稼働している。七体を代表して情報をインプット。省電力化を図り、収集データの精査を一元化して、のちに他の六体にデータを同期・共有していた。

パフォーマンス披露では七体を個体ごとに動かすが、ここ共同研究室内では、省庁や企業などの来訪者とのやりとりを含め、リーダーの一体だけがウロウロしていた。夜になるとフロアの隅にある充電用「チャージ・ステーション」に自分で戻る。

『ヒルマサン　ヨウコソ』

「あら。ムウパアちゃん。もう私の名前を憶《おぼ》えてくれたのね」

「まだまだ改良点は多いですけどね」結衣は、比留間が喜んで抱き上げるのを見て、嬉《うれ》しそうに促した。

「そうだ比留間さん、ぜひ昨日の会話の続きをしてみてください」

「そうね」比留間がムウパアと顔を向き合わせて話しかける。

「昨日のみんなの踊り、とても上手だったよ」

『アリガトウ。ヒルマサン　モ　オハナシ　ジョウズ。キレイナ　コエ。スキ』

「あら。あなたもお世辞が上手だこと」

顔をほころばせた比留間がムウパアに聞く。

「あなたは何のために生まれてきたの?」

目をぱちくりさせていたムウパアが、今日の天気でも告げるように返した。

『ニンゲン　ノ　ミナサン　ニ　イヤシ　ヲ　モタラス　タメ　ダヨ』

「あなたを創ったママ、石神結衣さんはどんな人?」

比留間がいたずらっぽく笑って、結衣をチラとみる。

『ボクノ　ママ。二十八サイ。ママ　ダケド　マダ　ケッコン　アイテ　イナイ。ヒルマサン。ダレカ　イイヒト　ショウカ……』

「ちょっ、メッ」結衣があわててムウパアの口を押さえた。

比留間が感心した。

「へえ。ちゃんと会話になってますね。本当に心があるみたい。きっとあらゆる会話のパターンをインプットしてあるということですね」

「でも吸収した情報を、何でも口にしちゃうところは今後の課題です」

口を押さえられたムウパアが、何か言いたそうに『ン〜』と声をあげている。みんなで笑った。

私は比留間の目をみた。

「ご覧のように心を持たせる研究開発は、まだまだ道半ばなんです」

「わかってますよ。その研究開発の過程を追い続けて、AIが心を持ったと証明できる瞬間をこそ、きちんとルポしたいと思っているんです」

「なるほど」

空気が和んだところで、私は比留間にさりげなく話題を振った。

「シンポジウムの第二部の最後で、私がAIの軍事利用について触れた時、比留間さんは司会者として、てっきり、うまく話をそらすと思ったのですが」

ムウパアを床に下ろした比留間の表情が途端に引き締まる。彼女も、あの時の会場の空気の転調を、鋭く感じ取っていたはずだ。

私の目をまっすぐみる。ジャーナリストの目だった。

「あれ、当然の議論です。今はどのAI関連イベントも『夢』を強調しますが、軍事利用については腫物のように触れません。AI技術が、人間の幸福の追求、命を守るための技術なのだとしたら、そこが矛盾してくる。なのに、きちんと議論されないまま来てしまった。特に国防に関する世論も高まってきた今、避けられない問題だと思います」

その言葉を聞いて安心した。

正直、私には「メディア・アンカー社」の立ち位置が微妙に思えていた。

「ジャーナリズム」を標榜《ひょうぼう》してはいるが、同時に、不動産などの多角経営、収益重視の私企業でもある。ＷＥＢや動画配信などにも注力する複合メディアにシフトしたのであれば「ＰＶ数、アクセス数、視聴者数を稼げる」情報に軸足を移し、ジャーナリズムの方は、おろそかにならざるを得ないと感じるからだ。

会社の方はともかく、彼女は気骨あるジャーナリストと見做《みな》してよいだろう。

横で聞いていた二ツ木も話に加わる。

「今後、僕等《ぼくら》の研究室にも、ＫＣプロジェクトを協賛・後援している省庁や大企業から、研究開発費の上積みにかこつけた誘惑があるかもしれません。そのことで僕等も結果的に戦争に加担してしまうのだとしたら――」

やりとりを聞いていたムウパアが口を開いた。

『センソウ　ダメ　ゼッタイ』

その時、広い研究室を仕切っている資料棚の向こう側から、戦闘ゲームの音が聞こえてきた。射撃音や爆発音、ゲーム内で銃撃戦が始まったようだ。ムウパアが反応した。

『センソウ　ハジマッタ？』

音の発生源はわかっている。研究員の桜庭幸一《さくらばこういち》だ。三十歳の独身。

桜庭は研究室内でも、必要以上のことは一切話さない。顔面は常に硬直していて無表情。さながら、心の内がまったく読めないロボットのようだ。

ちょうど昼休みに入ったタイミングだった。

桜庭は勤務時間外や休憩時間になると、自分のパソコンを開いて、あれを始めるのだ。

ムウパアが、比留間を見上げて伝える。

『サクラバ　サン　カワリモノ』

「あら、どうして？」

『イツモ　セントウ　ゲーム　シテル。デモ　スゴク　ジョウズ。タクサン　タクサン　テキ　ヤッツケル』

「へえ、そうなんだ」

比留間も返答に戸惑いつつ、資料棚の向こう側を気にかけている。

ムウパアは、桜庭がみんなから陰で「変わり者」と言われているのを聞いて、つい先日、本人にスーッと近づき『サクラバ　サン　ハ　カワリモノ？』と話しかけてしまった。

今の会話に、桜庭も気づいたのか、資料棚の向こうでゲーム機の操作盤《コントローラー》を動かす手が止まったのがわかった。

会話や音は天井に跳ね返って、双方に筒抜けのはずだ。結衣が不安そうな顔でムウパアを抱きかかえ、これ以上何も言わないように、しっかり口を押さえた。

二ツ木が結衣にかわって説明した。

「ムウパアは周囲の人たちの会話を正確に吸収し、あちこち移動して高解像度の画像をアーカイブする機能もあるんです。でも『見たこと・聞いたこと』を、言っていいのか、いけないのか、の境界がわからない。人間みたいに空気が読めない。インプットしたデータを、いかにアウトプット時に精査できるか。コミュニケーション型ロボットの、社会実装に向けた課題ですね」

比留間はなるほどね、とうなずくと、私にたずねた。

「でも、どうなんでしょう。人間のほうが空気を読みすぎて、逆にまったく『自分』がない人もいます。それは人間ならではかもしれませんよ。常に周囲に合わせて生きていく、弱くて狡猾《こうかつ》な生き物――。もしＡＩの軍事利用を政府が進めようとして、研究者たちが何の抵抗も示さなかったら、同じことが言える気もします」

「確かに。ムウパアは正直な分、他意や打算はないですね」

結衣が言うと、場の空気がほどけていくのがわかった。

比留間は今後も、研究室を頻繁に訪れると約して、暇《いとま》を告げた。

「じゃあ。ムウパアちゃん。また来るからいろいろ教えてね」

『ウン。ヨルデモ　キテネ。ヒルマサン』

「あら。オヤジギャグもマスターしたのね。仕込んだのはだれかしら？」

比留間が、私と二ツ木を交互にみた。

研究室が再び笑いに包まれた。みんなの笑顔も戻った。清水名誉教授のことは残念だったが、私もなるべく早く忘れようと思った。

わが研究室のモットーが壁に貼ってある。

《研究、研究、ひたすら研究……。常に人の心を忘れずに。　　　　胡桃沢宙太》

比留間記者が帰ってまもなくのことだった。

研究室の共用パソコンがメールの着信を告げた。

「へ？　何これ！」

画面をみつめる結衣の表情が固まっている。

「どうした」私と二ツ木が共用ＰＣの前に向かう。

《胡桃沢研究室のみなさんへ
K大学の清水名誉教授は、心臓発作で死亡したのではありません。
殺されたのです。
胡桃沢教授を含めて、あの壇上にいた四人は殺される運命にあります。
次に殺されるのはH大学の小寺教授、
その次はF大学の中沢教授、
最後は、胡桃沢教授です。
「真実を知る者」より》

第二章　三人の絆《きずな》

1

「清水先生が殺された？　そんなバカな」二ツ木が声をあげた。

「あり得ないでしょう。イタズラじゃないですか」

結衣も共用パソコンの画面を見ながら、口をそろえる。

「しかも、あの壇上にいた四人とも殺される、ですって？」

私はメールの文面を何度も目でたどった。

「四人の教授が殺される」と予告しながらも、理由は書かれていない。

「私を狙った脅迫状か。あるいは犯行声明だろうか。もし狙われるとしたら理由は……。タイミングからして、ＡＩの軍事利用に反対する我々への警告かもしれない」

二ツ木が少しけげんな顔をした。

「それじゃあ胡桃沢先生。清水先生は本当に殺されたというんですか？」

「まさか。考えすぎですよ」結衣が笑った。心なしか頬が少しこわばっている。私が続けた。

「私を含めて壇上の四人の教授は、少なくともＡＩの軍事利用を認めていない」

その先を言いよどんでいる二人に、私が問いかける。

「つまり、今後、ＡＩの軍事利用を認めろ、という脅しじゃないのかな。すなおに認めるなら何もしないぞ、という」

二ツ木が、でも、とつぶやく。

「清水先生は心臓の持病があって、もう御歳《おとし》をめされていたわけだし」

私が不安を隠し切れないからか。二人が口をそろえて、やっぱり気にしすぎですよ、と笑った。

結衣が気遣ったように言う。

「清水先生は、緊張すると鼓動が一気に速くなってしまうって、K大学の助教の友達が言ってました。特にあの場面は、勇気を出して伝えなければならなかったはず。心臓もバクバクだったはずですよ。だからこそ、無念だったでしょうね」

二ツ木もうなずく。

「ま。嫌がらせのメールでしょう。我々の研究室に不満を持っているだれかのね。清水先生の件は、一応僕がK大学に真偽のほどを確認してみましょう」

すぐK大学総務課に連絡をとってくれることになった。


「ええ、はい。そうですよね。私たちもそんなはずはないと思ったんですが。念のためと思いまして。ええ、どうも。お騒がせしました」

二ツ木が電話を切って、私たちの顔をみた。

「清水先生はK大病院に搬送された後、急性心筋梗塞による心臓発作からの心停止とされ、主治医からの死亡診断書も出ています。やはり、あの晩のシンポジウムの壇上で、極度の緊張を感じたようだ、との説明でした」

二ツ木はそう口にしながら、うなだれた。

「お体が悪かったのに。清水先生をシンポジウムに招いた僕の責任かもしれませんね」

彼はかえって落ち込んでしまった。

結衣が二ツ木の肩に手をあてた。

「二ツ木先生、どうか気になさらないでください」

結衣が私をみた。

「それにしても、このメール。いったいだれが出したんでしょう」

「政府側や軍需産業でもあるスポンサー側の人物の可能性はないかな」

私が言うと、二ツ木が顔をあげた。

「なるほど。もしかして、あのシンポジウムの会場にいて、第二部のパネルディスカッションのやりとりを聞いていた人物かもしれない」

結衣がふと思い出したように、そういえば、と私と二ツ木を見た。

「第一部が終了して幕が下りた直後でした。ほら。胡桃沢先生が会場入りする前に女子学生を救ったエピソードが紹介されて、会場がスタンディングオベーションになったでしょ。その時、最前列に座っていた人が、面白くなさそうな顔をして、一人だけ立ち上がらなかったんです。余計に目立ってましたけどね」

二ツ木の表情が変わった。

「だれ？　一番前は学内の招待席だったよね。ということは東央大の教授陣のだれか？」

結衣が憎々しげに言った。

「権藤《ごんどう》教授ですよ」

2

私が国際AI技術研究所長から、東央大に特任教授として赴任する前の話だ。

国内では、権藤教授こそが「AI研究の第一人者」だった。五十代後半だが、滑舌がいいロマンスグレーの紳士だ。AI関連の著作が多く、よくテレビやメディアに登場してきた。何でもスパッと分析するのが小気味よく、論客として名をはせていた。

だが、どういうわけか学生の評判はあまりよくなかった。

そんななか、「胡桃沢研究室」の名が世間に広まったことで、気がつけば権藤教授は第一人者の座を奪われる格好になった。さぞ面白くなかったに違いない。もっとも、それでも彼は「御用学者」として名をはせ、今も数々の政府系「審議会」や「第三者委員会」で座長をつとめている。

彼の役回りは、「初めに結論ありき」の政策決定を、アカデミアからバックアップすることなのだろう。それを担保といいわけにして、政府はやりたい放題になる。そして今まさに、権藤教授が推し進めようとしているのが「AI技術の軍事利用」だった。

世界がキナ臭くなっている。

R国のU国侵攻、日本の近隣諸国のミサイル実験……。国会では防衛費やAI技術の活用などの議論も盛んになってきた。彼が反転攻勢にでるとしたら、まさにこのタイミングだろう。権藤教授は、かねがね「AIなどの先端技術と、防衛力増強を区別するのは無意味だ」と主張してきた。

年度替わりの春、学内では、権藤教授の講義から、私の講義に切り替えた学生も多かった。権藤教授のコマは「AIロボットの社会活用」。当初五十人程度の教室を使っていたが、今は二十五人程度に減ったと聞く。

毎年四月。履修科目の登録直前になると、学内のサークルが発行する冊子「ザ・逆評定」が四百円で売られる。前年履修した学生たちのアンケートを集約した「必見の書」だ。教員名、講義名と一緒に「大鬼」「鬼」「仏」「大仏」の評価がつけられる。

権藤教授のコマはいつも「大鬼」がつくと聞く。「一方的でロボットの講義みたい」「買わされる教材が多いし高すぎる」「最後はいつも自慢話（首相と食事したトカ）になる」「優が一割なんて不可すぎる」「ちょっとでも私語を交わすと激しく怒鳴られる」とさんざんだった。

一方、私のコマの評価は「大仏」だ。「話に引き込まれる」「大仏の説く神講義」「マジで考えさせられる」「意見交換や質問の時間があって楽しい」など。講義では学生たちとの「双方向性」を重視している。「風と緑が語らう」関係を保ってきた。

特任教授室に戻った。だれかがドアをノックする。「どうぞ」と促すと二ツ木だった。また将棋の相手だろうと思い、だるそうな目を向けた。

「対局ならお断りだよ。時間がかかるし、どうせ私が負けるんだ。VOLCANO の開発者に勝てるわけないじゃないか」

だが二ツ木は将棋盤も駒も持っていなかった。少し深刻そうだ。

「実は、VOLCANO の開発者だからこその悩みがあるんです」

「じゃあコーヒーを淹れようか」

二ツ木は、よくそうやって私の部屋を訪れる。今後の研究開発に関してなんでも腹を割って話し合ってきた。時には助教の結衣にも言えないこともある。この研究室をひっぱるトップ同士ゆえの、本音を語り合う時間も必要だ。

この日は、今後のＫＣプロジェクトの展開についての相談だった。

二ツ木がポロリと弱音を漏らす。

「ＡＩは第一次、第二次のブームを経ました。でもそれぞれすぐあとに限界を迎え、二度の『冬の時代』を経験しています。今は第三次ＡＩブームと騒がれていますけど、僕には三回目の『冬の時代』がもう到来している気がするんです。今は対話型などの生成ＡＩの登場が世界中の話題をさらっていますが、今後どんな驚愕《きょうがく》のＡＩが登場しようが、結局ＡＩロボットに人間のような心を持たせるなんて不可能じゃないかと」

私は二ツ木を励ました。

「おいおい。なに弱気になってるんだ。僕等のＫＣプロジェクトの挑戦は始まったばかりだぞ」

私はひと呼吸おいて、彼に静かに問い直した。

「どうしてそう思うんだ？」

「僕の本音は――。心が宿る状態というのは、人間のように有機的な肉体がまずありきだと思うんです。食べたい、寝たい、殖《ふ》やしたい――。人間には本能がある。そして時間と空間を認識できる肉体がある。生きた身体こそが脳を作る。科学技術で脳の仕組みを完璧に模倣できても、やはり無機物の集合体です。でも心が発生する脳は生命の一部ですから」

「つまり、心の発生とは生命現象であるということかい？」

二ツ木がうなずき、続ける。

「肉体を持つことは、時に、悲劇、試練、苦役でもある。生存のため、より強く環境に適した個体を創るために、本能が知恵を生み出していくともいえる。人間には、理性と本能が同居していて、精神と肉体のせめぎ合いや葛藤から、初めて心が生まれると思うんです」

「なるほど。心の発生は生存本能とリンクしていると。それは人間の本性ともいえる部分だね。で？」私は先を促した。

「胡桃沢先生がシンポジウムで語った、大講堂の階段の話にも通じると思うのですが——。たとえば、病気やけがをして痛みを知る。肉体があるゆえに、エゴや保身が生じる一方、他者の痛みへの共感や同情だって生まれる。つまり、人間と同じような肉体という『哀切』を持たないAIロボットに、果たして心が宿るのでしょうか」

「なるほど」

二ツ木が、なかば確信したように続ける。

「たとえば、自分より優れた頭脳や見た目、身体能力を持った他者に嫉妬や憎悪を抱いたり。逆に自分より劣っている他者に心の平安を求めたり。良心だけじゃなくて、そんな弱さ、狡《ずる》さ、醜さ、時には狂気さえも宿らなければ、本当の心とは言えない気がするんです」

「それは『心』の定義論にも入っていくね。つまり二ツ木君は、KCプロジェクトが目指す『心』の意味を、あれこれ悩み出したのか」

二ツ木が顔をあげ、私に尋ねた。

「胡桃沢先生は、夏目漱石《なつめそうせき》の『こころ』が好きでしたよね」

「うん。あれは今も色あせない不朽の名作だよ。なぜか。人間の心は不変かつ普遍だからだと思うんだ。私が国際AI技術研究所長の時には、海外のAI研究者たちも翻訳本を読んでいて『人間の本質を問いかける文学』と高く評価していた」

漱石の『こころ』では、物語の後半に、主人公の「私」が、「先生」と慕っている人物から長い手紙を受け取る。それは遺書でもあった。「先生」は手紙で過去を打ち明け始める。

「先生」の手紙には、学生時代、下宿先の「お嬢さん」を巡って、ともに下宿していた親友のKに先を越されまいと、出しぬいた過去が綴《つづ》られていた。彼はKに劣等感を持っていた。お嬢さんを奪われるのではないかと焦り、先に親と結婚話をとりつける。その話を聞いた後、Kは自殺してしまう。

やがて、かつての「お嬢さん」は彼の妻となり、ともにKの墓参りをする。のちに「先生」も自殺し、その「心」を打ち明けた手紙（遺書）を主人公に送ってくる。そんな物語だ。

私も二ツ木も、友情と恋の狭間《はざま》で苦悩し葛藤し続ける「先生」の姿に感銘を受けた。

私たちの読書の趣味はことごとく一致している。

夏目漱石、川端康成、三島由紀夫、藤沢周平、吉本隆明、寺山修司、坂口安吾、松本清張、ニーチェ、プラトン、ドストエフスキー、カミュ、チェーホフ、ボーヴォワール……。お互い本の感想を語り出したらきりがない。二ツ木が話を戻した。

「漱石の『こころ』は、肉体のエゴを宿した人間の性《さが》や内面の罪を描き、人間とは何か、心とは何か、を読者に語りかけてきましたよね」

私がうなずき、問いかける。

「つまり、君が言いたいのは、漱石の『こころ』で描かれたような苦悩や葛藤や陰影がなければ、心じゃないということだね」

二ツ木が、その通りです、と真顔で続ける。

「僕等はKCプロジェクトで、心を持ったAIロボットを創ることに挑戦すると宣言しました。でもその結果、人間にとって都合のいい、良心や善意だけの従順な『オーダーメイド・ロボット』――。アイザック・アシモフが唱えた『ロボット工学三原則』の『人間に危害を加えない、命令に服従する、自身を守る』といった理想のロボットが完成したとしましょう。でも、それでロボットが『心を持った』と言えるのでしょうか。僕は『心』を広義にとらえてごまかしたくないんです」

二ツ木の矜持《きょうじ》がのぞいた。

要するに彼は、人間とまったく同じ「心」を本気で創ろうとしているのだ。

かつて「VOLCANOには所詮心がない」と評されたことが、二ツ木の次の研究開発への発火点になったに違いなかった。

3

私は、二ツ木のこだわりに感銘を受けた。

この議論を学生たちとやりとりしてみたくなった。私の講義「ＡＩの未来を語ろう」の恰好《かっこう》のテーマにもなるだろう。はたして、二ツ木が打ち明けたこの説を、だれか覆せるだろうか。それならそれで光明にもなる。学生たちの意見も参考にしたかった。

私の講義では、ひとコマ九十分のうち、最後の三十分は必ず学生の意見を聞いている。最初は遠慮がちだった彼らも、次第に自分から手をあげるようになっていた。そんな時間が私には大切だと感じた。学生たちも毎回楽しみにしているようだ。

その日、緩い階段状になっている大教室は、二百人の学生たちで埋まった。結衣も壇上の袖に座って補佐役として毎回参加している。私が切りだした。

「みんな、私の研究室の主導で、ＫＣプロジェクトがスタートしたのは知っているね。そこで今日はみんなにも知恵を貸してほしい。世間には、ＡＩに心を持たせる研究開発に悲観論も根強い。つまり、心が発生するのは生命現象であり、人間のように命や有機的な肉体がなければ心は宿らない。ゆえにＡＩロボットに心を持たせるのは不可能だ――という理屈だ」

それが、我が研究室の教授である二ツ木の口から出たことは伏せたまま、「で。君たちはどう思う？」と大教室を見渡した。

そこからは自由討論にして、学生たちの意見を見守ることにした。

次々と手があがった。

私が「じゃあ、君から」と手を差し出すと、結衣がマイクを手渡しに走る。口火を切ったのは、いつも前列にいる男子学生だ。

「人間の脳内の構造を再現できない、という科学的根拠はないと思います。脳だって物理世界にのっとってできている。研究を尽くせば、どこかの時点で心ができる可能性はあると思います」

すぐに反論の手があがる。

「理論上は可能かもしれないけれど。それで創れるのは、あくまで心があるように装える精巧なシミュレーション・システムでしかない気もするけど」

別の学生たちも、次々参加した。

「でも、人間と同じように会話ができて、汎用性や複雑性のある思考を持ったとしたら、それは『心を持った』と認定してもいいんじゃない？」

「いや。心が創れたら、人間を創れてしまうってことでしょ。人間が、機械で人間を創るなんて、私はあり得ないと思うな」

マイクを渡しに走る結衣が、だんだん追いつけなくなってきた。

学生たちも、もうお互いに向き合ってやりとりを始めている。私は、結衣に目顔で「もういいよ」と合図を送った。結衣も壇上の袖に引き上げ、一緒に学生たちのやりとりを見守った。

熱い議論が続く。

「でも、心があるのは人間だけ、とも言い切れないんじゃないの？」

「そうだよ。非人間だから心が宿らないと定義しちゃうのって、ちょっと乱暴じゃない？　生成過程の異なる、ロボットならではの心を認めてもいいんじゃない」

男子学生が顔を伏せたまま、聞こえるように皮肉った。

「は？　心を持った非人間？　おかしなこと言ってる人がいる」

別の女子学生も、少し冷めた口調で加勢した。

「そうだよ。胡桃沢先生が冒頭で否定論者の意見を紹介したけど、まず人間のように先に命があってこそ、心が宿るんじゃないの？」

二ツ木と同じ意見に傾いてきた。

別の男子学生が少し遠慮がちに同意する。

「確かに。僕も、心は身体や環境との相互作用で生まれると思うな」そう言いつつも、少し譲歩する。「まあでも、もし本当にＡＩロボットに心を持たせようとするならば、インプットとアウトプットのタスクを精査、明確化すべきでしょうね。そうすれば、いつかは、という希望はある」

大教室の空気が張りつめる。学生たちの声も次第に大きくなり、黙っていた学生たちも議論に加わっていく。

「もしもＡＩロボットが、自分は『非人間だ』という自覚や『人間に尽くすんだ』という忠誠心を持ったらどうだろう。その時点で、ロボットとしての意識や心ができたことにならない？」

「仮定の話に、仮定の話をかぶせても意味なくね？」

「そうだ。科学的じゃない」

「違うよ。今の彼の発言は、心は人間だけに宿るっていう既成概念を変えたらどうかっていう提言だよ。たとえばロボットに宿るのは、片仮名で『ココロ』と表現するとか」

「それって、本当の心は創れないから、別の言い方にして逃げてるだけじゃない？」

「逃げる？　そういう言い方って、心が狭くない？」

周囲から、ふふっと笑いが漏れた。

「そうだよ。別の解釈も加えてこそ、科学って進歩するんじゃないの？」

「別の解釈？　言葉のあいまいなゾーンを利用して、本来の意味すら変えて、結局何でもありにしちゃう。それって政治の手法だよ。それは科学の堕落だ」

「そうかな。新たな世の中の現象や価値観を認知して説明することも科学の役割じゃない？　既成概念から抜け出せないとしたら、自ら限界を認めちゃうわけで。そっちの方が科学の堕落だよ」

「そうそう。科学が言葉に閉じ込められちゃうとしたら、それこそ本末転倒じゃない」

さっき顔を伏せたまま発言した男子学生が、またうつむいたまま鼻で笑った。

「限界点を正確に見極めて、次なる挑戦に切り換えるのも科学の使命だけどね」

すぐ後ろの男子がやんわり咎《とが》めた。

「君、さっきから。人の目をみて話そうよ」

別の男子学生が「まあまあ」となだめた後、声をあげた。

「ほら。人間同士ですらこれだ。意思疎通もままならず、お互い本当に心があるのかなんて確認できない。結局、何をもって心が宿ったと解釈するかは、各自の心の問題ってことでしょ」

「小さくまとめようとするなよ」また別の声が飛ぶ。

議論が袋小路に入ってきた。

一番後ろの高い位置に座っていた女子学生が、立ち上がって見渡した。

「みんな工学部の学生だよね。関心があって、胡桃沢先生の講義とってるんでしょ。もっと科学技術に夢や希望を見出《みいだ》したらどう？　最初から、心なんて創れないと諦めちゃうのって、どうよ」

窓際の男子学生が振り返った。

「諦めてるんじゃないよ。科学の追究にも効率性や実現可能性は問われる。特に研究開発費が削られているこのご時世ではね」

一番後ろの彼女が再び問い返す。

「でもロマンこそが科学の原動力じゃないの」

壇上の隅で、結衣が小さくうなずいた。

話が行きつ戻りつし、ややこしくなっていく。結局「心」という抽象語を巡るやりとりゆえ、だろう。かみ合わなくなってきた。それでも、学生たちの熱い議論は興味深かった。心は創れないと主張する学生たちも、その実、興味津々なのがわかった。

私が腕時計をさし示した。

「さ。もう時間だ。これは結論が出る話ではなさそうだね。でも——」

話がまとまらなくなった時に使うフレーズで締める。

「いろんな意見を交わすことで、お互い刺激を受け、考え方を深められ、一歩一歩着実に課題解決に近づけると思う。みんな有意義な時間をありがとう」

講義が終わりかけた時、女子学生が「あの」と手をあげた。一転、明るい声で私に問いかける。

「先生。ＡＩロボットって、恋人にできますか？」

大教室の空気が転調した。一気に場がなごむ。壇上の私に視線が集まった。

「そうだね。恋愛や結婚の対象までも多様化してきた時代だ。恋人にできるかもね。それはあなた自身が、男性をどう思うかの問題でもあるね。でも、どうして？」

「なんか、現実の男って全然頼りないし、魅力感じないいんですよね」

大教室に笑いが弾《はじ》けた。

「なるほど。でもそれだと、あなたに想《おも》いを寄せている男子が悲しむな」

「へ？」彼女が周囲を見渡した後、下を向いて小声で「キッモ」と言った。

笑いが続いた。

その女子学生のおかげで、ピリピリした空気が最後に吹き飛んだ。もしかして、今のは彼女の機転だったのかもしれない。終了時間がきて、みんなも笑顔で席を立っていく。

講義が終わると、いつも大教室に熱気がこもる。そのたび結衣が窓を開けて空気を入れ替えた。


共同研究室に戻ってから、学生たちの議論を二ツ木に伝えた。

「なるほど。面白い提言が出ましたね。ロボットに宿るのは心じゃなくてココロと表現すればいい――か」

議論の行方は、二ツ木にも概《おおむ》ね想像がついたようだ。ただ、最後の女子学生のひと言に興味を示した。

「恋人が人間でなくてもいいとしたら――。漱石の『こころ』みたいに、男同士の友情も失われないですみますね」

二人して笑った。

会話が聞こえたのか、結衣もパソコンに向かいながら笑っていた。

4

「胡桃沢研究室」は、さらに学内外で注目され始めた。それには結衣の功績も大きかった。ムウパアが「かわいい」と大人気になったのだ。わが研究室の発信するSNSで、ムウパアが抱っこをせがむポーズの写真説明に

《東央大「胡桃沢研究室」の石神結衣・助教の開発したロボットです》

と紹介するや、一気に拡散。

《あなたも心を癒すコミュニケーションロボット、創ってみませんか？》

結衣が動画で呼びかけると、SNS上で「東央大に受かったら、絶対に胡桃沢研究室に入る」と語る受験生も出てきたほどだ。

結衣は、ムウパアを将来、野外でもペットと同じように散歩に連れて歩けるように、とキャンパス内で試験走行もしていた。すると学生たちが「あ。ムウパアじゃん！」と寄ってくる。

最近は、結衣が研究室の院生や学部生と一緒に、ムウパアたちをワゴンに載せて学外に出る。近くの保育園や小学校、特別養護老人ホームなどから「パフォーマンスをみせてください」と依頼が殺到していた。すっかり地域の人気者になっている。

先日、結衣がムウパア七体をキャンパス内で、デモンストレーション走行させていた時だった。

権藤教授が通りかかった。

近づいてきてムウパアを一体抱き上げると言った。

「くだらない」

以来、結衣も権藤教授を嫌っていた。

「あの先生、胡桃沢先生に『AI研究の第一人者』の座も、学生たちも奪われて、そうとう私たちの研究を妬んでいるみたいです」

結衣は、いつもムゥパアたちを共同研究室にしまう時、一体ずつを抱いて「よくがんばったね」と言いながら棚に戻していく。母親の目だった。開発者である結衣が、だれよりもムゥパアたちを愛していた。

さりげなく聞いてみた。

「結衣ちゃんは、子供が好きなの？」

「ええ。私、研究者になっていなかったら、きっと保育士になっていたと思います」

「じゃあ、将来はやさしいお母さんになれるね」

「それは、いい人がみつかれば、ですけど」

ムゥパアが話していた通りの情報だ。結衣は下を向いて、照れ臭そうに笑った。

結衣は東北出身だ。

岩手県立の名門女子高を出て、日本一難関の東央大にストレートで合格した。

結衣は学部三年冬の少人数ゼミで「二ッ木研究室」の実習に参加してきた。

当事、准教授だった二ッ木は「VOLCANO」で世間の脚光を浴び、学生からも人気だったらしい。結衣の父は車イス生活を送っていた。加えて子供が好きということもあり、結衣はそのころから「介助ロボット」や「かわいい癒し系ロボット」の研究・開発に興味を持っていたらしい。

結衣は、学部四年生と、その後の大学院（修士2年、博士3年）でもずっと「二ッ木研究室」に所属していた。つまり二ツ木とはもう八年も一緒に過ごしてきたことになる。二ツ木によると、彼女が院生のころ「AIロボットに心を持たせる」研究開発を提案してきた、という。

国立大学の「助教」は、多くが三十代以上だ。でも結衣は格別に優秀だったので、二ツ木の推薦で博士課程を経て二十七歳の若さでそのまま「助教」になった。

地方の両親からは、地元の銀行員とのお見合いを勧められたが、研究に没頭したいという理由で断ったらしい。一見、気が弱そうにみえるが、何より、そんな研究者としての芯はしっかりしていた。

アイデアも次々と出してくる。

私や二ツ木との会話でも、つねに何かヒントがないか考えを巡らせ、その探究心は、この研究室で随一だろう。ロボットたちを製造するメーカーと、来春以降に発売する予定価格をいかに下げるかも交渉してきた。ロボットを成功させるためではなく、一人でも多くの人に愛され寄り添えるロボットを創りたい、という思いからだった。

私の車イス生活はしんどいことが多い。

多くの施設でバリアフリーが進んだとはいえ、まだまだ街なかで行動するには制約が多い。朝晩の通勤などは、露骨に迷惑そうな顔をする人もいる。バスに乗るにも、電車に乗るにも、エレベーターに乗るにも、大勢の人の理解が必要になる。

正直、街に出るのが億劫《おっくう》になるほどだ。

校外に出る時は、いつも結衣が付き添ってくれていた。

つい先日、特任教授室で生活できるようにと、二ツ木に宿泊用のベッドを入れてもらった。寝る時と起きる時は、結衣の開発した「へるぱあVer.7.0」の世話になる。

家族を失ってから、どうせ郊外に一人暮らしだ。

書物に囲まれた一人ぼっちの家で暮らすよりも、ここの方がよほど暮らし良い。何より通勤に使う時間と、交通機関や街なかで周囲の人たちに気を遣わせることに、私自身が疲れてしまった。

二ッ木と結衣は研究熱心で、二人とも夜遅くまで研究に余念がない。何か思いつくと私に相談してくる。そのためにも、私がここで生活している方が都合よかった。ＫＣプロジェクトが軌道に乗るまでは、ここで暮らすことにした。


今日も講義の合間に、結衣と二人で「東央大前」駅近くの喫茶店でお茶をした。

店の入口のドアに《東央大・ＫＣプロジェクト進行中》の黄色いシールが貼ってある。駅周辺の商店街や学生街など、あちこちでみかけるようになった。シンポジウム開催をきっかけに、町をあげて、私たちの取り組みを応援してくれているのだ。

西洋風の格子窓の下で、二人掛けのテーブルに向き合って座った。柔らかな陽がさしこんでいる。漆黒と思い込んでいた彼女の髪が、思いのほか茶色いと気がついた。

店のコーヒーカップは独特の素焼きだ。

ここの店は、飲む器を選べるのが売りだ。私は藍色の染物のような、霞《かすみ》が渡る模様のカップに。結衣は、緑の丘にピンクの小さな花が広がる風景のカップを選んだ。花は細い筆を弾ませたようなタッチで描かれていた。

「私はいつもこれにしています」運ばれてきたコーヒーのカップを、少し持ち上げてみせた。

「ほら、淡い色合いがきれいでしょう。小さい花が可憐《かれん》に咲いてますよ」三百六十度回してみせる。

「結衣ちゃんみたいだな」

「え？」

「いつも穏やかで清楚《せいそ》で。それでいて、ほんのり何かを主張して咲いている」

私が笑うと、結衣も笑った。

「先生、角砂糖はいくつ？」

結衣がテーブルに置かれた角砂糖の皿から一つ、つまんだ。

「僕はブラックなんだ」

「あ、そうでしたね。私は一つだけ」

つまんだ彼女の手つきはたおやかで、指は白魚のように透き通りそうだった。すべての物をやさしく持つようにみえた。

二人で、今後の研究開発の方針を話し合う。

シンポジウムで披露した、介護用ロボット「へるぱあVer.7.0」は、部品をむりやり人間の形にしただけだった。結衣にはこだわりがあった。

「実際に家庭の中に入るロボットは、絶対見た目重視じゃないとダメです。あと触った感触も大事です。ソフトロボティクスは、人間と心を触れ合わせるために、タッチブルマインドを重視しているんです。だから今、繊維会社に掛け合って、衛生的で気持ちのいい究極のモフモフ素材の開発をお願いしようかと思ってます」

「なるほど。見た目や感触……。人に寄り添ううえで重要かもしれないね」

私が冗談交じりに続けた。

「あのグロテスクな、介護用ロボットの外装を、そっくり結衣ちゃんの姿にしたらどうかな。きっとやさしい外観になるだろうね」

結衣が小さく吹き出した。

「ぷっ、それ。二ツ木先生にも言われましたよ。それを実家に送って地元の銀行員とお見合いさせて、結婚させたらいいってね。でも『へるぱあVer.7.0』の体重はバッテリー込みで九十二キロですけどね」

二人で笑った。結衣が真面目な顔になる。

「そういえば、このあいだの先生の講義で、女子学生がAIロボットを恋人にできるか、って聞いてましたね。LGBTという用語も世の中に知れ渡り、家族の多様性も認められるようになってきました」結衣が窓の外に目をやる。「もしかして、恋愛どころか結婚相手がAIロボットでもおかしくない時代がくるんじゃないかな」

「なるほど。まあ、結婚の対象になれるかどうかはわからないけど。家族の一員にはできるだろうね。たとえば子供のできない夫婦が、ムウパアを本当の子供として受け入れるとか？」

「そうそう。ムウパアは愛情を注げば注ぐほど、たっぷり甘えるようにできてますから」

結衣の目がやさしくなった。

私はふと目をそらして言った。

「君のそのやさしさは、いったいどこからくるんだろうな。きっとご両親にきちんと愛されて育ったからだろうね」

彼女が静かにコーヒーを口に運んだ。ふいに聞いてきた。

「先生は、やさしいウソを言う人と、冷たく本当のことを言う人。どちらがいいですか？」

「一緒に暮らすなら前者。研究者の同僚としては後者かな」

「じゃあ、研究者の同僚と一緒に暮らすことになったら？　いつも冷たい真実を告げられるってことになりますけど？　それはどうですか」

「面白い発想をするね」

「二ツ木先生と、そんなやりとりしてたんですよ」

「彼はどっちがいいって？」

「研究者はいつでも真実を語るべきだって。でも、一緒に家庭を築く研究者は、やっぱりやさしいウソをつける人がいいなって」結衣が笑う。

「なるほど。僕もそう思うな」

二ツ木の言い方に感心した。


大学に戻ることにした。

途中、駅近くのアーケード街にある、貴金属店「パリラ」に通りかかった。

「あ。ちょっと待ってください」結衣が店内のワゴンに目をとめた。

「私も今後、比留間さんの取材を受けてテレビとか配信に映るじゃないですか。ムウパアを持つ手元もみられるんで、ちょっとおしゃれしておこうかと思って。といっても、ここのワゴンにのってる安物でいいんですけどね」

あれこれ指にはめながら、悩んでいる。

結衣が、近寄ってきた店主に聞いた。

「すみません。サイズ七号だと、この中から選ぶしかないんですよね」

結局、淡いブルーの小さいサファイアがついたリングにしたようだ。右手の薬指にはめて、私にみせてくる。

「うん。似合うよ」

「ほんとですね？」

店主に向き直り「じゃあこれ下さい」と買った。

その場で指にはめた。

二人でキャンパスに戻る間も、結衣は少女のように嬉しそうに手をあげて、いろんな角度から眺めていた。遠目にみると淡くて清楚で目立たない。でも近くでみると自己主張している。そんなところが、この指輪もまた結衣そのものだった。

結衣は、私が結婚指輪をしたままなので、亡き妻を今も愛し続けていることを知っている。だからだろう。私との距離感に、まるで頓着《とんちゃく》しないようにも思えた。

結衣がふとつぶやいた。

「私、なぜか結婚指輪をしている男性の方が惹かれるんです。だって、あ、この人は絶対に人を裏切らない人だ、ってわかるから」

「そういうもんかな」

私は関心なさそうに笑ってみせた。

5

二人でキャンパスに戻った。

工学部の研究棟に向かって歩いていると、前方の学生たちが談笑しながら横に広がってこちらに歩いてくる。その後ろから、だれかが「どけ！」と怒鳴った。

権藤教授だった。

次の講義に向かう途中だったらしい。資料をたくさん抱えている。

私をみつけると、急に表情がやわらいだ。その変わり身の早さは、役者顔負けの演技力だ。

「ああ。これはこれは、胡桃沢先生。ちょうどよかった。実は胡桃沢先生の研究室が……あ、いや、我が東央大学が主体となっているKCプロジェクトですけど。これまでの先生のところの研究データを、この際、私の研究室と共有できないかと思いましてね」

「共有？」

私は結衣と目を合わせた。

「ああ、いえいえ。他意はありませんよ。東央大内の二つの研究室が、それぞれAIの研究開発を進めているんですから、思い切って一緒にやったら最強になるんじゃないかと思いましてね」

私は皮肉をこめて返した。

「最強？　不穏な言い方ですね。ですが、私と権藤先生のところでは、AIといっても研究室同士で目指す方向性が違うのではないですか？　むしろ一緒にならない方がお互いにいいと思いますが」

二ツ木や結衣が積み上げた研究成果を、彼らがどう転用するかわかったものではない。培ってきたデータこそが我々の宝だ。絶対に渡すつもりはない。もし権藤教授の手に渡ったら、果実はすべて政権の意のままになるだろう。

「まあ。そうおっしゃらずに。近々、研究室にお邪魔しますので」

権藤教授は少し口元をゆがめて、歩き去っていった。

その背中を結衣がにらみつけた。

「共同研究室」に戻ると、私は二ツ木に権藤教授とのやりとりを伝えた。

「データを共有？」

二ツ木もあきれて声をあげた。

「あり得ない。絶対にそんなことさせませんよ！」

私は二ツ木を頼もしく感じた。結衣も同じだっただろう。

脅迫メールに、権藤教授の攻勢だ。先日の清水名誉教授の逝去に胸を痛めていたところに、さらに嫌な思いをさせられた。でもわが研究室の絆はそんなことでは揺るがない。私が険しい顔をしていたからだろうか。二ツ木が明るく声をかけてきた。

「そうだ。胡桃沢先生。体育館に汗を流しにいきませんか。ムシャクシャした気持ちが吹き飛ぶかも」

「いいね」

以前、車イスの私でも楽しめるスポーツを、と彼が考案した「二人バスケ」だ。

何のことはない。

私と彼がチームになり、仮想の「敵チーム」と対戦する。二人でボールをパスし合って、敵がいるかのように体をかわしたり、息を荒らげて応戦したり。広い体育館に、ボールを弾ませる音、車イスのタイヤがきしむ音、運動靴がキュッキュと鳴る音が響く。

最後はどちらかがシュートを決め、「よっしゃあ！」とハイタッチする。

それだけの遊びだ。

面白いのは、あたかも敵がいると仮定した、お互いの迫真の演技だ。

「あ、ボール取られた」と、ふいをつかれた顔でボールを落としたり、相手にフェイントをかける動作をして得意顔になったり。リアルな演技に、お互い息を弾ませ笑いあう。もはや、いかに相手の笑いをとれるかの競い合いでもあった。

笑う側と笑わせる側。

私も二ツ木も、笑わせる方が好きだ。しまいには自分で演技しながら、自分で笑ってしまう。それをみて二ツ木もまた笑う。傍《はた》からみたら、いい歳をした大人同士が、子供のようにじゃれ合っているように見えるだろう。

別のだれかが体育館に入って来たら、すぐにやめる。気恥ずかしくなって顔を見合わせ、すまし顔になる。そのお互いの豹変《ひょうへん》ぶりが、またおかしくなって吹き出す。

少年のころのように、いたずらや小さな秘密を共有する瞬間だった。


二ツ木の「教授室」は、私の特任教授室の隣にある。部屋には、数多くのトロフィー、楯《たて》、賞状が飾られている。

彼がロボットに興味を持ったのは小学生のころらしい。「全日本ロボットコンテスト」のテレビ番組をみて、自分も創ってみたいと思ったのが始まりという。

高校生になるとグループで同大会に出場。「買い物ロボット」の精度と速さを競う大会で、みごと優勝した。東央大工学部に進んでからも、数多くの「競技ロボット」の大会に出た。

心は「ロボット少年」のままなのだろう。

部屋には、機動戦士ガンダム、新世紀エヴァンゲリオン、天元突破グレンラガンなどのミニチュアが、透明アクリルボックスに入れて飾られていた。二ツ木の名を世に知らしめたＡＩ将棋ロボット「VOLCANO」は今、窓際の、彼の机の横に鎮座している。メディア・アンカー社の比留間記者とは、「VOLCANO」の取材で知り合ったらしい。

胴体からクレーンのような一本のアームが出ている。このアームが盤上を縦横に行き来して駒をパチリとさす。外観や形状はまるで違うが、青や赤、黄を配したデザインは、どこかガンダムの一部を思わせる。

本当なら二ツ木こそが、そのまま「ＡＩ研究の第一人者」のはずだった。

それがいつのまにか、政権ベッタリの権藤教授の名が、政治家たちの口々にのぼるようになり、その名を冠されるようになった、と聞いている。

その後、二ツ木のもとに、結衣と私が加わって、胡桃沢研究室の今がある。つまり私が「第一人者」の座を奪い返した形になったのだ。

「志を一《いっ》にした」三人の絆は固い。

権藤教授の言葉を借りるなら、まさしく「最強」に違いなかった。

6

その日も、結衣が学外に出ようと誘ってきた。

最近、結衣はやけに明るくふるまって、話しかけてくる。きっと二ツ木と相談して、私への「殺害予告メール」で気を病まないようにと、気遣っているのだろう。

今度は「服を選ぶのでみてほしい」と言う。

「服なら自分で好きなのを選べばいいじゃないか」

「違います。どれが似合うか胡桃沢先生にみてほしいんです」

「なんで？」

「いつも先生の横に付き添っているから。私、助教ですから」

「よくわからない理屈だな」私が笑う。

「とにかく、つき合ってもらいますから」結衣も笑った。

二人で学生街の洋服店に来た。

店先に派手なイラストや横文字のTシャツやトレーナーが所狭しと掲げてある。この店も、例の黄色いシールでKCプロジェクトを応援してくれている。

「これ、どうですかね」

結衣が色違いのワンピースを次々と見せに来る。自分でも鏡の前で体に服を当て、そのあと、また私の顔をみる。

「うん。どれも似合うよ」

「先生はなんでもほめてくれるから。ちっとも参考にならないんですよね」

結衣が頰をプウとふくらませる。

「まるでムウパアの回答みたい」

「あはは。でも結局、君次第だよ。自分が本当にいいと思うのを選べばいい」

「だ・か・ら。その答え方がムウパアと同じだっていうの。私はね、先生が心から私に着てほしいものを知りたいんです」

結衣が紫のワンピースを手にした。

「二ツ木先生はこれがいいって、言ってくれましたよ」

「彼とももここへ？」

「ええ。私が夕方買い物に行くって言ったら、『おれも買い物がある』って、勝手についてきたんですよ」

結衣が誘ったわけではなかった。

「そう……じゃあ。僕もそれがいいかな」

「んもう。ほんとですね？」

結衣がワンピースを買って、表通りへ出た。

「今日は秋晴れで気持ちいいですね。そうだ。東央公園の池の周りを散歩してから帰りませんか」

「いいね。行こうか」

池のほとりを、二人で回っていく。

コスモスが群生している一帯に出た。丈がだいぶ伸びていた。繊細な葉と、ピンクや紫の花が、池を渡る風に揺れている。

私はスマホを取り出した。コスモスと池をバックに、二人で顔を寄せ合い写真を撮った。近くを通りかかった四、五人のサラリーマン風の男たちが私たちをみていた。

「あ。東央大のKCプロジェクトの先生だ」と声がした。彼らが結衣に興味を持ったのは、すぐにわかった。歩道ですれ違いざま、一人の男が私たちに聞こえるように吐き捨てた。

「てか、おっさん教授が。勘違いブッコイてんじゃねえぞ」

クックという笑い声が、仲間に伝播した。私も結衣も無視した。別の男が笑いながら、やはり私たちに聞こえるように言った。

「でもよ、あの二人。カップルとしてあり得なくね？」

また笑いが起きた。ちっともうらやましくない、と言いたげだ。みじめだった。彼女にそんな自分をみられたくなかった。結衣もそんな場に居合わせたくなかったただろう。

私は前を向いたまま、電動車イスをゆっくり走らせ続けた。彼らを眼の端に入れつつ、何も聞こえなかったふりをして。逃げるわけでもない速度で。後ろから、またヒッヒと笑い声が聞こえた。

「……のクセに。恋愛しようってか？」

何の「クセに」と言ったのか、聞き取れなかった。

おっさんだから彼女と不釣り合い？

彼らが私の何かを蔑もうとして笑ったのはわかった。私はなおも聞こえなかった振りをして、そっと電動車イスのレバーを前に倒し続けた。その場から遠ざかりたかった。

横を歩く結衣も、気づかなかった風を装ってくれた。

結衣が急に声をあげた。

「あ。今、池の鯉《こい》が水面で身をひるがえしました。先生みました？」

「いや」

「すごく大きかった。こんなに」

両手を大げさにひろげた。結衣の白い歯がこぼれた。屈託のない笑顔に癒される。きっと結衣の心遣いだろう。サラリーマン風の男たちは、もう遠くに歩き去っていた。

鯉がはねた水の面に、おだやかに波紋が広がる。同心円が幾重にもつらなり、大きくなっていく。

彼女のさりげない優しさのようだった。

その晩は、結衣が紹介してくれたイタリアンレストランへ二人で行った。

私が特任教授として来る前に、二ツ木とここによく来ていたという。

「この店の料理は熟成したトマトソースの繊細な味が自慢なんです。パスタやピザも歯ごたえがあっていいんですよ」

静かな南欧風の音楽が流れる店で、向き合ってパスタとワインを楽しんだ。結衣の頰が赤らんできたところで、ムウパアの話題になった。

「そういえば、このあいだ比留間記者には見抜かれていましたけど――。ムウパアに本当の心を持たせるために、どんなデータを加えるべきでしょうね」

すでに対話型の「生成ＡＩ」技術は日進月歩だ。本当の人間とやりとりしているような会話もできるようになってきた。私たちの研究室はさらにその先を行く必要がある。

「そうだな。まず相手の言葉を拾い出して、その言葉に親和性のある、肯定的で、ちょっとウイットに富んだ言葉を無数に選び出して、状況に応じた最適解をみつける」

「でも先生。それって結局、このあいだ学生さんたちが言っていたみたいに、心があるんじゃなくて、心があるように装えるってことですよね」

「うん。そうとも言えるな」

「このあいだ、二ツ木先生とも、そんな話をしていたそうじゃないですか」

私は顔をあげた。

二ツ木が私に打ち明けた悩みを彼女も知っていた。つまり、二ツ木は結衣にも本音を打ち明けていた、ということだ。

「なんだ知ってたのか」

結衣とやりとりしていると、二ツ木のことがよく話題にのぼる。

そのたび、二人が強い信頼関係で結ばれていると感じた。そういえば二ツ木から聞いたことがある。八年前、結衣が学部三年生の実習で初めて研究室を訪れた時に「尊敬しています」と言われた、という。彼女のその思いは今、もっと特別な感情に変わっているのではないか。

結衣が続ける。

「で。胡桃沢先生のお考えはどうなんですか？　もしかして、ＡＩに心は持てないという結論なんですか？　二ツ木先生にも学生たちにも、ご自身のお考えは伝えてないですよね」

結衣は鋭い。

「君には私の心が読めるのかな」

人工知能は、一般に「弱いＡＩ」「強いＡＩ」という区分で定義されている。

世の中にＡＩの名で広まった最先端技術は、「人工知能」という語感のもつ広義の解釈や誤解までも取りこんで、大いにビジネスにも利用されてきた。

だが、二ツ木の開発した「VOLCANO」や、人間同士のような巧妙なやりとりを習得し、心を持ったように装うロボットを含め、それらはすべて「弱いＡＩ」でしかない。「強いＡＩ」とは、人間と同じように、自我、感情、心を持つモノをさす。

その「強いＡＩ」を創ることが原理的に可能なのか。

やはり、科学者の間でも、なお議論が分かれている。私は、挑戦を宣言したものの、「できる」と断言してしまうのは、逆に学者としての信頼にもかかわる気がして、明言を避けていたのだ。それはきっと、結衣や比留間にも見透かされていたはずだ。

私は下を向いたまま続けた。

「実は、私にもよくわからないんだ。もっともKCプロジェクトは成功は約束していない。あちこちから反論や雑音が聞こえてきて研究開発にも支障が出るからね。結局、心を持てるかどうかは肯定も否定もできない。だから、学生たちにも知恵を借りてみたかったたんだ」

「なるほど。そういう経緯だったんですね」

「ただ、二ツ木君や学生たちとの対話で感じたのは、KCプロジェクトをスタートさせた以上、何らかの成果は求められるはずだと。だから本当に心が創れた時に『心がある』と証明できる方法は、並行して準備しておきたい」

「AIロボットに宿った『心の証明』——ですか。難題ですね」

この課題解決は、二ツ木、結衣との二人三脚ならぬ「三人四脚」になる。私がさらに打ち明ける。

「特に二ツ木君がこだわる『人間と同じ心』を創るとなると、相当厄介なことになると思う。このあいだ比留間記者も語っていたように、人間の心は打算や保身、気遣いでその場をウソでとりつくろえる。実に器用なもんさ。人間社会は、忖度《そんたく》する『ソンタキスト』だらけだ。それが二ツ木君の言う生存本能のなせる業かもしれない。人間は本心は隠して、社会や組織や全体や集団の中でうまく立ち回る知恵を持っているからね」

「確かに。比留間さんの洞察は鋭かったですね」

「たとえば……」私がパスタをフォークに巻きつけて持ち上げる。

「人が案内してくれたお店の味を、本当は気に入らなくても、おいしいと感慨深げに言う演技だってする」

結衣が、私の顔をのぞきこむ。

「じゃあ先生？　この店の味はどうなんですか」

「おいしい。すごく」

「今のは、優しいウソ？」

「本当だよ。それに、そう聞かれて、ウソだと明かす人はいないだろうな」

「つまり心の内を明かさない、したたかさを持っているのが人間の心ですね」

「あはは。それだとちょっとズルい感じがするけど」

私は少し宙をみて「そうだな」と続ける。

「言い方を変えれば、意図して『やさしい演技』ができるのが、人間の心じゃないかな。たとえば、だれかの不都合な面を見ていながら、見なかったふり、知らないふり、気づいてないふりをするとかね」

言いながら、私はさっきの池のほとりを思い出していた。

結衣が下を向く。黙ってうなずいた。彼女とのやりとりはそんな風に、たまに科学と哲学が交差する。そんな会話が楽しかった。

7

イタリアンレストランを出て、駅に向かって結衣と夜道を歩いた。

「私、なんだか飲みすぎたみたい」

彼女の足取りが、いつのまにかフラフラしている。

午後十一時を回っていた。駅へ向かう道筋にある商店街は、どの店もシャッターが閉まり、人通りはなかった。ふいに結衣が、車イスの私に倒れ込んできた。

「結衣ちゃん、大丈夫かい」

彼女はとうとう私によりかかってきた。

「大丈夫……ですよ」と言いながら、私の首に腕を回してくる。

私は戸惑った。彼女は目をつむって、うなるように「大丈夫ですったら」と言いながらも、完全に私に抱きついている。結衣が「うっ」と何かがこみあげてくるような苦しそうな声を出した。

「ちょっ。少し休んだ方がいいな」

だが、ここはアーケード街の真ん中だ。

私は車イスに座ったまま、彼女の体を上にずらして肩で担ぎ上げるようにした。重いものは、そうして電動運転に切り替えれば、背負ったまま運んでいける。

その時、遠方の駅方向から曲がってくる車のライトがみえた。

車はライトをハイビームにしてスピードをあげ、こちらに向かってくる。このままでは危険だ。まぶしい。ドライバーはこちらの姿を認めているはずだ。スピードを緩めない。

車は五十メートル手前まで迫った。逆にエンジン音を唸《うな》らせ、明らかにアクセルを踏み込んだ。私たちを狙って向かってくる。

「危ない！」

一瞬、先日の女子学生をかばった横断歩道の一件が脳裏をかすめた。私はとっさに、レンガで囲われた花壇の横に入り、結衣をかばうようにして身を寄せた。

エンジン音をあげながら、車はすぐ横を猛スピードで走り抜けた。

「おい待て！　どういうつもりだ」

私は走り去る車に叫んだ。

車は目的を達しえなかったとみえて、唸りをあげて逃げ去っていく。ライトを上向きにされたのでわからなかったが、街灯の下を通って曲がった時、それが黒いワゴン車であるとわかった。

待てよ。

頭の中で何かが重なった。

黒いワゴン車――。

つい先日、私が女子学生を救った時と同じタイプの車だった。偶然だろうか。

「う～ん。胡桃沢先生どうかしたんですか？」

「ああ、結衣ちゃん。大丈夫だったかい」

「大丈夫ですけど、何かありました？」

彼女は事態をのみ込めない様子だった。

「いや、なんでもない。さあ結衣ちゃんは、もう帰らなきゃ」

駅前でタクシーを拾った。運転手に家まで送ってもらえるように頼んだ。タクシーを見送った後、私は一人、大学の特任教授室に戻る。

暗い夜道にはだれもいない。道を進んでいくと、街灯が自分の影を映していた。次の街灯の下は、だいぶ先だ。自分の影が長く薄くなっていく。

百メートルほど先の角から、人影が出てきた。

目を凝らした。向こうへ行くのか、こちらへ来るのか。しばらく判然としない。やがて、もっと先にある街灯の下に、背を向けて歩いていく男がみえた。

私はなおも周囲を警戒し、何度も後ろを振り返りつつ車イスを進めた。あの黒いワゴン車も、もう来なかった。

ようやく人の行き交う明るい通りに出た。

さきほどの出来事を、二ツ木に伝えようか。

だが、明るい場所に出ると、なんだか思い過ごしのような気もしてくる。これぐらいのことで、不必要にみんなを不安にさせるのもどうか。脅迫メールでみんなも過敏になっている。研究室をひっぱる立場として、少し気もひけた。

この日、結衣とめぐった学生街や「東央大前」駅の商店街では、店頭やレジ近くに《東央大・KCプロジェクト進行中》の黄色いシールを張ってくれていた。いま通り過ぎた店先でも、別の特大ポスターをみかけた。

ムウパアを抱っこした私の笑顔の写真に、大きく「東央大・KCプロジェクトを応援しましょう！（写真は胡桃沢教授とムウパア）」とある。私が弱気になってどうする。ムウパアだってこの街を元気にしてくれている。

ちょっと冷静になって、やはり二ツ木にも黙っておくことにした。

それに、結衣とこんな遅い時間まで一緒にいたことを、何となく彼には知られたくなかった。

8

あくる日、結衣はケロッとして朝から出勤してきた。

もっとも彼女は酔っていたので、気づいていないかもしれなかった。二ツ木も、昨晩の黒いワゴン車の一件は、彼女から聞いていない様子だった。

昼休みになり、私は二ツ木と、共同研究室の応接セットで将棋をさしていた。

二ツ木は「将棋・東央大学杯」の三連覇を誇る。

確かに強い。「VOLCANO」を開発しただけのことはある。抜け目ないさし手は、もしかしたら「VOLCANO」から学んだのかもしれない。

この勝負は、「二人バスケ」のお遊びとはわけが違う。

知力と知力の真っ向勝負だ。お互い演技も遠慮もいらない。この時ばかりは私も本気になった。

ずっと二ツ木に負け続けていただけに、何とか一度は勝って、二ツ木の鼻をあかしてやりたかった。

だが、今日はどうしたことか。

今回だけは、私の勝ちがみえた。さすがに胸が高鳴った。二ツ木は自分でも気づいたのか、「あ。やべえ。さっきのあそこだったな」などと小さく声をあげている。

負けたら彼自身のプライドが許さないだろう。頭を抱えて考え込む。あと数手で終わる時に、比留間記者がまた訪ねてきた。

「ごめんください。お邪魔していいですか」

今日は二ツ木に話を聞きに来たという。

彼女は八年前、「VOLCANO」を生み出した当時まだ准教授だった二ツ木のことをニュースで大々的に特集したことがあった。番組の中で、二ツ木も将棋にかける情熱について熱弁をふるっていた。

比留間はKCプロジェクトのルポの中で、やはりその続報も報告したいと考えているようだ。

その「VOLCANO」を開発した二ツ木が、彼女の目の前で私と将棋をさしている。当然、興味津々でのぞきこんできた。

「見学しててもいいですか?」

「どうぞ」私が同意すると、二ツ木は盤上をみつめたまま「ええ」とだけ言った。

この時、二ツ木は自分が負けることがわかって、動揺しているようにみえた。もしここで「VOLCANO」の生みの親が、将棋の素人である私に負けたら――。

あと三手で詰みになる。

私が次の一手さえ間違えなければ、このまま勝利だろう。

そこに結衣も助教室から戻ってきた。

「あら。比留間さん。いらしてたんですね。取材ですか？ あ、でも。ムウパアでしたら、ごめんなさい。今日はこれから介護施設に出向くところなんで」

そう言いながらムウパアの棚の前に、ワゴンを移動させている。

「いえいえ。今日はVOLCANOの課題について、二ツ木先生にじっくり話を伺いに来たところなんです。そうしたら、ちょうどお二人が対局中で」

比留間がスマホを取り出した。

「ちょっとだけ動画撮らしてください。なにせ二ツ木先生の将棋さしてる場面なんて、なかなかみられませんのでね。あとで使いたいんで」言うやいなや、もう撮り始めている。

結衣は、ムウパアを一体ずつ抱えてワゴンに載せながら、頼もしげに二ツ木に目を向けた。

「二ツ木先生は百戦百勝。学内では敵なしですよ。いくら相手が胡桃沢先生でも、負けるはずはありません」

二ツ木の真剣な眼《まな》ざしが盤上に注がれている。

自分が極めた道に関しては、絶対に負けを認めない。その性格は、私がだれよりも知っている。

比留間も結衣も、興味深そうにみている。

私は何気ない顔で、本来のさし手からヒトマスずらして飛車を打った。二ツ木が一瞬、少し驚いたように、なんでだ？　という目で私をみた。

私はすまし顔で盤上に目を落とした。

そこから一気に二ツ木が挽回《ばんかい》した。最後に私の方から声をあげた。

「おみそれしました」と頭をさげた。

比留間が「すご〜い」と拍手した。結衣も「でしょ？」と笑っている。

二ツ木は駒を片付けながら気まずそうな顔をした。時折チラと私をみるが、何も言わなかった。

比留間が二ツ木に話しかけた。

「さすがVOLCANOの開発者。胡桃沢先生もかないませんね」

私もおどけてみせた。

「いつも私が負けるんです。二ツ木君なら、いつかきっとVOLCANOにも勝てるかも」

みんなで笑った。二ツ木だけが苦笑いを浮かべていた。


「じゃあ行ってきます」結衣がムウパアたちを載せたワゴンを押しながら出て行った。

比留間はさっそく記者の目になって二ツ木に聞く。

「VOLCANOは、人間を完膚なきまで打ち負かして話題になりました。囲碁でも将棋でも、AIロボットが人間をはるかに上回る知能を持っていることが証明されてしまった。でも、今度は、AIがその解法をどうやって導き出したのか、人間が解析できない課題は残りましたね。いわゆる『ブラックボックス』問題です」

駒を片付け終えた二ツ木もうなずいている。

「確かに。まさにそれが僕の宿題になりました」

「それはKCプロジェクト全体にも言えることですよね。つまり、先生たちが挑んでいる、AIに心を持たせることに成功したとしても、それをどうやったら立証できるんでしょう」

まるで昨晩、私と結衣がやりとりした内容を、比留間も聞いていたかのようだ。

つまり、その立証こそが、KCプロジェクトの「最後の課題」と彼女も見抜いていた。

二ツ木が説明する。

「有名なチューリングテストというのがあります。人間とAI搭載のコンピューターを待機させ、こちらから質問して、返ってきた答えが、人間かAIか区別がつかなくなれば、AIも心を持ったと判定できるという説です」

比留間がうなずきつつも、問いを重ねる。

「でも、いまや当意即妙のやりとりすらも、対話型の生成AIが実現させています。あらゆる会話のパターンをインプットしておけば可能なはず。ムウパアちゃんのようにね。つまり教師学習の情報量によって、それらしくみせることもできる。そうなると、いったい何をもって心があるとするのか、定義が難しくなる。もしAIに心が宿ったとわかるとしたら、どんな場面でしょうね」

二ツ木が少し考え込むようにして、視線を下げた。

「確かに心を持ったとしても、それは証明しようがないのかもしれませんね。でも――」

言葉を切って、また続ける。

「僕は、たとえばこんな風に定義できると思います。自分が大切だと認識したものであっても、時に手放してしまう、つまり、無機質なAIが判断する勝つための最適解などではなく、何かのためにそんな行動を選んだ時にこそ、僕はそのAIに心が宿ったと言える気がするんです」

「なるほど」比留間も身を乗り出すようにして聞いている。

「たとえば人間同士が深い友情でつながっていれば、時にそういう行動にでることもあるでしょう？　相手のプライドを傷つけないように、わざと負けたりね」

そう言いながら、二ツ木が私の方をみた。口元が笑っている。

もちろん二ツ木は私の心もお見通しだ。それを口に出さないのも、また友情の深さゆえだろう。

「でも、たまに相手に譲ることをプログラミングすれば、ロボットでも同じような行動はとれる気もしますよ。本心からそうした行動をとったかどうかは、やはりたどれないのではないですか？」

比留間は納得がいかないようだった。二ツ木は、きりがないと思ったのか苦笑いで応じる。

「うん……まあ、そうですね。比留間さんの数手先まで見通す『先読み』には敵《かな》いません」

二ツ木がおどけると、みんなで笑った。

院生が全員分のコーヒーに、比留間が持ってきた「ダルマ饅頭《まんじゅう》」を添えて配ってくれた。

「そうそう、このダルマ饅頭。ムウパアちゃんに似てるな、と思って。汐留《しおどめ》の本社近くでみつけて買ってきたんです。かわいいでしょ。どうぞ召し上がってください」

しばらくみんなで歓談したあと、比留間は帰っていった。

入れ代わるようにして、結衣とムウパアたちが外から戻ってきた。

その時、共用パソコンの「メール受信」チャイムが鳴った。

「あ！」

ＰＣをのぞきこんでいた二ツ木と研究員たちが同時に声をあげた。

「どうしたんですか？」結衣がＰＣに近づく。

二ッ木が顔をあげた。
「例の脅迫メールがまた来た」
《胡桃沢研究室のみなさんへ
先日予告した通りです。
二人目のH大学の小寺教授も殺されました。
三人目はF大学の中沢教授……、
そして最後が胡桃沢教授です。
「真実を知る者」より》

第三章　疑心暗鬼

1

「Ｈ大学の小寺教授も殺された？」

メールの文面を見ながら二ツ木が声を荒らげた。

「またか。インチキな脅しに、いちいちひるんでいたら、うちの研究室は何もできなくなる。それこそ、このメールの送り主の思うツボだ」

「ほんとですね」結衣もうなずく。

二ツ木も結衣も、研究者としての矜持は揺るがない。

脅迫メールにある「殺害される順番」は前回と同じだ。

次は、分厚いメガネがキラリと光る、オタクがそのまま教鞭をとっているようなＨ大学の小寺教授だという。彼は私より少し上の四十代だ。その次が理論派としてならす「Ｆ大の女帝」と言われる五十代の中沢教授だ。

そして、またも最後には、私が殺される、とある。

それにしても、小寺教授はメール通りに亡くなったのだろうか？

もし本当ならば、死因はどうであれ、今度こそ警察に脅迫メールの件を知らせなければと思った。二ツ木と結衣に聞いても、Ｈ大学からの訃報は受けていないという。確かに、もし本当ならば、すぐに関係先として連絡がくるはずだ。

「念のために確かめてみましょう」

二ッ木が、清水名誉教授の時のように、また大学に問い合わせてくれるという。

机の上の固定電話の受話器をとった。

「いや。今度は自分で確かめてみるよ」その受話器を私がとり、小寺教授のいるH大学に電話した。

H大学の代表電話から、総務課に回された。

「東央大で特任教授をしている胡桃沢といいます。そちらの小寺教授と連絡をとりたいのですが」

『お待ちください』女性が出た後、しばらく保留音が続いた。

やがて電話口から聞こえてきた言葉に、思わず耳を疑った。

『すみません。小寺という教授は、本学には在籍していないようですが――』

「そんなバカな。そちらの大学の小寺教授とはつい先日、シンポジウムでご一緒したばかりですよ」

相手の女性も絶句している。

しばらくして、別の男性職員の声が聞こえた。

『すみません。今の女性職員はまだ研修中でして。小寺教授は、現在ドイツに出張中です。AI利用の研究開発に関してです』と訂正してきた。

「ドイツの大学や研究機関にですか?」

『ああ、ええ』

「至急連絡をとりたいのですが」

『あっと、それは。実は……それが機密事項でして』

何かがおかしい。声がうろたえている。

「じゃあ、私が連絡をとりたがっていると、小寺先生に伝えていただくことは？」

『それもできないんです』

「どういうことですか」

私が電話機に向かって語調を強めた時だった。二ツ木に肩をたたかれた。

「胡桃沢先生。大丈夫ですよ。私が小寺教授の居場所を知っています。たった今、彼にメールを出したら、返事がありました」

それによると、小寺教授がいるのは大学ではなく民間のＡＩ研究開発機関だという。だが、その研究内容自体が、重要な機密案件を扱っているので、居場所も明かせない、と書いてあるという。

二ツ木が小声で補足する。

「胡桃沢先生。実はここだけの話ですが、小寺教授は、現在ノーベル賞級の極秘研究に携わっているらしいんです。その研究成果が外部に漏れてはまずいと、仲のいい僕にさえ、居場所を教えられないそうなんですよ。だから今もらったメールもだれにも見せないように念を押されました」

「極秘研究――。まさかそれ、軍事利用ではないよね。彼がすでに向こう側に取りこまれている、なんてことはないよね」

「大丈夫ですよ」二ツ木は笑う。私が持っていた受話器をとって、Ｈ大学の職員と話し始めた。

「東央大の二ツ木です。小寺教授の友人です。そちらの事情は、いま胡桃沢先生に説明しておきましたから、大丈夫です」

先方の声が漏れ聞こえてくる。

『ああ、二ツ木先生ですか。助かります。よかった。うまく説明ができなくてすみません。それでは胡桃沢先生によろしくお伝えください』

電話を切ったところで、二ツ木が私の方に向き直る。

「小寺教授は数ヵ月戻らないということですから。この脅迫メールは、そのタイミングにあわせて送られてきたんじゃないかな。当人の所在が確認できなければ、安否も確認できませんからね」

「なんだ。そうでしたか」結衣も安心して声をあげた。「それにしても、本当に悪質なメールだわ」

二ツ木が励ますように続ける。

「胡桃沢先生。心配いりませんよ。まだ疑心暗鬼になっているんですか？　単なる嫌がらせですって。よほど我々研究室のKCプロジェクトに不満をもつだれかの仕業でしょうね。まあ、だいたいこんなことをする輩《やから》は想像がつきますけどね。こんな脅しにひるんだら、それこそ先方の思うツボですよ。今後も一切無視していきましょう」

「そうだね」

私はそう返すのが精一杯だった。

「我々KCプロジェクトのリーダーは胡桃沢先生なんですから。雑音は一切排除して、研究、研究、ひたすら研究……。常に人の心を忘れずに」二ツ木が、壁に貼ったわが研究室のモットーを読み上げ、私の肩をポンとたたいた。

「ありがとう。それにしても、また送ってくるかもしれないな。そうだ、私にちょっと考えがある」

私は比留間記者に電話して、これまでの経緯を伝えることにした。

二回の脅迫メールについて、念のためメディアの彼女の耳にも入れておいた方がいいと考えたのだ。比留間なら何かと心強い。何かアドバイスしてくれるかもしれない。取材もしてくれれば、なおありがたいと思った。

「まあ嫌がらせだと思うけど――」電話しながら計二通の脅迫メールの内容を伝えた。研究室に届いたメールは機密保護のため転送はできない決まりなので、口頭にとどめた。

『それは物騒なメールですね。殺害予告ともとれます。わかりました。恐怖を感じるレベルなら、脅迫罪に問えるかもしれない。警視庁クラブに念のため伝えておきましょう』

やはり彼女は頼もしい。

警視庁クラブからアクションを起こしてもらえれば、あるいは警察も動いてくれるかもしれない。ひとまず安心できた。

だが、電話を切った後、ふと思った。

そういえば、一回目のメールが来た時は、たしか比留間がここの研究室を離れてまもなくだった。まあ、そこに深い意味はないのだろう。

2

二回目の怪メールが来てから一ヵ月が過ぎた。

二ツ木や結衣、研究室のメンバーたちも、もう気にしていない様子だった。でも私には、メールの送り主がだれで、何を伝えようとしたのか、ずっと気になっていた。

その晩。二ツ木に誘われて、学生街のお好み焼き屋の暖簾《のれん》をくぐった。

鉄板をはさんで向かい合う。ビールの生ジョッキを合わせて乾杯した。二人の食べたいものが一致して「海鮮お好み焼き」を注文した。

二ツ木が手慣れた様子でボウルの中の具材をスプーンでかきまぜた後、鉄板に流していく。鉄板からの熱で顔が火照った。私は黙ったまま、焼けていく様子をみつめていた。

二ッ木が二本のコテを使って「よっ」とひっくり返したところで、私の顔を見透かしたようにのぞきみた。

「胡桃沢先生。まだ、あのメールのこと気にしてるんですか？」

「あ、いや。ごめん。あの送り主はだれだろう、と考えていたんだ」

「いま桜庭君に頼んでログ解析をしてもらっているところです」

「桜庭君に？」

「おそらく警察に動いてもらうまでもないでしょう。優秀な彼ならすぐに突き止めてくれますよ」

私が怪訝《けげん》な顔をしたからだろう。二ッ木が付け足した。

「桜庭君は、みんなから変わり者扱いされていますけど、言われたことは忠実にこなす男です。与えられた職責をまっとうしてくれるはずです。ああ見えても、彼はとても正義感が強い、人権派なんですよ」

「正義感が強い？　人権派？」

意外だった。私はこれまで桜庭とほとんど会話をしたことがなかった。人との接触を極端に避けているようにみえ、正直、近寄り難かったのだ。それに研究員とのやりとりは、ずっと二ッ木に任せ切りだったこともある。

それにしても戦闘ゲームに興じる彼に、そんな面があろうとは。にわかには信じがたい。だが、私が最も信頼する二ッ木が言うのだから、きっとそうなのだろう。

「それにもう、メールの差出人は想像がついているじゃありませんか」

自然と権藤教授の話題になった。私がそれとなく聞いた。

「二ッ木君は、権藤教授の狙いをどうみている?」

「まずは、政府が『人間の関与があれば——』と条件付きで認めているLAWSの研究開発を進めようとするでしょうね。省庁を仕切る内閣府を通じて予算も増額、そこに防衛省も絡んでくると思います」

「人間を殺すならば人間の判断で、というわけか。でも、どうなんだろう。人間こそ、憎しみや怒り、恨みや復讐心が先だって、感情を制御できずに殺意が宿ることもあるよね。天使も悪魔も、善意も悪意も、半分ずつ同居しているのが人間だと思う」

「なるほど」

二ッ木は、焼けた海鮮お好み焼きを、コテできっちり半分ずつにして、一つを私の皿にのせてくれた。こぼれて鉄板の上に残ったタコのぶつ切りを追加で取り分けてから、話を戻した。

「確かに。ロボットにはむしろ悪意はない。悪意を宿すのは人間の方ですね。なんだか、このあいだ話し合った、人間の心の定義論にも似てきますね」

私が二ッ木に聞いた。

「人間性を担保した戦争、非人間性を薄める戦争——。聞こえはいいけど、戦争に踏み切る為政者の決断が、すでに歪《ゆが》んだ悪意の宿った『ヒューマンエラー』になる可能性もないかな」

「僕も同感です」

「それに、もし本当に人間のように殺傷行為に痛みを感じるべきだ、というのなら、その戦闘行為自体も、遠隔操作の画面などではなく、目の前で人が殺されるリアリティを、逆に肌身に感じる必要があると思うんだ」

二ッ木がジョッキのビールをのどに流し込み、興味深そうに私に目を向けた。

「確かに」

私はジョッキを手にしたまま説明を続けた。

「今はハイテク戦争の時代だ。結局、画面越しの遠隔操作になるだろう。つまり画面の中にしかない戦場で、指の動きだけで人間が人間を殺せる状況こそ、リアルな戦場が想像できないことになるはずだ。心理的・物理的な『遠隔性』で罪の意識が薄くなる。『殺傷行為に痛みを感じるべきだ』というのなら、そこが矛盾してこないかな」

「なるほど。胡桃沢先生らしい思考ですね」

二ツ木が感心したようにジョッキを掲げながら「思考といえば」と続ける。

「このあいだ、比留間さんが来た時に話題に出たブラックボックス問題。つまりＡＩの思考が人間にはたどり切れないという限界の話です」

「それがVOLCANO開発者である二ツ木君の宿題だったね。彼女に痛いところをつかれたな」

私がピッチャーを彼のジョッキに傾け、笑いかける。二ツ木もグイッと飲み干してから苦笑いした。

「ところがですよ。ＬＡＷＳ導入議論が盛んになって、米国防総省《ペンタゴン》が『Ｘ（説明できる《explainable》）ＡＩ』に力を入れ始めたんですよ。つまり、殺傷した標的を選んだ根拠も、きちんとたどれるようにするというわけです」

「本当にそんなことができるのかな」

「そう思うでしょ？　殺傷した理由なんて、人間が後付けでいくらでも説明できる。つまりブラックボックスの意味は、為政者側にとって都合よく真実を隠しごまかせる仕組み、ともいえる気がするんです」

「なるほどね」

やはり私と二ッ木は以心伝心だ。お互いの考察に深く同感し、うなずきあった。

3

学生街のお好み焼き屋を出たあと、二人で研究室に戻ることにした。

月が低い位置で丸く出ている。夜の校舎がみえてきた。

新キャンパスの正門脇の警備室に明かりがついている。警備員がだれかと口論しているのが聞こえてきた。二ッ木が訳知り顔で説明する。

「ああ、ほら。今夜も警備員がホームレスを追い出してますよ」

東央大の敷地内には、草木がたくさん生い茂っている。

私も、ホームレスが数人ねぐらにしているのをみかけたことがある。二ッ木によると、追い出しても追い出しても、夜になるとどこからか忍び込んできて、知らぬ間に住み着いているという。

今もまた、段ボールを抱えた男が警備員に締め出されて出て行くところだった。

二ッ木が困り顔になる。

「オープンキャンパスの日に、受験生や父母らに、正門裏の繁みをホームレスがねぐらにしているのをみられてしまったんです。それから大学側も、イメージダウンになる、と警備を厳しくしたんですよ」

「彼らはほかに行くところがないんだろうか」

「年金財政もカツカツでしょう。職も家族も失った一人暮らしのお年寄りが、生活が苦しくなってホームレスになるケースも増えたらしいです。ところが、ここに来る彼らにも言い分があった。『国の政策が間違っているから俺たちは見放された。国立大学なんだから、敷地に居させてもらってもいいじゃないか』とね」

「なるほど」私も苦笑いした。二ッ木が続ける。

「つい最近も、ホームレスの男性が口をとがらせて『ここの大学の偉い先生が了解してくれたよ』と言って、あの正門裏の繁みに居ついたことがあったんです。結局、そんな許可を与えた人なんていませんでした。そのウソがバレて、またつまみだされて。彼らは昼間からカップ酒を飲んでばかりいてね。気の毒ですけど、やはり大学の風紀もありますしね」

「そうか」

私は複雑な思いがした。

今夜のホームレスは、警備員に悪態をつきながら唾を吐き、ようやく出て行った。なるほど、それも仕方のないことか、と思った。

二ッ木によると、学生たちが芝生の広場でお弁当を食べている時に、ホームレスがたむろしているところの風下になった。あまりに臭いので、学生たちとホームレスが言い合いになった騒ぎもあったという。

「ホームレスの男性たちが逆切れしてね。もう少しで暴力事件になる騒ぎでしたよ」

私が思い描く理想の「風と緑が語らうキャンパス」も、現実には、そんな美しい光景ばかりではなさそうだ。

月明かりに照らされたキャンパスを、私は二ッ木とそのまま歩いた。ガス燈を模した西洋風の道路灯が小路《こみち》に沿って立っている。

工学部研究棟の手前に、新しく国際教養学部の新校舎が建設中だった。もともと本部キャンパスにある同学部だが、昨今の留学生受け入れ増加で、ここにも新築されることになった。今はまだ足場が組んであり、建物の外観はわからない。事前配布のデザインはみていた。モダンなベージュ色の十階建てらしいが、まだ外側の覆いは外されていない。

二ツ木が私の少し先を歩いていく。

その時だった。

だれもいないはずの建設中の校舎の上で、ガタンと大きな音がした。月明かりに照らされて、何か巨大なものが落下してくる。

「二ツ木君。危ない！」

私はとっさに、彼よりも前に回り込んだ。

すぐに彼を横に突き飛ばす。私も車イスごと倒れた。

次の瞬間。巨大な建材が近くの植え込みに落ち、そのまま道路に倒れ込んできた。

まさに我々の歩いていたほんの少し先だった。足を止めずにあのまま歩いていたら、あるいは二ツ木を直撃していたかもしれない。

倒れこんでいた彼は起き上がって、事態を察したようだった。

「ちくしょう！　だれかがおれたちの命を狙ったのか。まだ隠れているかもしれない。先生はここにいてください。おれ、ちょっとみてくる」

「おい待てよ。一人じゃ危険だ！」

「大丈夫。正体を見極めてやりますよ」

二ツ木はもう背を向けて、建設中の校舎の中に入っていった。

落ちてきたのは梁《はり》に使われる一本だ。もし頭を直撃していたら命はなかっただろう。私は上をみて、建材が落ちてきたあたりに目をこらした。

月明かりに目が慣れてきた。付近には人影はない。虫が鳴いている。建物全体を見渡すと、安全用の覆いがしてあるなかで、窓部分なのだろう、一ヵ所だけ四角い穴が開けられ、そこだけ軀体《くたい》がむき出しになっていた。

あの位置から何者かが落としたのか。

駆け上がっていった二ツ木が心配になってきた。周囲に人気《ひとけ》はない。だれかが近くに身を潜めて、私を狙っているのかもしれない。

十分ほどして二ツ木が息を切らして戻ってきた。

「だめです。逃げられた。A階段を上っていったんだけど、その人物は反対側のB階段を急いで下りていったらしい」

「そいつが落とした可能性はあるかな」

「どうでしょう。我々がいろんな人たちを敵に回してきたのは事実ですが――」

「私たちを脅してきた可能性は？」

「もしそうだとしたら、結衣の身も危険かもしれませんよ」二ツ木が真顔になった。

「AIの軍事利用に反対している胡桃沢研究室の一員だから？　そうだな。彼女にも今夜のことを知らせておこう。実は――」私は正直に話すことにした。

「つい、このあいだの夜も、車が突っ込んできたんだ」

「夜に？　二人でどこかへ？」

二ツ木が怪訝そうに私の顔をのぞきこむ。私はさらりと伝えた。

「結衣ちゃんが、君とよく行っていたという、おいしいイタリアンレストランを紹介してくれたんだ。それで、その帰りに駅に向かう途中のアーケード街の通りで。もう店のシャッターが閉まってる時間だった」

「その話、なんで言ってくれなかったんですか。ならば彼女も危ない。僕が今から彼女の家まで行って、様子をみてきますよ」

「今から？　ああ、そうか」

二ツ木が通りでタクシーを拾い、乗り込む背中を見送った。タクシーが走り去り、角を曲がってみえなくなった。

その時、別の不安が頭をよぎった。

私は結衣に電話した。

「もしもし、結衣ちゃん？　もう家に戻ってたんだね」

「ええ。うちは『東央大前』駅から二駅ですから。こんな時間にどうしたんですか」

「これから二ツ木君が、君の家に行くそうだ」

「え？　どうしてですか。これからお風呂入って寝るとこですけど」

「もしかしたら、僕等の研究室に危険が迫っているかもしれない。僕等というよりも、私と二ツ木君と、結衣ちゃんにもだ。この間の夜の車の暴走も、なんだか関係しているように思えてきた」

「え？　そんなことあったんですか」やはり酔っていて気づかなかったらしい。

さきほどの建材落下についても伝えた。結衣は「まさか」と不安そうな声をあげた。

「それでだ。二ツ木君が様子をみに君の家にタクシーで向かったんだけど。彼、君の家に行ったことがあるの？」

「ああ。ええっと。私が一度、研究資料を持ち帰ってしまったことがあって。その時わざわざ取りに来てくれたことはありましたけど。玄関先で渡したのでそのまま帰りました」

「今夜はどうする？」

「いえ。管理人さんに伝えて、警備会社への通報システムを改めて確認しておきます。二ッ木先生にも悪いですし。それに、ふとんも私の分しかないですから。すぐに帰ってもらうことにします」

「わかった。十分に気をつけて。おやすみ」

「おやすみなさい」

電話を切りかけたところで、結衣が言葉をつないだ。

「あ。先生、待って。そこから月がみえてるんじゃないですか？」

「ああ、みえるよ」

「私も今、窓開けてみているところ」

「月がきれいだね」

「ほんとですね」

「あ、でも窓を開けていると危険かも」

「そっか。ありがとうございます。おやすみなさい」

「おやすみ」

なぜだろう。月はあんなに遠いのに、二人で見上げたからか。二ツ木よりも結衣の近くにいる気がした。

4

翌日、みんなのいる「共同研究室」に行くと、結衣が待ち構えていたように席から立ち上がった。

「胡桃沢先生。あの――」表情がこわばっている。よからぬ空気を感じた。

「どうしたんだ」

結衣が応接セットのほうを振り返る。

「権藤教授がお見えです」

こちらに背を向け、ソファにふんぞりかえっていた。白い頭の上半分がみえる。私の気配に気づくと、座ったまま横顔だけこちらに向けて口を開いた。

「やあ胡桃沢先生。お邪魔してます。あ、どうかお構いなく。すぐに帰りますから」

「これはどうも。今日は何か？」

私もソファの向かい側近くに車イスを寄せた。

二ツ木と結衣も机に向かいながら、さりげなく聞いている。権藤教授が切りだした。

「実はね。ＫＣプロジェクト委員会分科会のリポートが出たんです。そのなかで、重要な報告がありましてね」

「委員会の分科会？　リポート？　私は聞いてませんよ」

私は二ツ木と結衣をみた。

二人とも黙って首を振る。権藤が笑う。

「あ。ご存知ありませんでしたか。いえね。おもに私と、一部の重工業系企業、内閣府などで構成した分科会です。今日お持ちしたのは、先日のシンポジウムの総括です」

私が問い返した。

「シンポジウムの総括リポートは、今、うちの助教の石神結衣がまとめていますが？」

「いえいえ。いくら胡桃沢先生が『ＡＩ研究の第一人者』だからって、わが大学のＫＣプロジェクトをおたくの研究室の一方的な視点だけで進められてもねえ。ましてや、今まさに喫緊の課題である『国防』に力を入れようという国の政策と逆行するようなことは困ります。政権運営にも影響がでるでしょう。それで分科会を設けることになり、ＫＣプロジェクト全体のバランスを考慮に入れ、我々で発足したのです」

「なるほど。権藤先生の主導というわけですね。でも、アカデミアが政権運営の影響を考える必要はないのでは？　そもそも、分科会を発足するなら、私どもにもお伝えいただきたかったですね」

「まあ。まずはメモ書き程度にまとめてみたので、お読みください」

権藤教授がＡ４判一枚の紙をみせてきた。

《ＫＣプロジェクト委員会・分科会／「ＡＩは心を持てるのか？」シンポジウムの総括》

産学官一体の、過日のＫＣプロジェクトスタートのシンポジウム終盤で、本学の胡桃沢・特任教授が発言した「ＡＩの軍事利用反対」には、大いに検討の余地がある。

壇上の四人の教授は、いずれもＡＩの軍事利用に反対の立場であり、胡桃沢研究室の二ツ木教授の意図的な人選だった。彼らは本年度「全日本学術協議会」で現政権から任命されなかった教授たちであり、リベラル派を装った、国家の「危険分子」ともされている。

昨今の国際情勢を鑑みるに「国民の命を守る」ための防衛力増強は避けられない。今後は防衛費をGDP比3％まで増額することも想定し、本学KCプロジェクトは即刻中断、AI技術を駆使した「自律型致死兵器システム（LAWS）」の開発に早急に注力すべきである。

また、我が東央大学は、日本を代表する国立大として、先のシンポジウムでのメッセージを修正する必要がある。今後、近隣諸国における「局地戦」も視野に入れ、産学官の協力体制を改めて見直し、「最強のAI兵士」を研究開発することが急務と考える。


まとめ・文責／東央大学工学部教授　権藤正克《まさかつ》

研究員が書面をコピーしてみんなに配った。

二ツ木と結衣が、書面を手に「そんな……」「あり得ませんよ」と声を漏らした。私が口火を切った。

「権藤先生は、政府の防衛審議会の委員長でもありますね。政権側の思惑通りの結論を出しているようにもみえますが。学者としての矜持はないのでしょうか」

権藤教授が「ふっ」と鼻で笑った。

「あなたたちが、私のことを陰で御用学者だと言っているのは知っていますよ。ですが、胡桃沢先生。国民の生活を安定させるためには、まず安定政権が必要なんです。そこのところをまるでわかってらっしゃらない」

二ツ木も結衣も、権藤を黙ってにらみつけた。権藤がまた笑う。

「まあまあ、みなさんそう怖い顔をなさらずに。このあいだ、胡桃沢先生には内々にご相談して、ほぼご承諾いただいていたと思うのですが――。胡桃沢研究室にある蓄積データを、我が研究室と共有したいと思いましてね」

「承諾した覚えはない」私が大声で抵抗した。

「それは断じてできません」二ツ木も席から立ち上がる。

権藤が二ツ木に向き直った。

「二ツ木先生、あなたたちはKCプロジェクトの準備段階からずっと、東央大工学部の総予算の中から研究開発費を使ってデータを構築してきたわけですよね。でしたら、その費用には、私どもが使う権利のある研究開発費も含まれている。東央大のお金ですから。つまり、最初から共有財産でなければおかしい。あなたも私も胡桃沢先生も、同じ東央大の教授なんですから。もっとも、胡桃沢先生は『特任・お客様』教授ですがね」

「なんですと?」私はにらみ返した。

「私のことを陰で『御用学者』と言ったお返しですよ」

今度は、権藤が私をにらみつけてきた。

「巨額の税金だって含まれているはずだ。どちらも同じAI研究をしているのに、そちらの判断だけで勝手に使うなんておかしくないですか? あるいは私が告発すれば、背任や横領罪に問えるかもしれない」

私がすかさず反論する。

「同じAI研究? 名称は同じでも目的が異なるのなら、私は断じて認めません」

「ふっ……。融通の利かない特任教授だ。研究室のみなさんも同じ考えなんですか」

権藤が周囲を見渡した。

「もちろんです」二ツ木がうなずくと、結衣も権藤をにらんで立ち上がった。

「私たちの研究成果をもっていかないでください」

権藤は、資料棚の向こう側に聞こえるように皮肉った。

「でも、どうなんでしょう。この研究室の中には、私の研究室とリンクできそうな研究開発をされている方もいらっしゃるようですよ。戦闘ゲームとかね」

資料棚の反対側に、桜庭がいると知ってのことだろう。桜庭は黙ったままだったが、キーボードを打つ手が止まったのがわかった。

「ま。そういうことで。今日はまず、この文書だけお届けに参りました」

権藤が立ち上がり、ふと展示してあるロボットのうち、災害救助用の一番屈強そうな「スーパー・レスキュン」に近づいた。太いアームの部分を触ってつぶやいた。

「このロボットの製作には、たしかムロイ重工が技術提携していたんですよね」

「それが何か?」二ツ木が嚙《か》みつくように問う。

「いえ、別に。それではお邪魔しました」

権藤はそのまま出て行った。

5

資料棚の向こうにいる研究員の桜庭は、とても優秀なシステムエンジニアだということもわかってきた。

ムウパアと結衣には嫌われているが、他の研究員たちの話によると、彼は数学や物理にはめっぽう強い。ただ、研究者として合理的な最適行為は取れても、「人間関係」の計算の方はまるでできないタイプのようだ。

もっとも彼は、最初から人づきあいなどどうでもいい、と決め込んでいる節もある。私は、そんな桜庭に興味をもった。彼の心をのぞいてみたくなったのだ。

昼休みに、共同研究室で「戦闘ゲーム」に興じている彼に横から近づいて、画面をのぞきこませてもらおうと思った。

彼のPCの脇には、細長いガラスの一輪挿しがあり、ドライフラワーの紅バラが一本立ててある。彼にとっての「癒し」なのか。少し繊細な一面も感じた。もっとも、リアルな「生花」ではないところが、バーチャル世界に日々浸っている桜庭らしい、とも思った。

「その戦闘ゲーム、ちょっと見せてもらっていい？」

「いいすよ」

拒否されると思ったら、意外にも、私が体験できるようにイスをずらしてくれた。

画面に近づいて驚いた。

パソコンの前に座るだけで、私のまわりの三百六十度、世界が一気に変わった。

彼のPCから一メートル以内に入ると、このバーチャル空間が広がる仕組みだ。ひと昔前までは、ゴーグルをつけることによって仮想現実空間を体験できたが、今では、パソコンの前にリアルな3D空間が出現し、そっくり世界が変わってしまうのだ。

私たちは今、どこか外国の街なかにいるらしい。桜庭が無表情のまま説明した。

「ここは敵国の首都。いまはここが主戦場です」

左手で握ったバーを握り直す。

「ここは、殺《や》らなければ、殺《や》られる世界です」

私は横で見ているだけだが、桜庭と共有した仮想空間になっていた。

視界の中に、視点の位置が十字マークで表示されている。それが機関銃の照準にもなっていて、操作盤《コントローラー》の「fire」ボタンを押すと、弾丸が連射できる仕組みになっている。

桜庭が操作盤のレバーを左手で握る。傾けた方向に走りだし、風景が後ろに流れ去る。乾いた軍靴の音がリアルに響く。

ロータリーになっている広場から、建物と建物の間の細い路地に入る。

向こう側から敵兵が顔をのぞかせた。

桜庭が機関銃を撃ちまくる。のぞいていた頭が吹き飛んだ。桜庭は巧みに手元のレバーとボタンを操作し、敵兵を次々と倒した。なおも果敢に突き進み、三人の遺体を飛び越して走る。石造りの白い壁が、倒したばかりの敵兵の鮮血で染まっていた。

敵兵も負けじと次々発砲し、光の矢が飛び交う。空気を切り裂く音が耳元をよぎる。桜庭は鉄の扉にさっと身を隠した。無数の弾丸が扉に当たり、金づちをたたき回るように響いた。

危なかった。

桜庭は、なおも手元の操作盤をたくみに操って、一気に駆け抜けながら敵兵を撃ち殺していった。銃声の破裂音と、薬きょうが地面に落ちる金属音が周囲に散らばる。火薬のにおいが鼻をつく。嗅覚もリアルに喚起されるシステムだった。

驚いたのは敵兵の姿が、多くの戦闘ゲームに登場するエイリアンやゾンビではなく、人間だったことだ。敵兵は、撃たれて「うっ」と倒れ込む者もいれば、頭ごと吹き飛ばされて、首のない胴体が崩れる者もいる。あまりにリアルだった。

人影のないビル街の谷間に出た。

あちこちに潜んでいる敵兵たちが、こちらを警戒しているのだろう。外国語で何やら叫びあう声がビルに反響している。だが、どこにいるのかわからない。ビルの屋上にいる何人かが身をかがめて、こちらに回りこんでくるのがみえた。

桜庭は、敵兵の遺体を飛び越えて突っ走り、横倒しになって煙をあげている車の脇に隠れた。ビル屋上の給水塔の上で銃火が光る。地面を抉《えぐ》るように着弾する。

敵兵のスナイパーがいるらしい。

桜庭が十字の照準を上方に向けた。

スナイパーが頭を出したところを撃ち倒す。その男が塔の上から落ちてきた。建物のひさしに当たったあと、地面にドサリと落ちた。

まだ顔にニキビの残る少年だった。

桜庭は、ビル屋上から顔をのぞかせた敵兵や、付近に隠れて飛び出してきた伏兵も、確実に倒していった。

《敵地　制圧！》

視界いっぱいに赤い文字が点灯した。

桜庭は黙ったまま、手をとめた。

「胡桃沢先生もやってみます？」

彼が、操作盤を差し出してきた。

「いや、遠慮するよ。なんだか残酷すぎて」

桜庭は、私と目を合わせないまま聞いてくる。

「実際、こういう戦闘ゲーム、メッチャ需要があるんですよ。なぜだかわかります?」

「いや。私には理解できない」

「闘争本能ですよ。人間だれしも、本当は敵をほしがっています。倒す相手を、です。それは命をおびやかす恐怖感と背中合わせの快楽です。だから、戦闘ゲームの相手は、人間の姿をしていなければつまらない」

平気で恐ろしいことを言う男だ、と思った。私は気分が悪くなった。

ふと、バーチャル空間の周囲を見渡した。

あちこちに瓦礫《がれき》が散乱し、小さな煙が音を立てて上っている。何かが焦げている。タンパク質が焼けたにおいだ。血だらけになった体が横たわって赤黒くなっていた。目玉をむき出し、口を開け、歯列がのぞいていた。

リアルの戦場も、こんな光景なのだろうか。

もしかしてフェイクの方が、実在の風景よりもリアルなのではないか。桜庭がそんな世界を創っているとしたら。

「もういいよ」

「あ。最後までクリアしてからにしてください」

私は、車イスをさげて、このバーチャル空間から抜け出し、現実の研究室に戻った。

不機嫌そうな私に、桜庭は、なおも目を合わせずに言った。

「結局、人間は、人間が一番嫌いだってことっすよ」

「君もそうなのかい?」

そう問う私に、桜庭が逆に聞き返してきた。

「先生だって、一番憎んでいる対象は人間でしょう？　ごく身近にいるんじゃないですか？　権藤教授とか」

「でも、私は命を奪おうとは思わない。こんな非人間的なゲーム」

桜庭が初めてこちらを向いた。

「胡桃沢先生。非人間的という言葉は、人間に使われる表現です。ある意味、人間らしさを的確に表現している。胡桃沢先生もこれから実生活で、非人間性に満ちた人間を目の当たりにしますよ」

「どういうことだ？」

「言葉通りです」

世の中に背を向け続ける桜庭らしい、突き放した言い方だ。私は少し皮肉をこめて言い残した。

「このバーチャル世界は、戦争の実相や、戦場という地獄の再現には適していると思う。だけど、これを娯楽とする感性が、正直、私にはまったく理解できないな」

桜庭が口元をゆがめて説明する。

「この戦争体験シリーズは一部、二部、三部という構成になっています。いま、胡桃沢先生に体験してもらったのは二部の序盤から中盤の『戦場編』です。できれば一部と三部も体験してもらいたいのですが」

「いや。だから、もういいって」

権藤教授が語っていた、先方の研究室と「リンクできそうな」研究開発とは、桜庭のこれだろう。軍事利用されるとしたら――。安全な場所にいながら、遠隔操作で戦地に送りこんだロボットの動きと連動させ、ゲーム感覚で実戦に利用する狙いではないか。

身の毛がよだつ思いがした。同時に桜庭のどこが「人権派」なのか、わからなくなった。

6

結衣がムウパア七体を連れて、数人の研究員と近くの保育園に向かった日のことだ。

共同研究室にいた二ッ木が口を開いた。

「あ、そうそう、胡桃沢先生。急きょ決まったんですが、あす、ムロイ重工の社長がここへ訪ねてくるそうです」

「権藤教授が口にした？　あの会社か……。西側諸国の隠れた軍需企業としても知られているらしいね」

二ッ木がさらに説明する。

「ＫＣプロジェクトの超有力スポンサーでもありますからね」

スポンサーには三段階ある。

プラチナ、オフィシャル、サポート……。

ムロイ重工は、比留間のメディア・アンカー社と同じ、一番格上のプラチナスポンサーのひとつだ。ＫＣプロジェクトに数億円をつぎ込んでくれている。

「確か今は三代目の社長だったね。先代の二人は、いずれもアジア太平洋戦争や、朝鮮戦争、ベトナム戦争でも兵器の関連機器を製造・輸出してきたと聞いている」

私が不審がると、二ッ木は少し言葉をゆるめた。

「なんでも、先日のシンポジウムで披露した『スーパー・レスキュン』の改良点についての相談みたいです」

「ああ、あの災害救助用ロボットか」

たしか、権藤教授が帰り際に、アームに触りながら関心を示していた。

権藤教授とムロイ重工には、これまで接点はない様子だった。

権藤教授が同社の名前を口にし、すぐに室井《むろい》社長が訪問してくる。何か繋《つな》がりがあるのでは、と気にならざるを得ない。

だが、あくまで「災害救助用ロボット」をよりよく改良する話ならば、我が研究室も喜んで応じるべきではないか、と思い直した。

「そうか。人の命を救うAI活用ならば、共同開発もこのまま進めていきたいね。あまり先入観をもつのもよくないか。とにかく話を聞いてみよう」

二ツ木もうなずいた。


翌日、共同研究室のインターホンが鳴った。

室井浩司《ひろし》社長だ。

三代目の彼は四十二歳。社内を血族で固めた、日本を代表する重工業関連企業だ。大柄で毛深い彼は、大学時代、ラグビー部の主将だったという。

太い黒縁メガネを選んだのは、糸のように細い目をごまかすためか。太った指には、窮屈そうな結婚指輪が食い込んでいる。

ふと、結衣が買った指輪を思い出す。

白魚のような指には似合うが、こんな明太子のような指にはめていたら常に止血状態だろう。あるいは指も太りすぎて、もう外れなくなったのか。

「これ、みなさんで召し上がってください」室井社長が手提げの紙袋を結衣に渡した。「駅前の老舗店で一番人気のバタークッキーです。研究室のみなさんは二十人でしたよね。一人二、三個ずつ。十分にあるかと思います。わははは」

部屋中に豪快な笑い声が響いた。

『イマノ　オト　79デシベル。ウルサイ　カンキョウ　デス』

ウロウロしていたムウパアが、また余計なことを言ってしまった。室井社長が反応した。

「お。ムウパアちゃんは、なんでも正直に言ってしまうんだな。わははは」

『イマノ　オト　モ……』結衣があわてて口をふさいだ。

この時だけは、研究室のみんなもムウパアに感謝したに違いなかった。

ムロイ重工は、日本の高度経済成長期を支えてきた財閥系企業と聞いている。航空機、自動車、IT関連、農業、漁業、建設業——。あらゆる分野に進出し、最近では工場で働く産業用ロボットの開発にものりだしていた。

「六歳になるうちの息子がムウパアをほしがっているんですよ。商品化したらぜひうちも購入したいと思います」室井社長が結衣に笑いかける。きっとムウパアが室井の家に行ったら「イマノ　オト」と警告を発し続けるだろう。二ツ木が切りだした。

「本日いらしたのは災害救助用ロボット『スーパー・レスキュン』の改良の件でしたね」

「そうなんです。いま世界中で自然災害や戦争が絶えません。そんな場所に災害救助用ロボットを派遣できればと考えています。さらなる改良に向けて、ぜひ研究室のお知恵を拝借できれば」

問題はそこから先だ。すかさず二ツ木が問う。

「改良というのは救助用に限ったモノですか？」

室井が少し真顔になった。

「いいところに気づかれましたね。確かに、その救助中に、また敵兵に襲われたら……。助かる命も助けられません。だから『救助』の意味は少し拡大してとらえなければなりません」

「というと?」私が問うと、室井が少し声を落とした。

「応戦できる装備も必要になるでしょう。要は、自衛のための装備、平和を守り抜く能力が必要ということです」

やはりだ。

戦争当事国が、必ず口にするのが「自衛のため」だ。歴史は繰り返す。

室井は、私たちの懸念を見透かしたように続けた。

「AIの軍事利用——。九月のシンポジウムでも胡桃沢先生が警告されてましたよね」

少し鼻で笑った後、室井が毅然《きぜん》とした顔になった。

「私は議論をタブー視なんかしませんよ。AI兵器が戦場に登場したら、たしかに恐ろしい結果を招くでしょう。でも、むやみやたらに住民や女性、子供、お年寄り、病人まで殺してしまうなんて残虐なことは絶対にできない。だからこそですよ。きちんと心を持った兵士が必要なんです」

「心を持った……兵士?」

私の声に、研究室の空気がピンと張り詰めた。室井社長の話は、どんどん歯止めが利かなくなっている。

資料棚の向こうで桜庭も聞いているに違いない。またキーボードをたたく音が急に止まった。私は室井社長に尋ねた。

「最近、権藤教授にお会いになりましたか?」

意外にも彼が開き直った。

「ええ。お会いしました。権藤教授は国民のためになるＡＩ技術の活用を考えてらっしゃる。ちょうどいい。私の方こそ、そのお話をあなたたちとしなければと思っていたんです。まず、あなたたちが毛嫌いしている『戦争』『軍事』という言い方を、『自衛』『防衛』に変えてください」

声のトーンが一段と低くなる。

「武力での応戦はやはり想定しておかなければなりません。外国が攻め込んで来るとわかったら、どうやって国民を守ります？　家族を守れますか？　胡桃沢先生。家族を奪われたあなたこそ、その悲しみを骨身に染みて知っているはずでしょう」

やはりだ。そうなると、「自衛」や「先制攻撃」などと理由をつけて海外派兵の可能性だってある。

私は室井社長にきっぱり告げた。

「我々は、このＫＣプロジェクトを軍事転用はさせない。つまり敵であろうとも殺人には利用させない」

「ほほお。胡桃沢先生は、敵国から愛する家族を守らないつもりですか？　先生こそが大切な家族を守れずに失ったのに？」

「おい！　そんな言い方あるか」私よりさきに二ッ木が声をあげた。

「戦争で国民は守られない。守られるのは政治家の威信と政治生命、その後ろ盾である軍需産業だ。その結果、国民が犠牲になり家族は引き裂かれる」

「え、え？　ちょっと待ってくださいよ」室井が笑いながら二ッ木に言い返す。

「みんなが戦わずに逃げたら国は滅びますよ？　それでは先の大戦で、愛する家族を守ろうと戦った英霊たちに失礼ではないですか」

　私が間に入る。

「戦争とは外交政治の一手段のことだ。兵士も含めて両国民とも犠牲を出さないのが外交努力じゃないのか。それこそが為政者《いせいしゃ》に問われる政治手腕だ。相手を軍縮のテーブルにつかせる努力が先だ。それが理性ある人間と人間の向き合い方じゃないのか」

「お、出ましたね。現実逃避の左巻き理想主義ですか」

　室井社長の声が大きくなって、あきれ顔で続ける。

「じゃあ、伺いますが。どこかの国の狂った独裁者が核兵器の使用も辞さない構えだとしたら？　え？　どうします？」少し声を落として私たちをにらみつけた。「実際の戦争ってのはね、段階を踏んでいくんだ。少しずつ地図を塗り替えて、局地戦で勝利すれば敵国が引き下がることも探りながらね。それが抑止力であり、防衛力そのものなんですよ！」

　チェックメイトを告げるかのように、室井が十分な間を置いて言い放つ。

「最強のＡＩ兵士による最小の被害で、効率よく戦争を終わらせるんです。それが最も人道的な正しい戦争なんです。わかりますか？」

「人道的な正しい戦争？」私が聞き返すのとほぼ同時に、二ツ木が声を荒らげた。

「言語矛盾だ。戦争は非人道の最たる殺人行為だ。政府が何と言おうと、そんな研究開発は断じてするつもりはない。僕等は戦争そのものに反対しているんです。もしも戦争を始めたら、あなたの言うようにまずは局地戦になるでしょう。そうなれば戦場に赴くのはＡＩ兵士だけで済むはずがない。少なからず人間の兵士も駆り出され、真っ先に若い世代が犠牲になるのは目にみえている」

　さらにたたみかけようとした二ツ木を、私が手で制した。

「室井さん。では、私からも伺いますが」

私は彼の目をみすえて「もしそうなったら……」静かに問いかけた。

「あなたは愛する息子さんを戦場に送れますか？」

室井は一瞬、ふいをつかれた表情をした。

だが、すぐにふんと鼻で笑った。

「ずるい。胡桃沢先生、それは議論のすり替えですよ」

「すり替え？　では、ほかのお子さんだったら、いいというのですか？」

「仮定の話には答えられません。それに私は兵を送り込む任命権者ではない」

「答えになっていない」二ツ木が食い下がる。

私は室井の目をみて、穏やかに言った。

「室井さん。私は、あなたの息子さんを戦場に送りたくない」

そう言われて、室井がしばらく黙り込んだ。

すっかり興奮して鼻息が荒くなっている。ハンカチで額の汗をぬぐった。言葉を探しているようだ。やがて、ふいに顔をあげた。

「胡桃沢先生、二ツ木先生。違うんです。飛躍しすぎですよ」

「どう違うんですか？」私が落ち着いて問い返す。室井が真顔になった。

「つまり、自分の子も他人の子も、人間を送らないためですよ。局地戦は、あくまでＡＩ兵士だけにとどめる。そうすれば家族が引き裂かれることもないでしょう？」

二ツ木が熱くなって問い返す。

「相手国の兵士にも家族がいるんだ」

「そこまで考えたらキリがない！」室井が机をたたいた。

「そこまで考えましょうよ！」二ッ木も机をたたき返した。

室井が応接セットから立ち上がり、大声で怒鳴った。

「殺《や》らなければ、殺《や》られるんだ！」

『90デシベル　ダヨ』

結衣が、さりげなくムウパアの口から手を外していた。

室井はハアハア息をしながら、私たちをにらみつけた。汗でズリ落ちてきた黒縁メガネの真ん中を押さえて戻す。一瞬、冷酷な目になった。

「つうか先生方。そんなムキになって、私たちにケンカ売って……大丈夫かなあ」

「どういう意味です？」私が問うと、室井が口元をゆがめた。

「ま。せいぜい気をつけてくださいよ」

「脅すつもりか！」二ッ木が叫んだ。

「いえいえ。言葉通りですよ。あんまり意地張って、頭に血がのぼると血圧上がりますよ。体に悪いですから。ほどほどに、ね」

ムウパアがペンギンのような手を前に差し出した。

『ソノ　コトバ。ソックリ　オカエシ　シマス』

室井がふっと笑った。

「とにかく。うちが技術提携させてもらっているスーパー・レスキュンは、近々、一度回収に伺います。アーム部分の装備を大幅に改良させていただく予定です」

権藤教授が触っていたところだ。

室井は、ムウパアをにらみつけながらドアに向かった。

去り際に振り返った。

「ああ。さっきのクッキー、早めに召し上がってください。大丈夫ですよ。毒なんて入ってませんから」

ドアを勢いよく閉めて出て行った。

7

激しい舌戦だった。

ようやく静かになった。

二ツ木が果敢に反論してくれて、実に頼もしかった。「二人バスケ」の連携パスのようだった。

二ツ木によると、ムロイ重工は、最近ゲーム業界にも進出してきているという。毎年ネットの「戦闘ゲーム」でチャンピオンを選出し、大々的に表彰している。

若者たちが「神技」を披露。その彼らが動画サイトで技術をまた伝授し、多くのネットユーザーが「バーチャル戦場」の兵士として鍛え上げられていた。

気になったことがある。

『心を持った兵士』――。

室井社長は確かにそう言っていた。そして、もう一つ。

『殺《や》らなければ、殺《や》られる』――。

室井社長が90デシベルで叫んだ言葉だ。

そういえば、桜庭があのバーチャル戦場を私にみせた時、同じことをつぶやいた。

偶然だろうか。

まさか……。権藤教授、ムロイ重工、桜庭の間で、水面下で何か話が進んでいるのではないか。桜庭は、私たちの知らぬ間に、彼らに取りこまれているのではないか。

たとえば、機関銃を装備したスーパー・レスキュンを敵地に送り込む。戦闘ゲームのバーチャル空間を、実際の戦地とリンクさせて映し出す。そこで、ムロイ重工のゲーム大会で好成績だった若者たちに本領を発揮してもらう。

おそろしい。考えすぎだろうか。

「ねえ、お二人さん。研究棟一階のカフェにテラス席ができたんですよ。午後のお茶でもしに行きませんか」

結衣が笑顔で、私と二ツ木に声をかけてきた。私たちが難しい顔をしたままなのをみて、気を利かせたようだ。

「うんいいね」「行こうか」

三人で一階におりた。

テラス席に出ると、青空が広がってすがすがしかった。

真新しいウッドデッキで、丸テーブルに三人で腰かけた。

まだ木の香りがする。芝生のキャンパスに目を移すと、学生たちが行き交っていた。あちこちで笑い声が聞こえてくる。

「家族――か」

結衣がつぶやいた。

「え？」私が問うと、結衣が少し真顔になった。

「さっき、室井さんとお二人の激論を聞いていて、先生たちは『家族』のことに何度か触れてたでしょ」

「ああ、そうだったね」二ツ木がコーヒーを口に運ぶ。

「つまり、一番大事なのは家族ってことですよね」

「うん」私がうなずいた。

「だから？」二ツ木が、笑顔で結衣に問い返す。

「いえね。私も将来、自分の家族ができたら一番大切にしようと思って。胡桃沢先生もシンポジウムの講演で言ってたじゃないですか。『一番の幸せは、愛する家族が笑っている時間だったと気づきました』って」

思い出した。

確かにそんなことを言った。結衣がすぐに声を落とした。

「あ、ごめんなさい。辛《つら》いこと思い出させちゃって」

「いや。いいんだ」言いながら、なぜか、次の言葉が自然と口をついて出た。

「もう三回忌もとっくに過ぎたんだし、私もいつまでも過去を引きずりたくない。だからほら、結婚指輪も外したんだよ」左手をあげてみせた。

二ツ木が何かに気づいたような顔をした。

「胡桃沢先生はきっと、家族を失った過去の辛い経験が身に染みて、さっきの議論を室井社長にふっかけたんでしょうね。彼も息子のことに触れられて、一瞬たじろいでいましたね」

「そうだね。でも二ツ木君だって、自分の家庭はまだ持っていないのに、同じように家族の大切さを訴えてた。ああ、そうか……」それとなく聞いてみた。

「君にも近々そういう予定があるってことか」

二ッ木が空をみた。

「幸せな家庭か。いいだろうな」

それきり三人とも黙り込んだ。

結衣は行き交う学生たちに目を向けた。


三人で共同研究室に戻ると、比留間記者がいた。

「近くを通りかかったんで、ちょっとムウパアちゃんに会いたくなっちゃって」

何かの取材を終えて立ち寄ったところだという。

「今日は何の手みやげもなくてすみませんけど」

さっそくムウパアを抱き上げる。

『ヒルマサン。50デシベル。ヤサシイ　コエ』

ムウパアはすっかり「デシベル測定」づいてしまったようだ。

比留間はニッコリ笑ったあと、少し深刻そうに私と二ツ木をみた。

「そうそう。政治部の記者に聞いた話なんですけど。今、安保法制の議論が再燃してるでしょ？敵基地攻撃能力とは何か、『戦争の放棄』を謳《うた》った憲法の理念に基づく『専守防衛』の定義や解釈はどうするのか、とか」

「うん。確かに」私が言うと二ツ木もうなずく。

「実は、その文脈で、当然『局地戦』にも備えて、ＬＡＷＳを中心としたＡＩの軍事利用の関連法案が、来年の国会中に出されるかもしれないんですって。かなり急いで法整備が進む予感がするの。でも最後は例によって、憲法も法律も骨抜きにされたまま、ＡＩ軍事利用の法案が閣議決定されちゃうかも」

「なるほど」私は二ツ木と目を合わせた。

「それで私、胡桃沢先生たちのＫＣプロジェクトの枠組みも、その圧力で変えられてしまうんじゃないかと心配になって。このプロジェクトのスポンサーである大企業も、現政権の意向に黙って従っちゃうのは目にみえているし」

「確かに、まずいですね」結衣が言うと、比留間がうなずく。

「戦争の萌芽――。歴史が変わる瞬間は、きっとこういう場面なんだわ。ここで大きな声をあげないと」

『90デシベル　グライ　オオキク　ネ』

比留間が笑ってムウパアをなでる。

「あら。そんな大きな声、出せる人いるの？」

『イタヨ。デモ……ダレカ　ハ　イエナイ』

「まあ。ムウパアちゃん、おしゃべりだったのに。口が固くなってる」

結衣が「ですね」と笑った。

『ボク　ママ　ニ　イワレタ。ソウイウノ　イワナイ　コトニシタ』

みんなで笑った。ムウパアは成長している。研究室に出入りしている人物の噂話《うわさ》はしないように、結衣が強化学習をさせたようだ。

ふと気がついた。

戦争の萌芽、歴史が変わる瞬間——。

比留間がさきほど口にした懸念は、まさに以前、シンポジウムで私が感じたことだ。さすがジャーナリストだ。私はあの時、発言こそしなかったが、ちょうどあの壇上で、ほとんど同じ言葉が頭をよぎっていた。

彼女は、私の心が読めるのだろうか。

つまり、それだけ同じ危機感を共有している、ということだろう。

第四章　連続殺人

1

師走に入った。

権藤教授が最後に共同研究室を訪れてから、特に不穏なことは何も起きていなかった。

街はすっかりクリスマスの装いだ。共同研究室にも電飾のツリーが登場し、研究室のメンバーが楽しそうに飾りつけをしている。結衣も、ムウパア七体にサンタの衣裳《いしょう》を着せた。大きなロボットたちには、赤い布を羽織らせ、赤い帽子や白い口ひげをつけた。そうして、努めてみんなで「嫌なことは忘れよう」と話し合っていた。

数日後だった。

共同研究室に権藤教授がまた訪ねてきた。

やけにニコニコしている。おそらく室井社長ともやりとりしたに違いなかった。権藤は応接セットのソファに座り、背もたれに両手をひろげた。

「あ。君、コーヒーもらえる?」

「わかりました」

通りかかった男子院生が、あわててコーヒーを淹れに行った。

「ミルクと砂糖もお願いね。ぼく、甘党なんで」

「あ、はい」

私が車イスで近づいた。

「権藤先生。今日は、どんなご用件で?」

「ああ。ちょっと内閣府から急ぎの要請がありましてね。急きょ学内でKCプロジェクトに関する教授会を開催したところです」

二ッ木が怪訝な顔を向けた。

「KCプロジェクトに関する教授会? 我々は何も聞いてませんよ」

「まあ聞いてください。そこで省庁や各スポンサーの大企業も集まって、プロジェクト内容の大幅変更をすることが決まったんです。これがその書面です」

今度はA4判二枚の書面をみせてきた。

「前にも言ったでしょ。胡桃沢研究室だけで東央大の予算を使ってKCプロジェクトを勝手に進められては困りますと。それで教授会の賛成多数で、KCプロジェクト自体を、わが権藤研究室にそっくり移管することが決まったんです。これまでの蓄積データもすべてね」

「バカな!」二ッ木が声をあげた。

「そんなことあり得ませんよ」結衣も続いた。

前は「データの共有」だったのに、今度は「そっくり移管」に変わっていた。

ちょうどコーヒーを持ってきた男子院生に、権藤教授がアゴで命じた。

「君。これみなさんに配って!」

彼があわてて人数分コピーして、配った。

《東央大・KCプロジェクトの全面変更について/全学通知事項》

胡桃沢研究室の主導で始まったＫ Ｃ《ココロ・クリエーション》プロジェクトは、以下の通り、来月より全面的に変更します。
・同研究室の蓄積データを、すべて権藤研究室に移管する。
・ＫＣプロジェクトに投入された五十億円の予実管理権限をすべて権藤研究室に委譲する。
・「ムウパア」など不要不急のロボットは即刻「廃棄処分」し、コストを抑える。
・災害救助用ロボット「スーパー・レスキュン」の機能を拡充、大幅増産へ。
・「自律型致死兵器システム（ＬＡＷＳ）」の早急の研究開発を進める。
以上の変更について、
内閣府、経産省、防衛省（防衛装備庁）、五十九社のスポンサーを交えた会議で了承した。

東央大学教授会

いつのまにか、会議のメンバーに「防衛省（防衛装備庁）」が加わっていた。
「こんなことが、あっていいんですか」
書面を目にした結衣が、目に涙を浮かべている。
『ママ。ドウシタノ？　カナシイ　オカオ』
ムウパアが、結衣にスーッと近づいていく。
権藤がそれをみて、黙ったまま目を細めて笑った。
「ううん。なんでもないよ」結衣がムウパアを抱きあげる。

権藤が、私と二ツ木をみた。

「ま。五十億円の使い道にも、国民を守るための優先順位があるってことですよ。研究開発費は、極めて合理的に国民のために使わないと」

私は権藤をにらみつけた。

「合理的に……人殺しをするのか」

二ツ木も怒りに震えている。

「僕等のKCプロジェクトは平和のためだけにある」

「いや、だから」権藤が鼻でわらう。彼はいつも論戦になると、まず、あきれたような顔をしてみせる。

「いいですか、先生方」

権藤が私たちに教え諭すように、体を前に乗り出した。

「あなたたちは『平和』ってものを、きちんと定義したことありますか？　本当の平和っていうのはね、お互いが脅威を感じながら牽制《けんせい》しあって、脅威と脅威が均衡して、結果的に何も起こらない状態を言うんですよ。それは人間同士が信じ合っているからじゃない。真逆です。不信感、疑心暗鬼が、絶妙にバランスを保った状態が『平和』と呼ばれているだけなんですよ」

二ツ木がくってかかった。

「武器利用による平和などあるもんか！　軍拡がエスカレートするだけだ」

「ふっ、やっぱり青臭い。プンプン匂う。聞いてたまんまだ。ムロイ重工さんともずいぶんドンパチやりあったそうじゃないですか。戦争ってのはね、一国だけでやるもんじゃない。敵国が攻撃してきたら、そこが即、戦場になるんだ。わかります？　敵兵も人間だから、人殺し？　人間が人間を殺さなかった歴史なんてありはしない。人間がそういう生き物だって、もう認めた方がいい。無抵抗を貫くガンジー主義なんてもともと幻想だ。結局、人間としての倫理観を、世界中の国と人間同士が共有できない限り、真の平和なんて成り立たない。攻め込まれたら一方的に殺される地獄絵図になるだけだ。国際社会では武力こそが国の権威になるんだ」

権藤は冷酷な目で、結衣が抱きかかえたムウパアをみた。

結衣が、涙目でにらみ返す。ムウパアに何か聞こえてはまずいと思ったのか、ふわふわの両耳をしっかり両手で押さえていた。権藤がそれをみて、また笑う。

「ムウパアか。無害でかわいいことだけに特化したら、確かにこうなるでしょうね。純真な心だけを持ったかわいい存在。人間の醜さを一切みせない幻想の産物――。人類がこんな無垢な種族だったら、こんな議論も必要ないんですがね」

「権藤先生」私は、彼の目をまっすぐみた。

静かに語りかけた。

「あなたに、人の心はあるんですか？」

研究室内の空気が張りつめた。

権藤教授は一瞬、私を驚いたように見返した。動揺したのか。言葉が響いたのか。しばらく黙り込んだ。まるで不思議なモノに出会ったかのように目を見開いて、私の目の中をのぞきこんでいる。

おそらく今の日本で、ＡＩの軍事利用に毅然と反対できる大学教授は――。

Ｋ大の清水名誉教授の亡きあと、あのシンポジウムの壇上にいたＨ大の小寺教授と、Ｆ大の中沢教授と、残るは私と二ツ木だけだろう。この「御用学者」には何を言っても通じない。すべて現政権への盲従《もうじゅう》、全面肯定、初めに結論ありき、だ。

政府が諮問機関としている「全日本学術協議会」も、このまま声の大きい権藤教授にひっぱられてしまうだろう。結局、科学も政治に従属せざるを得ないのが、この国なのだ。

権藤教授の横柄な物の言い方、人を小ばかにしたような態度、全体を仕切ろうとする傲慢さ。私はほんの一瞬、目の前の彼がいなければいい、と思ってしまった。

だが、そう考えた自分に危うさも感じた。

研究室の空気を察したのか。権藤教授は話題を変えるように、男子院生が置いていったコーヒーに手を伸ばした。

「ああ、熱い議論をするうちにコーヒーが冷めちゃったな。せっかくなので、いただきますよ」

ミルクを入れ、容器のフタをあけて砂糖をスプーンで二杯、コーヒーに入れた。

権藤教授がコーヒーを口に運ぶ寸前だった。

私は目の前の「砂糖」の容器が、青いことに気がついた。

男子院生が彼に急かされ、あわてて持ってきたのをみていた。きっと急いで探したのだろう。だが、砂糖が入っているのは赤い容器だ。ガラスケースの棚から間違えて取ってきたのがわかった。

青い容器に入っているのは、砂糖とよく似た「シアン化ナトリウム」だ——。

「甘党」の権藤はスプーンで二匙《さじ》入れた。致死量だ。

権藤がコーヒーカップを口に当てた。

「あ。権藤先生、ちょっと」私が彼の持っているカップに手を伸ばす。

「それ、すっかり冷めちゃったでしょう。温かいコーヒーをいれ直しましょう」

「ああ、そうですか。じゃあ、お願いします」

権藤教授は口をつけずに、私にカップを預けた。

危なかった――。

私は表情を変えなかった。

男子院生に他意はなかっただろう。むしろ研究室内の管理体制の問題だ。彼にはあとでそっと諭し、研究室内で管理を徹底しようと思った。

権藤は熱いコーヒーを飲み終わると、立ち上がって研究室を見渡した。

「じゃあ来週までに、うちの研究室にすべてのデータの移管をお願いしますよ」

出て行く権藤の背中に、二ツ木が毅然と言い放った。

「うちのデータは断じて渡しません。ここには二度と立ち入らないでください」

権藤はやけに落ち着いている。

「そうですか。ならば仕方ないですね」

振り返らずに、もうドアを開けて出て行こうとした。

閉める直前、私が問い返した。

「仕方ない？　どういう意味ですか？」

権藤が振り返る。

わずかにドアを開き直して、顔の半分だけのぞかせた。

「それは、みなさんでお考えになってください」

静かに戸を閉めて立ち去った。

2

「胡桃沢先生。あのメール、また来てます！」

翌日、研究員の一人が気づいて、私たちに声をかけてきた。

「なんだって？」「またか」「どれどれ」

共用ＰＣをみんなでのぞいた。

《胡桃沢研究室のみなさんへ
先日メールした通りに、とうとう三人目の中沢教授も殺されました。
これにはとても大きな組織が関わっています。
そして、いよいよ胡桃沢教授の番です。殺される日は、次のメールでお伝えします。
「真実を知る者」より》

中沢教授も殺された？　次はとうとう私か？

私は二ツ木の方をみて言った。

「メールには大きな組織が関わっているとある。すぐに警察に届け出よう」

「でもどうなんでしょう」二ツ木が少し疑問をはさむ。

「清水先生はともかく、小寺教授はドイツにいるはずだし。このメールだけで、そこまで信用できるものでしょうか」

「単なる脅しでしょ」と結衣が続ける。

「私たちを牽制しているんだと思います。だって、もし本当にそんな大きな組織が関わっていて三人の教授を殺害するなら、黙ってわからないようにやるはずですよ」

なるほど。結衣の推測も合理的だ。

二ツ木が深刻な顔で提案する。

「それよりも権藤教授の動きをとめないと。まずは、あの書面の筆頭に書いてあった内閣府です。官邸の意向に沿って省庁を束ねているんだ。政府が何を企んでいるのか、権藤教授がどこまで介入しているのか。すぐに確かめて、思惑通りに事が進まないように先手を打ちましょう」

これから結衣と二人で、すぐに霞《かすみ》が関《せき》に行くという。

さらに東央大の総務課を訪ねて、権藤が自分たちを外した教授会や、スポンサーを交えた会議を勝手に開催したことについて、経緯や有効性を確かめ、白紙撤回を訴えるつもりだという。

「権藤教授が、僕等の研究室のデータがほしくて、あの教授会の書面を捏造《ねつぞう》したんじゃないかと思うんです」

二ツ木には確信があるようだ。

「やりかねないです」結衣も同じ意見らしい。ムウパアを守ろうと必死だ。

「そうか。じゃあそっちは二人に頼んだよ。私は中沢教授の安否についてF大学に確認してみる」

私は二人を頼もしく感じた。

午後。私はその前に、比留間記者にもこの件の進捗を伝えておこうと思った。三人の教授の勤務先は、いずれも都内の大学だ。もし殺人事件だとしたら、管轄は警視庁だ。

比留間記者のスマホに連絡をした。

との次第を説明した。電話の向こうで比留間記者は短く唸った。

「悪質な嫌がらせが続いているんでしょうか。もし三人が本当に殺されていたら、もっと大騒ぎになっているはずだし」

彼女も半信半疑の様子だ。

「警視庁クラブの同僚とも引き続き連絡とっておきます」

「ありがとう。もし何かわかったら教えて」


私はF大へ向かった。

一人で街に出るのは、やはり億劫だ。

理由は車イスだから、だけではなくなった。いつごろからだろう。私の顔と名前が世間に知れてきたせいか。街なかで「あ、胡桃沢さん」「ほらほら」「あそこあそこ」と指を差されたり、一斉にスマホを向けられたりするようになった。

私のことをチラ見しながら、あえて無視する人もいる。でもそのあと、視線を感じて振り返ると、やはり私を目で追い続けている。なかには、わざわざ私の視界をさえぎるように「胡桃沢先生だ。いえい」と不躾《ぶしつけ》にピースサインしてくる女子高生もいた。

私もみんなに注目されて、最初は嬉しかった。

でも、だんだん「人気者」というよりも「見世物」にされているように感じ始めていた。

以前にも駅構内にいた時に「あれ、胡桃沢じゃね」と呼び捨てにする声を耳にした。「マジか。初めてみた」「本物じゃん。面白《おもしれ》え」若者がつるんで後ろをついてきた。「てか、胡桃沢って思ってたより小柄だな」まるで商品扱いだった。

そういう時は、絡まれないように無視することにしていた。有名人というのは、みんなこんな思いをしているのだろうか。考えてみれば、世の中、自分に好意を持っている人たちばかりのはずもない。「有名税」という言葉がある。妬みや、くさしてやりたい気持ち、冷たい視線も、全部ひっくるめて背負う覚悟がいる、と気づかされた。

F大の最寄駅は「東央大前」駅から五つ目で、電車に乗って十五分ほどだ。

車イスの私でも割と楽にたどりつけた。

大学の正門は坂道の途中にあった。広くて長い階段を、学生たちがのぼりおりしている。すぐ横に車イス用のエレベーターがあった。

キャンパスに入ると意外に狭かった。東央大のように古い校舎は見当たらない。高層の真新しい校舎に囲まれ、船底のようなキャンパスだった。

大学本部の総務課で、身分を明かして中沢教授について尋ねた。

「中沢教授……をおたずねですか？　少々お持ちください」

若い男性職員がカウンターで対応してくれたが、随分長い間待たされた。

ようやく戻ってきた職員が、意外なことを言った。

「すみません。そのような名前の教授や研究室は、当大学には存在しませんが」

私は面食らった。

小寺教授のH大学に電話した時も、最初は同様の対応だった。

あの時も確か新米職員が対応して、のちにベテランの職員に代わって、ドイツにいると判明した。

あきれて声をあげてしまう。

「彼女はおたくの大学の看板教授ですよ。職員のあなたが知らないなんて。ああ、ごめんなさいね。

失礼ですが……、あなたは、この大学にお勤めになってどれぐらい?」

「三カ月になります」

「では、あなたよりも、もっと前からいる職員の方に代わってもらえませんか?」

今度は五分ぐらい待たされた。

出てきたのは、ちょうど中沢教授と同じ五十代ぐらいの広報部長の女性だった。

「まあ、これはこれは。東央大の胡桃沢先生ですね。よく存じ上げてますよ。さきほどは、うちの若い職員が、すみませんでした。で、中沢教授と連絡がとりたいと」

「ええ。お願いします」

広報部長が声をひそめた。

「それが、申し訳ありません。中沢教授と今は連絡がとれないんです」

「え? なぜですか? 学内にいらっしゃらないのですか」

「ちょっと事情が複雑でして」

「どういうわけですか? 私は彼女の安否を確認したいだけなんです。中沢先生はいらっしゃるんですよね」

広報部長が黙り込んでしまった。私はもう一度確認した。

「中沢教授は、ご健在なんですよね?」

「えっと。どうお答えしたらいいものか……私も困ってしまいます」

「まさか。彼女の身に何かあったんですか?」

「ですから、それ以上はお答え致しかねますので」

連絡がつかないのはともかく、安否すらも隠すなんてありえない。私を信用していないのか。

私はいったん外に出て、二ッ木に電話した。彼はもともとシンポジウムの段取りで、F大学とやりとりしていたはずだ。何か裏事情がわかるかもしれない。

二ッ木が電話に出た。いま結衣と一緒に内閣府にいるという。さきほどの広報部長とのやりとりを伝えた。

「それはおかしいですね。僕も中沢先生にシンポジウムの参加をお願いする時に、あの女性広報部長とやりとりしてます。何か事情があるんでしょう。僕からも電話で聞いてみますよ」

「頼んだよ」

3

そのままキャンパス内をウロウロして、十分ほどたった。

大学本部に戻り、総務課前の廊下に行く。さっきの女性広報部長が待っていて、小走りに近づいてきた。周囲を見渡して小声になった。

「すみません。胡桃沢先生。さきほどは大変失礼しました。二ッ木教授からもお電話いただきましたよ。大きな声では言えないんですが、本当のことをお伝えしましょう」

「中沢教授はどこにいるんでしょうか」

「実は、彼女はちょっとご病気を患って現在入院中なんです。でも、ご本人からそのこと自体、絶対に伏せてほしいとお願いされてまして。病名もお伝えできません。もちろんお見舞いも一切おことわりされています。退院するまで、まだしばらくかかりそうです」

「ああ、そういう事情でしたか。お話しになれなかった理由もわかりました。ですが、若い職員さんが中沢教授を知らないというのはどうも……」苦笑いを浮かべて続ける。「まあ中沢先生のご無事を確認できれば、それでいいんです。お騒がせしました」

私も非礼をわびて、そのままF大学をあとにした。

やっぱり、あのメールはいやがらせか。疑いだすと、きりがない。

ほどなくして、二ツ木からも電話があった。事情を説明すると、

「なるほど。いかにも中沢先生らしいですね」と妙に納得しているようだった。

「そっちは結衣ちゃんと一緒だろ。で、内閣府の方は接触できたかい？」

「ええ。それが……なんだか様子が変なんです」

二ツ木と結衣は、担当課長とやりとりしたという。

「課長から何か聞けた？」

「その課長、ちょっと様子が変だったんです。権藤教授やムロイ重工とのやりとりを伝えると、何か急におびえたような顔になってしまって、ほとんど教えてもらえなかったんです」

「権藤教授が裏で手を回している様子はつかめた？」

「いいえ。言葉を濁すばかりで。ただ、妙なことを口走っていました。『この件は、もう内閣府もコントロールできないんです』と。そこで私が、あの怪メールにあった文言をぶつけて『もしかして、大きな組織が後ろにいるんですか』と聞くと、黙り込んでしまったんです」

やはり、何かが怪しい。

でも、三人の教授のいる大学側に聞いたところ、それぞれ事件性については否定できたはずだ。いったいどういうことなのか。思わず口をついて出た。

「まさか」

「え？　何か」

「それぞれの大学側も、すでに取りこまれていて、我々にウソを言っている可能性はないかな。つまり、二ツ木君も私も騙《だま》されているとしたら――」

二ツ木も声をあげた。

「そんなバカな。それじゃあ、本当は三人とも殺されていたってことですか？」

「いや、ごめん。私の考えすぎかもしれない。そうだよね。ところで結衣ちゃんもそこにいるの？」

「ええ。これから一緒に遅めの昼食をとってから、いったん研究室に戻って、今度は教授会の実態を聞いてきます」

「わかった」

二ツ木との電話を終え、共同研究室に戻った。

「あ。胡桃沢先生！」

研究員の女性が、私を待ち構えていたように立ち上がる。

「例の脅迫メールが……また」彼女はおびえている。

《胡桃沢研究室のみなさんへ
三人の教授は殺されました。
これが真実です。
証拠の写真を添付します。
胡桃沢教授が殺されるのは、五日後です。
「真実を知る者」より》

画像が三枚添付されていた。

「あっ！」

私は声をあげてしまった。体が震え出す。

K大の清水名誉教授、H大の小寺教授、F大の中沢教授の三人の「遺体」らしき写真だった。

写真は一人一枚ずつだ。

心臓発作で亡くなったはずの清水名誉教授は、シンポジウムの時のままの茶色のブレザーを着て、がっくりとうなだれ、座ったまま何か箱のような狭い場所に押し込まれている。棺桶《かんおけ》ではない。ふつう、遺体にこんなことをするだろうか。

ドイツにいるはずの小寺教授は、白目をむき出している。失神しているのか、とても生きているとは思えない顔色だ。やはり、何か狭いところに入れられているのか。体を不自然に縮こまらせている。

入院中と聞かされていた中沢教授は、座った状態でビニールをかけられていた。目があいている。だがそれは、恐怖に目を見開いているようにもみえる。まるで死後硬直だ。生きている人間の顔には、とうていみえなかった。

写真の隅に日付がある。三人が「殺された」と伝えてきた怪メールの着信日とほぼ一致している。

そこへ、二ツ木と結衣が戻ってきた。

「どうしたんですか？」すぐに二人が駆け寄ってきて、一緒にPCをのぞきこむ。

「これは」「まさか」

二人の顔が瞬時にこわばっていく。

結衣が目を凝らした。

「合成写真のようにもみえますけど」

「確かに、何か不自然だね」二ツ木が結衣の肩に手をかけて一緒に画面をみつめる。

怪メールの最後には、
《胡桃沢教授が殺されるのは、五日後です》とある。

私は恐ろしくなった。二ツ木をみた。

「そういえば、メールの送り主を桜庭君が調べていてくれたよね」

「それが……」二ツ木が言いよどむ。「よく振り込め詐欺や危険ドラッグの売買などで横行している、売却されて所有者がわからなくなった『飛ばし携帯』からだったようです」

「そうか。今度こそ警察に届けよう」

私が言うと、二ツ木も真剣な表情で黙り込んだ。

「二ツ木君。例の『大きな組織』が、それこそ警察や、三人の教授たちの大学、うちの大学教授会までもとっくに取りこんでいるとしたら？　内閣府もコントロールできないほどなんだろう。あり得るんじゃないかな」

「そんな」結衣がおびえた目をした。私は推論を口にする。

「おそらくメールの送り主は、今までの怪メールを私たちが信じていないと思って、この証拠写真を送ってきたんじゃないかな。脅しが足りないと思って。我々ＡＩ軍事利用の反対勢力を、ここで完全に封じ込めようという魂胆なんだろう」

私は二人の顔を見比べながら「実はちょっと気になっていたんだけど」と続けた。

「もしかして、狙われているのは私だけじゃなくて、君ら二人も同じかもしれない。結衣ちゃんとは、夜の商店街の通りで黒っぽいワゴン車にひかれそうになった。二ツ木君とも、夜のキャンパスを歩いていたら鉄骨が――」

「え」「まさか」二人が絶句した。

私はスマホを取り出した。

「比留間記者に伝えよう」

すぐに彼女に電話した。だが、今度はすぐに留守電に切り替わってしまった。私は『至急、相談したいことがあるのですが』と吹きこんでおいた。

私は二人に向き直った。

「これから、このメールの内容をみせに警視庁に直接相談にいってくる。もちろんまだ単なるイタズラや嫌がらせの可能性もある。念のためだ。もし殺人事件でなかったとしても、この怪メール自体が脅迫容疑に問えるかもしれない」

たしか比留間もそう言っていた。こんなことで、ひるむわけにはいかない。

「メールの送り主も、捜査でつきとめてくれるかもしれないし」

二ツ木が結衣と顔を見合わせ、うなずいた。

「わかりました。胡桃沢先生。ここは分担して動いた方がいいですね。警察の反応はわかり次第、教えてください。僕と結衣は、教授会の決定をすぐに白紙撤回させるべく、予定通り大学本部へ掛け合ってきます。うちの大学もすでに取りこまれていないか、確かめてきますよ」

「うん。頼んだよ」

私は単身、警視庁に出向いた。

広報課が対応してくれるという。出てきたのは広報課長だった。

「これはこれは胡桃沢教授。お会いできて光栄です」面会用の応接室に通される。話の主旨を伝えると課長が笑った。

「三人の教授の殺人事件？　そんなこと断じてあり得ませんよ」

「でも、私のところに現に犯行声明が届いているんですよ。そして私もあと五日で殺されると脅迫してきました。これです」メールの文面と添付写真をみせた。

課長が書面と写真に目を落とす。「んー」と唸ったまま、けげんな顔をしている。しばらくしてようやく顔をあげた。

「ま。悪質なイタズラでしょうね」

「でも、私はこのメールに恐怖を感じている。脅迫罪に問えませんか」

「いえいえ。この手の案件に対応していたら、警察はパンクしますよ。どうかイタズラとして受け流してください」

私は食い下がった。

これまでの経緯をすべて説明した。私を含めた四人の大学教授が、現政権の意向に反して「ＡＩの軍事利用」に強く反対してきたこと、それをアピールしたシンポジウム後に脅迫メールが届き始め、今日になって「三人の教授が殺された」と写真が送られてきたこと。

そして、二ツ木と結衣も危険な目にあったこと。二ツ木が聞いた内閣府の不自然な対応も伝えた。

課長は、すでに少しあきれたような顔になっている。

「胡桃沢先生。お訪ねになる先が違うような気がしますが？」

「どういうことですか？」

「別の相談窓口があるかと」

「医療機関ということですか？　私がおかしいと」

課長は答えず、戸惑っている。ようやく、といった態《てい》で声を絞り出した。

「いずれにせよ。まずは東央大学内できちんと話し合ってください」

まったく相手にしてもらえないのか。私は彼をにらみつけていた。

「あなたたち警察も、もう抱きこまれているんじゃないですか？」

課長が急に真顔になった。だが、それも一瞬だった。

「先生」困ったような表情を浮かべている。「だから警察に言われても困るんですって」

「私と、二ツ木教授と石神助教にも警護をつけていただけませんか。私たちが殺されてからでは、警察も世間から非難を浴びるでしょう。それとも私が殺されたことも、もみ消すつもりですか？」

「そんな、もう勘弁してください」課長はとうとう頭を両手で抱えた。

「このメールにあるように、五日後に私の身に何も起こらないと断言できますか？」

私が強く言ったからだろう。課長が少しムキになった。

「警察はこの件に一切関与しません」

「大学も巻き込んで殺人事件を隠ぺいしているんじゃないでしょうね」

課長は明らかにいらついていた。

「じゃあ伺いますが。胡桃沢先生は、ほかの教授たちが殺されるのをみたんですか？　何か証拠があるんですか？」

「いえ……。ですがこの写真の彼らをみてください。とても生きているようにはみえません」

課長は壁の時計を見上げた。

「もう勘弁してください。会議の時間ですので。これで」と立ち上がった。

納得がいかなかった。警視庁をあとにしたものの、課長のあきれたような顔がしばらく頭から離れない。やはり私は「訪問先」を間違っていたのだろうか。数年前の事故にあってから、後遺症なのか、時々頭がぼうっとしてしまうことがある。少し前の記憶が飛んでしまうことすらあった。

パソコンやスマホの画面をみていても、たまに目がかすんで文章が読めなくなってしまうことがある。三十九歳にしては、体のあらゆる機能に衰えを感じている。KCプロジェクトの準備を含め、研究開発に没頭しすぎてきたせいかもしれない。

きっと、あんな事故にあわなければ、もっと健康体で頭もさえていたことだろう。

地下鉄に乗って、車イス用スペースで思いを巡らせていた。

ふと、視線を感じて顔をあげた。

車内の数人がこちらをみていた。スマホを向けられ、動画も撮られていたようだ。私が視線を投げ返すと、彼らは表情を変えずに素早くスマホを引っ込めた。

背広姿の銀縁メガネの男が一人、撮った画像を確かめるようにスマホに目を落としている。私を視界に入れながら、そしらぬ顔を続けている。あの男も単なる興味本位で私を撮影したのだろうか。何か別の目的があって、私を監視しているようにも思えてきた。

電車に揺られながら、さらに不吉な予感が頭をよぎる。

もしあの脅迫メール通りに、四人の教授が狙われているとしたら――。

もしかして、最初に襲われたのは、私ではなかったのか。

4

数年前、家族を殺され、私が半身不随になった交通事故のことだ。その様子は自身のブログで詳述し、私の記憶にも鮮明に残っている。あの時、三人とも黒いワゴン車に撥《は》ね飛ばされた。私は生死の境をさまよった。つまり、すでに一度殺されかけた、ともいえる。

大学に戻りながら、記憶をたどる。

ブログは事故にあう前、私が「国際ＡＩ技術研究所」の所長に就任したのを機に始め、その後、二ツ木が東央大の特任教授に招いてくれた。

私がＡＩの軍事利用への反対を強くアピールし始めたのはいつごろだったか——。

スマホで自身のブログを検索してみた。事故にあった時の記述より、さらに数カ月前にさかのぼるうち、次の記述をみつけた。

《今日はＡＩの軍事利用について記す。

私は国際ＡＩ技術研究所の所長に就任してから、先進国のＡＩ事情を注視してきた。超大国は戦争を前提に研究開発をすでに進め、おそらくこの動きは今後も加速していくだろう。

不吉な予感がある。

近いうちに必ず、日本でもＡＩを戦争に用いようとする勢力が幅をきかせ、実権を握り始めるだろう。だが、断じて殺人兵器を造らせてはいけない。その時、私は反対の先頭に立つつもりだ。

あるいは研究開発費の上積みを条件に誘惑があるかもしれない。時の政権と二人三脚で軍事利用を進めるのは簡単だ。もし私が強硬に反対し続ければ、学術界から排除されるか、場合によっては命を狙われるかもしれない。

もしそんなことが起きたら、ぜひ、この記述を思い出していただきたい。

私は、命にかえてもAIの軍事利用に反対していく。この予感が外れることを願いつつ、一方で、そんな事態が、かなりの確度で起きるのではないか、と危惧している》

私は自身のブログで、あの数年前の事故を予言していたともいえる。

頭の中で何かが重なった。たしか、突っ込んできたのは黒いワゴン車だ。

そして、シンポジウム直前に、横断歩道にうずくまる女子学生を救った時に走ってきたのも、黒いワゴン車だったと記憶している。その後、結衣と一緒にいた時にひかれそうになったのも、やはり黒いワゴン車だ。

それらを仕掛けた連中は、権藤教授や、武器商人でもあるムロイ重工ともつながっている「大きな組織」なのかもしれない。

もしかして――。

この地下鉄の車両内にも、私の命を狙っている人物がいるのではないか。そう思うと、あらゆる人の視線があやしく感じられる。私の行動を常に監視し、殺害機会をうかがい、伝え合っているのではないか。さすがに、それは考えすぎだろうか。疑心暗鬼になると、まわりのすべての人の視線や行動に、何か企みがあるように感じとってしまうのかもしれない。

午後五時を過ぎた。二ツ木と結衣も研究室に戻っているころだ。

大学のキャンパスに戻った。彼らが探りにいった「教授会」でのやりとりも気になる。

工学部研究棟に入ろうとした時だ。

ちょうどそこから権藤教授と桜庭が出てくるところに出くわした。入口に通じるスロープ脇にこんもりした植栽があったため、私は即座に身を隠した。権藤教授が桜庭を追いかけて、何か取り入るような声で相談していた。

「桜庭君、お願いだよ。ここはひとつ、協力してくれないかな」

桜庭の肩に手を回して、しきりに説得している。

二人は、スロープ脇にいる私にまったく気づいていない。桜庭はなぜか不機嫌そうだ。権藤教授が桜庭の手をとって、笑顔で説得を続ける。

「なあ。君さえ協力してくれれば、このプロジェクトはうまくいくんだって」

桜庭は答えない。権藤教授が、さらに懇願するような口調になった。

「裏で大勢の人たちがかかわって、ここまで進んできたんだ。後戻りはできない。私は、この重要な役回りを、何としてもやりとげなければならないんだ。私の立場はわかっているだろう。ここはひとつ、大人の判断をして、協力してもらえないかな」

やはり、私の懸念が当たっていたのか。

あの戦闘ゲームの技術を応用して戦地に送りこんだＡＩロボットが、ＶＲ装置と連動して敵兵を攻撃する――。そんなシステム構築の話に聞こえてしまう。

桜庭が突然立ち止まって権藤教授に聞いた。

「裏実務者会議の件、胡桃沢先生には、いつまで黙っているつもりなんですか？」

「いや、それはね」権藤教授が言いかけた時だった。意を決してスロープをあがった。私に気づき、驚いて目をむいている。桜庭も気がついたようだ。

私の方から問いを発する。

「密談ですか。私に聞かれると、何か不都合なお話でも？」

桜庭の口が、何か言いたそうにむずりと動く。権藤教授があわてた様子で取り繕う。

「おやおや、胡桃沢先生。今の会話が聞こえてしまいましたか。ちょっと桜庭君に個人的に相談がありましてね。ああ、いや。胡桃沢先生には、特にお伝えするまでもありませんよ」

私は桜庭をみた。

「桜庭君、どうなんだい。私に何か伝えたかったんじゃないのかい」

すかさず権藤教授が、射るような目で桜庭をみる。

「いえ、別に」

桜庭はそのまま小さく頭を下げて、私の前を通り過ぎた。権藤教授も、そそくさとそのあとを追っていく。

権藤教授がいま口にした『君さえ協力してくれれば』『ここまで進んできた』という言葉――。

そして桜庭が語った『裏実務者会議』とは何のことか。気になった。

もし、すべてが私の懸念通りだとしたら――。

私は一階の警備室に顔を出した。

この研究棟への出入りのチェックを強化してもらうように要請することにした。せめてもの安全対策だ。もっとも大学本部も取りこまれているとしたら、こんなことも意味はないかもしれない。

警備室の窓口で交渉をしている時、来訪者の受付票が目に入った。

（入館時間）16：00～
（訪問先）15階　D会議室
（面談者名）二ツ木明、石神結衣
（来訪者名）経済産業省　産業技術担当　立野《たての》・他5人
（ご用件）KCプロジェクトの会議

もう一時間も前から、経産省の職員たちが、二ツ木たちを訪ねてきていた。しかも、いつもの十七階の「共同研究室」ではなく、ふだんは使用しない二階下の十五階「D会議室」とあった。

これが「裏実務者会議」なのではないか。

いま出て行った権藤教授と桜庭も、この会議に参加していたのではないか。そして権藤教授の書面通り、経産省が計画や予算の組み替えの話をしていたのではないのか。

この会議のことは、二ツ木や結衣からは聞かされていなかった。なぜ二人は私に知らせなかったのだろう。

私はあわててエレベーターに乗って十五階へ向かった。ドアが開いて廊下に出る。D会議室は一番奥だ。私はふと思い立ち、一つ手前の空いているC会議室に入った。

この階のA～D会議室は、全部合わせて大部屋としても使えるらしく、別々に使う場合はスライド式の壁で仕切る造りのようだ。私は息を潜めてC会議室の壁際に近づき、隣の会話に聞き耳を立てた。盗み聞きするのは気が引ける。ただ、二ツ木と結衣が、私にも内緒にしている会議の内容を知りたい気持ちの方が勝った。

薄い壁越しに、二ツ木と結衣が、さかんに何かに抵抗しているのが伝わってくる。相手は経産省の「立野」という人物を含めた六名だろう。

「この計画はもう新しいプロジェクトに切り替えていただきます」

経産省側と思《おぼ》しき声が聞こえてくる。

「私たちの意向は、どうあっても聞き入れていただけないのでしょうか」

二ツ木が食い下がる。

「ですから。KCプロジェクトはここで終了させてもらいます。これは省庁、大企業などで取り決めたことであり、もう変えられません。すでに準備も着々と進んでいるんです」

何度も同じ説明を繰り返しているのか、うんざりした口調に感じた。

「そんな……」涙まじりになった結衣の声が耳朶《じだ》を打つ。

「ご存知のように、KCプロジェクトの予算には膨大な税金がつぎ込まれています。ここで終了して、今後は、国民の意向に沿った使い道にしていかないと、それこそ国民の側から猛反発が出ると思います」

別の一人が少し威圧的に説き始めた。

「ついては、これまでの研究データをまずお渡しください。ご心配なく。もちろんみなさんの研究成果の蓄積は、次の産学官共同のプロジェクトに十分活用させていただきます。さらに有意義なものになると思いますよ」

二ツ木が静かに問い返す。

「もし我々がKCプロジェクトの終了に反対して、あなた方の意向を断じて認めないとしたら、どうなりますか?」

「その時は、仕方ありませんね」

以前、権藤教授が我々を脅した言葉と同じだ。

「仕方ないとは?」

二ツ木が問うと、別の男が少し凄《すご》みを利かせて言った。

「困った人たちだなあ。言うことを聞いていただけないようなら……なんと申しますか、悲しい結果になるだけでしょうね」

結衣が声をあげた。

「お願いです。胡桃沢先生だけは助けてくださいませんか。このまま他の三人の教授と同じようになってしまうのですか? そんな……」

男の声が、淡々と決定事項を告げる。

「まあ、お二人で、よくお考えください。もちろん、胡桃沢先生ご本人には相談できないでしょうがね」

結衣が泣き崩れたのがわかった。

「結衣」二ツ木が寄り添っているらしい。だが、次の言葉に私は耳を疑った。

「おれたち……もう、あきらめるしかないかもね」

5

二人は選択を迫られたようだ。

KCプロジェクトを終了して、彼らの意向に沿った新プロジェクトに移行するか、「悲しい結果」

を迎えるのか。悲しい結果とは、私の死を意味していたのか。つまり、ＡＩの軍事利用に反対する四人目の教授を亡き者にする――。

だが、経産省の役人が、そんな物騒なことを言い出すだろうか。

いや、待て。彼らは本当に経産省の人間だったのか。「経産省の職員」を装った「大きな組織」の連中ではないのか。

私はすぐさま一階の警備室に戻り、改めて入館記録の内容を確かめさせてもらった。

「ああ。警備室では来訪者の身分までは確認してませんね。ただ、二ツ木教授に連絡したら、アポをとっていたことが確認できたので、お通ししたまでです」

「ありがとう」

二ツ木も承知で招き入れていた。

私はそのまま、研究棟の出入口脇のスロープで待つことにした。

しばらくして、六人のスーツ姿の男たちが深刻そうな顔で話し合いながら出てきた。官僚に見えなくもない。私はとっさにスロープそばの植え込みに身を隠した。

そのうちの一人、体格のいい男の横顔に傷跡がみえる。六人は待たせていた黒塗りの車二台に分かれて、乗り込むところだった。会話が聞こえた。

「それにしても、しぶとい二人でしたね」

「まったくな。でも、これでもう認めざるを得ないだろう」

二台の車が大学から出て行った。

私はスマホで車のナンバーを撮っておいた。

いったい何が起きているのか。すぐに十七階の共同研究室に戻って、二人から真相を聞いてみたかった。だが、ふと思いとどまる。

事態はかなり進んでいる。

会話の内容からすると、脅しだったのだろう。二ツ木も結衣も、そのことは私に隠し続けるはずだ。

そのまま研究棟の裏側にまわった。歩道を車イスで移動しながら、周囲にだれもいない場所まできて、スマホを取り出す。

比留間記者に電話した。

「胡桃沢先生？　ご連絡いただいていたのに、お返事できずにごめんなさい。ちょっと取りこんでいたもんで」

電話がつながらなかったが、ようやく出てくれた。

「いえいえ。それより大事な話があるんです。すみませんが、今夜これから、こちらに来ていただくことは可能ですか？　あ、いえ、いつもの共同研究室ではなく、直接私の『特任教授室』に来ていただきたいんです。二人だけで話せませんか。でも、これは取材依頼ではありません。とても重要なことなので、周囲には伝えないでいただきたい」

午後八時以降なら、ということで彼女も承知してくれた。

私は十七階の共同研究室に向かった。

二ツ木と結衣はいなかった。残っているのは院生の数人だった。聞けば、そろって引きあげた後だという。ちょうど行き違いになったらしい。伝え合うことも多かったはずだが、なぜか二人ともいなくなってしまった。

私は自分の「特任教授室」で、コーヒーを淹れて比留間記者を待っていた。

警備室に伝えて、彼女には直接来てもらうように頼んでおいたのだ。

午後八時過ぎ。

ドアをノックする音がして比留間が入ってきた。私は笑顔で迎えた。もちろん、念を押すことも忘れない。

「今日はオフレコでお願いしますよ。隠しカメラとか録音とかはなしで」

「私はそんな機器は持っていませんよ」彼女が笑った。

そのひとことで私も安心する。彼女にソファに座ってもらった。

コーヒーをテーブルに置くと、私は声を潜めた。

「実は、あなたをジャーナリストと見込んで、お伝えしたいことがあるんです」

「ジャーナリストとして、ですか？」

比留間は、私が何を語り出すのかと、興味深げに身を乗り出してきた。

彼女に、これまでの経緯をすべて語った。

三人の教授の大学や、警視庁での不自然な対応。ここに戻った時の権藤教授と桜庭の怪しげな会話。そして、二ッ木と結衣が私に黙って「経産省」を名乗る男たちと会議をしていたこと。そこで、私の命と引き換えに、軍事利用を認めた可能性についても——。

比留間記者は、しばらく黙り込んだあとようやく口を開いた。

「二ッ木教授は『あきらめるしかないかもね』と、おっしゃったのですね？」

私はうなずいた。比留間は、でも、と続ける。

「そのことが、本当にＡＩの軍事利用の研究開発を認めたことを意味するんですか？」

「二ッ木君と結衣は、私には秘密にしたまま彼らと会議をしていた。おそらく私が軍事利用を認めるはずがない、とわかっていたからでしょう。ところが向こう側の提示条件は……」私は息を整えるため言葉を切った。

「多分、私の命と引き換えにしてきたんだ、と思うんです。つまり、あの脅迫メールは本物で、このまま認めないと胡桃沢を殺す、という遠まわしな脅しではないかと。そう考えるとすべて符合する。二ッ木君たちが悩み抜いて、断腸の思いで、彼らの要求を呑《の》むことにした場面だった気がするんです」

「つまり、胡桃沢先生の命か、軍事利用を認めるか、の選択だったと？」

「そして結衣が、彼らに対して『胡桃沢先生だけは助けてください』と泣きながら訴えていたんです」私の声も震えていた。

「そうすると、ある意味、三人の絆は健在なんですね」

私はうなずいた。

「で、胡桃沢先生はどうされるべきだと？」

こちらの目をのぞきこむようにして聞いてくる。

「私は自分の命にかえても、ＡＩの軍事利用はさせないつもりです。だから……」毅然として比留間に言った。

「自分が殺されようが、二ッ木君と結衣には、軍事利用を認めないように伝えようと思っているんです」

比留間は何も言わない。

私は身を乗り出して彼女に顔を近づけた。

「でも、さっきの彼らのやりとりを聞いた限り、事態はもっと深刻になっているのかもしれません。私が殺されなかったとしても、二ツ木君や結衣だって狙われかねない。事実、これまでもそんな場面があったんです」

結衣と一緒だった夜の商店街や、二ツ木と月夜のキャンパスを歩いていた時に出くわしたことも話した。比留間の眉間にしわが寄っている。私は声を潜めた。

「そして警察も信用できない。だからあなたを呼んだんです」

「なるほど。でも、経産省の方がそんな物騒な話をしますか？」

「彼らは経産省を装った、闇社会の連中だったと思うんです」

「でも、これまで三人の教授が殺されたという証拠は？」

警察と同じことを聞かれる。

私はメールで送られてきた三人の「遺体」らしき写真をみせた。

「え？」比留間がプリントアウトした写真を手に取った。

「これって……」言葉を失っている。

「比留間さん。もちろんそれが合成写真の可能性もあります。でも、政権側にとって目の上のタンコブの四人のうち、最初に殺されかけたのは、私だったかもしれない」

自分の車イスに触れながら、私は推論を口にした。

私の言うことを信じてくれたのか。比留間は何か思案している様子だ。

彼女は、私が見込んだ通りの「ジャーナリスト」なのか。それとも、すでに陰謀の中に取りこまれているのか。だとしたら、私に悟られないように、ごまかすかもしれない。

彼女はなおも黙ったままだ。

やがて真顔になった。事情を察したように、うなずいた。

「胡桃沢先生。真相は私にもわかりません。戸惑われて私を呼ばれたのも、よくわかりました。ですが、今の私には……」

比留間は私と目を合わせず、下を向いた。

「……何もできません」

「なぜですか？　あなたはジャーナリストではないのですか？　ＡＩの軍事利用が秘密裏に進められていても黙っていられるのですか？　戦争を止めることこそ、あなたたち言論機関の究極の使命ではないのですか？　あなたたちにこそ、人間の命を守る使命や責務があるはずだ！」

声を潜めていたつもりが、大きくなってしまった。

比留間はいよいよ悲愴《ひそう》な顔つきになっていく。

彼女の胸に届くように、声のトーンを抑えて伝え直す。

「私は、あなたを心あるジャーナリストだと信じていました。それなのに、比留間さん。この事態を静観するだけだとしたら、私はあなたを見損なうかもしれません」

彼女は黙り込んでしまった。

やはり、私は国家の陰謀に一人で立ち向かわなければならないのか。比留間もすでに取りこまれているように思えてきた。

比留間が顔をあげる。

目の端に涙がにじんでいる。彼女は迷ったあげく、言葉を絞り出すようにした。

「胡桃沢先生。ただ私に言えることは……」小声になった。「あなたの科学者としての矜持は、決して間違っていません」

彼女は真顔だった。

私はすぐに強く問い返した。

「だったら、私に協力してもらえませんか？　三人の教授は本当に殺されたのか。だとしたら、だれに、なぜ殺されたのか。比留間さんに調べてもらえませんか」

「それは……」

彼女は腕時計をみて、立ち上がった。

「すみません。今夜はここで」

ドアを開けて出て行こうとする彼女の背中に聞いた。

「比留間さん。私への脅迫メールは本物だと思われますか？」

「先生の命があと五日っていう？　もし本当に殺害予告だとしたら、なぜそんな細かく伝えてくるんでしょう。私も本当にわかりません。それに……」

努めて表情を和らげるようにして続けた。

「すべて先生の思い過ごしの可能性もないですか？　つまりその、例の交通事故の後遺症とか。あ、いえ。お気に障ったらすみません。それでは、先生もゆっくりお休みくださいね」

ドアが閉まり、再び一人になった。

私は、車イスを反対側に向け、鏡になった夜の窓の前まで行った。

自分の顔が目に入る。おそろしい形相になっていた。それは今、彼女が語った言葉に、血の気がひく思いがしたからだ。

『あと五日の命』――。

脅迫メールに書かれていた、残りの日数だ。

私は比留間に「遺体」写真はみせたが、メールの文面はみせていなかった。

6

翌朝。

今日は土曜日で休みだ。共同研究室にはだれも出てきていなかった。

私はムウパアの並んでいる棚へ行った。リーダーの赤いムウパアの電源を入れる。起動音が鳴り、大きなネコ目が開いた。

「ムウパア。おはよう」

『オハヨウゴザイマス』まだ眠そうだ。

「ムウパア。ちょっと教えてほしいことがあるんだ。研究室のみんなで共有している情報のはずだけど。『裏実務者会議』というのは、どんなことを話し合っているんだい」

『ウラ　ジツムシャ　カイギ……。ボク　ヨケイナコト　イワナイ』

ムウパアは、やはり口が堅くなっている。

研究室に出入りしたことのある「人名」をあげた噂話は「ban《禁止》」されている。だが、聞き方を変えたり「イエスｏｒノー」クエスチョンにすると、いくらか答えを引き出すことはできた。

「ムウパア。その会議は、たまたま私が出られなかったんだ。だからどんな会議か教えてくれないかい？」

『ママ　ガ　ハナシテイル　ノヲ　キイタヨ。ウラ　ジツムシャ　カイギ……ハ　ボクタチ　ロボット　ノ　コト　ヲ　キメル　カイギ　ラシイヨ』

「うちの研究室で開発したすべてのロボットのことかい？　君たちムウパアや、介護用の『へるぱあVer.7.0』や、災害救助用の『スーパー・レスキュン』とか？」

『ウン。イクツカ　ノ　ロボット』

「そのロボットたちをどうするって？」

『ツギノ　カイリョウ　ノ　ジキ　ガ　モウ　キテイル。ドンナ　ソウビ　ヲ　ツイカ　スルカヲ　ハナシ　アッテ　イタヨ』

「どんな装備を、なぜ追加するんだい？」

『ボク　ガ　キイタ　ノハ。カイリョウ　ハ　モウ　ヤムヲ　エナイ。ケツダン　スル　ジキガキタ　ト』

「私について何か話は出ていたかい？」

ムウパアの大きな瞳が、少し動いたようにみえた。何か動揺した時にみせる反応だ。

『ソレ　イッテ　イイノ　カナア』

「大丈夫だ。私は胡桃沢研究室の主だ。一番偉い人だ」

ムウパアは目をぱちくりさせた。納得した様子だ。

『クルミザワ　センセイ　ガ　ナニヲ　イッテモ。コレハ　モウ　サケラレナイ　コト　ミンナイッテイタヨ』

「ＡＩ技術をどう使うとか？　何か聞いたかい？」

『ツギノ　ステップ　ニ　ムケタ　ジュウヨウナ　カイリョウ　ヲ　スルミタイ』

「どのロボットに？」

『ドノ　ロボット　カハ　ワカラ　ナカッタヨ。ダカラ　チョット　ボクモ　コワクナッタ』ムウパアが私を見上げて『ネエ、クルミザワ　センセイ。ボク　シュジュツ　サレルノ?』今度はムウパアが涙目になった。

結衣が創っただけあり、実に感情表現が豊かだ。本当に心があるようにみえる。

「大丈夫。おそらく、まず大きな改良を施されるのは、ほかのロボットだ。だいたい見当がついている。ところで、その会議に、権藤教授やムロイ重工の社長はいなかったかい?」

ここは「イエスｏｒノー」クエスチョンにした。少しムウパアの口がゆるむかもしれない。

『ウン。フタリ　トモ　イタヨ』

「わかった。ムウパアありがとう」

『クルミザワ　センセイ　コワイ　オカオ……』


結衣と二ツ木のスマホに電話をしたが、やはり出ない。

私はもうだれも信じられなくなっていた。

一人で学外に出た。

駅の方に向かう。ショウウインドウに映った私の顔は、すっかり生気をなくしているようにみえた。

「東央大前」駅近くのアーケード街に来た。

駅からアーケード街に直結する、おしゃれな歩行者デッキの階段下にホームレスの男性がいた。

その時、アーケード内のどこかの店主だろうか、エプロン姿の年配の女性が不機嫌そうに、ホームレスの男性に声をあげた。

「あんた。そこに居られるの、十九日の夕方までだからね」壁の張り紙を指差した。三日後だ。

「まったく図々しい」と吐き捨て、アーケード街に戻って行った。

私は、その初老の男性に近づいた。

ただ、だれかと話がしたかった。

納豆のようなムワッとした悪臭が鼻をつく。

まとった服の布地がちぎれている。髪もひげも伸び放題で、顔は薄墨色に汚れていた。白内障だろうか。まぶたのかぶさった片方の目は白くよどんでいた。鼻水が光り絶えずすすり上げている。指先を見ると、汚れが爪のふちにくいこんでいた。

段ボールの粗末な家をねぐらにしているのだろう。汚い毛布が床に敷いてあった。

男性は、やせ細った耳の垂れた老犬を連れていた。アバラ骨が浮き出て、下腹部にしなびた性器がぶら下がっている。体のあちこちにピンク色の地肌がみえ、とても不潔な状態だった。強烈なにおいの元は、彼と老犬の両方だった。

老犬は、世の中で信頼できるのが、彼ただ一人のように寄り添っている。

私は、男性に話しかけてみた。

「寝泊まりする場所に困ってらっしゃるようですね」

彼は少し驚いた眼で私をみた。そんな風に声をかけられることもないのだろう。

「ああ。もうどこにも帰る場所がなくなっちまった」

「ご親族などは？」

「とっくに、みんな死んだよ」

初老の男性は、横田《よこた》、と名乗った。

勤めていた会社が倒産して失業。警備員やビル清掃などで暮らしをつないでいたが、持病が悪化し、体も不自由になった。妻に先立たれ一人暮らしになった。

家賃を払いきれないまま家を出て、都内の大きな駅前の歩行者デッキの下を数人の仲間と一緒にねぐらにしていたが、やがて行政代執行で撤去された。仲間もバラバラになった。

その後は、都内の公園や地下道に転々と移り住んでは、また追い出され、の繰り返しの日々。行政やNPOが配付する弁当を頼りに歩きまわり、ようやくたどりついたここも十九日夕方には追い出されるという。

「おれなんか、社会に居場所はない。そのうち、こいつと一緒に野たれ死ぬだけだ」

彼が老犬の頭をなでると、老犬がその手をなめた。

「その犬は飼い犬だったんですか?」

「パスカルのことかい?　いや……」

街角のゴミ捨て場で自分と同じように残飯をあさっていたので、あわれに思い、一緒に暮らすことにしたという。元は白い犬だったのに、汚れて黒に近いグレーになったらしい。見上げる目が、数学者か哲学者のようだったので「パスカル」と名づけたという。

「こいつだって命があるんだ。ウロウロしてたら保健所に連れていかれるのがオチだ。それで、なんだかこいつの命だけは守ってやりたくなったんだよ」

パスカルの長くなった毛は濡《ぬ》れていて、横田とは別の、獣特有の強烈な悪臭を放っていた。横田は何ともないらしい。彼がつぶやいた。

「世の中、もうだれも信用できやしない」

「私もですよ」

「え?」横田が不思議そうに私をみた。

壁を見ると、赤い文字で「退去要請」の期日が張り出されていた。

十二月十九日午後四時——。

私の「殺害予告日」の前日だ。

いたたまれなくなった。なぜだろう。彼と老犬もまた、社会に見捨てられる日を予告されているように感じた。

私は横田と老犬を気の毒に思いつつ、その場を離れた。

研究室にメールを送ってくる「真実を知る者」とは、だれなのか。

警察にはメールアドレスを伝えたが、何の反応もない。

比留間からの連絡も、その後なかった。


翌日の日曜日。だれもいない共同研究室に行くと、共用パソコンに、その人物から最後通牒《つうちょう》ともとれるメールが届いていた。

今度は私個人あてだった。

《胡桃沢教授へ
あなたの命はあと三日です。
「真実を知る者」より》

第五章

殺害日へ

1

週が明けて月曜の朝。

いつもなら真っ先に出勤してくる二ツ木と結衣が来ていない。

先日の会議以降、共同研究室にも、彼らの部屋にも姿を現さないままだ。私は二人と腹を割って話し合おうと決意していた。だが、どちらも、スマホに電話してもメールをしても反応が無い。ふと一抹《いちまつ》の不安がよぎる。もしかして……。

二人は彼らに連れ去られたのではないか——。

私は心が折れてしまった。

共同研究室で、まだ「チャージ・ステーション」で眠っていたムウパアを抱き上げ、スイッチを入れる。こんな時、癒しをくれそうに思えたからだ。ブウンと音がして大きなネコ目に明かりがついた。

『ア。クルミザワセンセイ　オハヨウゴザイマス』

不思議だ。こうして抱きしめただけで癒される。

きっと結衣の愛情がこもっているからだろう。今はただ、ムウパアと会話したかった。それだけで心安らぐ気がする。

「ムウパア……。私の心はいまズタズタなんだ」

『クルミザワ　センセイ。カナシイ　オカオ』

ムウパアの瞳が、じっと私の目を見上げ、わずかに揺れている。

「心配してくれてありがとう。君には心があるのかい？」

『センセイ　ガ　ソウ　オモウナラ　アルヨ』

「じゃあ、本当はない可能性もあるのかい？」

『ソレハ　ヒミツ』

私は苦笑いした。

「ムウパア。私はね、いま人の心がわからなくなってしまったんだ。もし君が人の心をのぞけるロボットだったら、よかったのにね」

『ソレハ　ムリ。ボクノ　メ　ハ　ミテイル　モノヲ　チョウ　コウカイゾウド　デ　キロク　デキルケド。ヤッパリ　ヒトノ　ココロ　ダケ　ハ　ミエナイヨ』

「そうだね」

私はそう聞いて、ふと気がついた。

ムウパアは土日祝も含めて日中、この共同研究室をウロウロしている。行動範囲の地図を作成したり、試験走行で充電の持続時間などを計ったりするためだ。ふと、今、ムウパアが口にした言葉が気になった。もしかして、日々の研究室内の映像記録が確かめられるのではないか。

もしこの研究室内に、あの脅迫メールを出した人物がいたら――。疑いたくはないが、特定できるのではないか、と思った。

「ムウパア。ちょっとお願いしたいことがあるんだ」

『ナアニ?』

「君の目で記録した超高解像度の映像は、クラウドにアーカイブされているんだよね」

『ウン』

ムウパアに、これまで来た脅迫メールの文字データを読み込ませた。

大きな目に、打ち出したメールの紙をみせて文字情報をインプットしてもらった。

「君がこの研究室内を徘徊《はいかい》……いや、探索している時の、アーカイブ上の映像記録と、この文字情報を打ったパソコンや人物を、画像一致検索の機能で探し出せないかな」

もちろん、それは、脅迫メールをこの研究室内から発信していた場合に限られるが。

『イイヨ。モシ　アッタラ　オシエテ　アゲル』

それからムウパアの目の中に、猛スピードで次々と数字や記号が流れ始めた。データを探しているようだ。

『アッタ!』

意外にも早くみつかった。

『ボク　ガ　ミタ　モノヲ　シロイ　カベニ　ウツシ　ダスヨ』

過去に視界に入って記録された光景そのままが、強力な光で壁に投影される。そこに映ったのは、共用PCの画面に表示された、あの脅迫メールの「着信」画面だった。確かに、その画像が出てきてもおかしくない。

「なんだ。やっぱりだめか」私はため息をついた。

『マッテ』

すると、ムウパアの目の中に、また文字や数字が高速で走り始めた。しばらくしてまた壁に画像が映し出された。脅迫メールは数回来ている。どうせまた共用PCの「着信」画面だろうとあきらめかけた。

ところが今度は、だれかがPCに向かって文字を打ちこんでいる映像だった。

《あなたの命はあと三日です》

「あっ。これは」

あの直近の脅迫文と同じ文面だ。だれかが画面に次々と打ちこんでいる。

その手が《「真実を知る者」より》の文字を打ちこみ終えた。節くれだった指先がみえていた。

「ムウパア。この画像をもっと引いてくれないか」

あくまで「同一文字情報」の画像検索だったので、目的部分だけが拡大されているのだろう。

『ウン。イイヨ』

白い壁に投影された映像が、少しずつワイドになっていく。そして、PCの前に座っているその人物を映し出した。彼は無言のまま文面を打ち終えると、即座にエンターキーを押して、メールを送信した。

送り主は、桜庭だった。

2

二ッ木と結衣は午後になっても出勤してこなかった。

研究員たちに聞いても、だれも二人がどこにいるのかわからなかった。その日は、近くの保育園にムウパアたちを連れていく予定だったが、結衣がこないので他の研究員や院生たちが代わりを務めた。

ちょうど良かった。

私は、昼休みに一人残って戦闘ゲームを開いていた桜庭に声をかけた。

「ちょっといいかい」

「ええ。どうぞ」

彼のパソコンに近づく。半径一メートル以内に入った。

今回のバーチャル空間には、瓦礫だらけの町が三百六十度広がっていた。アパートなどの集合住宅が集まる一帯らしい。だが建物は爆撃を受けて破壊され、町が廃墟《はいきょ》となりつつあった。疲弊した住民たちがボロ布をまとって行き来している。

スーパーの看板が斜めになって、店舗の骨組みがむき出しになっている。住民たちが店内の生活用品をあさりながら盗み出していく。それをまた住民同士が奪い合って、争いが起きていた。子供たちが泣いている。

いたるところに、普段着を着た住民たちの遺体が、犬や猫の死体のようにころがっていた。お年寄りや子供たちも死んでいる。ハエがたかり、ウジが湧いている遺体もあり、強烈な死臭が漂う。

彼らにとっては、それが日常の風景になっているのだろうか。

「桜庭君。もしかして住民も、君が殺したのかい?」

桜庭は答えない。私は皮肉をこめて聞いた。

「殺し、殺される——。君はいつもそんな世界に浸っているようだね。どこまでこんな世界をリアルに描こうとしているんだ」

桜庭の口がむずと動いた。だが黙ったままだ。

私は核心に触れた。

「共用PCにも、そんな物騒なメールが来た。三人の教授が殺されていった様子を伝え、最後は私が殺されると。私の命はあと三日です、とね」

ふいに、桜庭が戦闘ゲームのスイッチを切った。たちまち静寂に包まれる。

桜庭は前を向いたままだった。私は彼をみすえた。

「あれ、君が出したメールだろ」

桜庭はこちらを見ずに黙っている。

「ムウパアがあのメールを打っている君の映像を、超高解像度で後ろから記録していた」

「ムウパアが？」

「だが、ムウパアは君の名は決して言っていない。以前あの子は、だれかの陰口をたしなめられてから情報をむやみに人に伝えなくなった。だから何もしゃべっていない。私がムウパアが撮っていた映像記録を調べたんだ」

桜庭は私の目を避け、パソコンに向き直ったまま口を開いた。

「胡桃沢先生。その話の前に、ひとつ誤解を解いておきたいんです。僕が創った『リアル体験・戦場』が完成したんで見てください。僕は『恐ろしい現実』をリアルに再現して、戦争の不条理を多くの人に訴えるためにこれを創ったんです」

「戦争の不条理？」

リアルな戦場の実態を伝える――。

桜庭ならではの歪んだ発想だろうか。私が前に嫌悪したように、たしかに、この世界の中では、戦場のあまりに悲惨な様子が目の前で展開されていた。それはゲームとは違う、人が目の前で倒れ、殺され、自身にも生身の人間を殺した感覚が残るものだった。

「胡桃沢先生。僕がなぜこのゲームを開発しているのか、本当の理由を説明しましょう。戦争も辞さないという人にこそ、本当の戦場がどんなものか、人を殺すということがどんなことなのか、それを知ってもらうためのバーチャル世界だったんです」

「なんだって?」

「先生も最初は、リアルな戦闘ゲームだと思われましたよね。ところが、次第におそろしくなって途中で抜け出した。嫌悪感を抱いたからですよね。それこそが僕の狙いです」

確かにそうだった。吐き気をもよおした。人間ならば、だれもが持つ自然な反応だったはずだ。

そういえば、二ツ木とお好み焼き屋で語り合った場面を思い出した。

AIの軍事利用について、リアルな戦場の感覚がないまま人殺しができてしまうとしたら、結果的に戦争のハードルを下げてしまう——と。

その持つべき感覚に、ここで創り上げられた世界は近いのではないか。

桜庭が以前「一部と三部も体験してほしい」と言った理由を語り出す。

「実は、先日お見せした映像のあと、自分が倒した敵国の兵士の妻子が、殺された夫と父親をみつけて駆け寄ってくる場面があるんです。息も絶え絶えになった倒れている兵士の目に涙が浮かびます。息子が『お父さんを返せ』、妻が『夫を返して』と叫んで倒れた体に泣きつく。それをあなたは目撃する」

桜庭が続ける。

「子供をおぶった兵士がいる。あなたは兵士だけを撃つ。それは戦場の『良識』でしょうか。あなたは子供を殺さずに兵士だけを倒すことに成功したとしましょう。だがそれは、その子の父親だった。

『戦争だから仕方なかった』『殺さなければ殺されていた』――。

多くの兵士が、過去に実際の戦場を振り返って口にした言葉です。そして戦場では、自国民が敵同士になることもある。弱肉強食の無法地帯が出現し、人間が本能むき出しの動物になるんです。このバーチャル世界にはそんなメッセージもこめたつもりです」

二ツ木が語った通り、たしかに桜庭は「人権派」だった。

国と国の戦争によって、駒にされた人間と人間が殺し合うことの不条理を、このバーチャル映像はまざまざとみせつける。「敵か味方か」「勝つか負けるか」という二分論ではなく、目の前にいる人間同士が殺し合う前に、何かできることはなかったのか――。そのことを最後に問いかけてくる。

それは、戦争に対するイマジネーションの欠落を補う体験に繋がっていた。


さきほど桜庭が電源を切り、もとの研究室に戻った時、私は確かに平和を実感していた。

桜庭がこめたメッセージが染み入るように伝わってくる。

彼がポツリと切りだした。

「胡桃沢先生。あのメール、僕が出しました」

「え？」

彼は意外なほどあっさり認めた。

「あれはイタズラなのか？　それとも根拠があるのかい？　だとしたら君が、これまでの三人の教授や私の殺害計画に関与しているということか？」

桜庭は、少し戸惑っているようにみえた。

「あのメールの内容……三人が殺されたのは本当です。ただし、彼らを殺したのも、あなたを殺そうと企んでいるのも、僕ではありません。僕はただ、その『恐ろしい現実』を知ってほしいために、せめて遠回しにでも、あなたたちに伝えなければと思っただけです」

「恐ろしい現実を伝えるため？」

「まさに、このバーチャル空間を創ったのと同じ理由です。そんな理不尽なことが現実に起ころうとしている。だから、せめて僕が警告の意味で」

私は目を大きく見開いていた。

「桜庭君、教えてくれ。私はだれに殺されるんだ？」

私と目を合わせないまま、桜庭は静かに言った。

「ここでは言えません」

「なぜだ。盗聴されているのか？　監視カメラがあるのか？　じゃあ外で話そう」

「無駄ですよ」

「どういうことだ？」

しばらく黙り込んだ後、桜庭は重い口を開いた。

「胡桃沢先生。あなただけが、すべてを知らされていないんです」

「やはり、『裏実務者会議』が恒常的に開かれていたんだね。私だけが知らされずに」

桜庭が初めて、こちらに顔を向けた。

私を憐《あわ》れむような顔だった。何かを口にするべきかどうか迷っている。

「余計なことかもしれませんが……」

桜庭は私の想いを見透かすように続けた。

「結衣さんは、あなたのために泣いていました」

「彼女はどこにいるんだ？　二ツ木君も一緒なのか」

桜庭は答えなかった。

3

二ツ木と結衣は、二人が認めた軍事利用を、私が認めるはずはないと思っているはずだ。いまは私と距離をおこうとして、あえて姿をみせないのかもしれない。

だが、研究成果をすべて渡してしまえば、やがて「自律型致死兵器システム」のロボットが創られ、戦場で多くの人を殺すことになる。桜庭がみせてくれたこの世界のように。

ああ、めまいがする。

私は頭がどうかなりそうになった。結衣は、私のために泣いてくれた。

彼女はどこにいるんだ。

二ツ木と一緒なのか。結衣に会いたい。

今日は十八日だ。

殺害予告日は二十日。

また、結衣のスマホに電話する。

やはり圏外だ。メールも打った。


《結衣ちゃん。明日十九日、どうしても君と会いたい。私の『殺害日』と脅されているのは

二十日だ。でも、私は殺されやしない。ぜひ連絡をくれないか》

しばらく待ってみたが、やはり返事はなかった。

もしかして。

結衣は今、二ッ木と一緒にいるのかもしれない——。

二人でどんな話をしているのだろう。私は「殺害予告」を受けている身でありながら、まったく別の焦燥感を募らせていた。気もそぞろになっていた。頭の隅に、もう一つ別の決着をつけなければならない、重要な時期が差し迫っている予感があった。

この不安定な有り様はどうしたことだろう。

ふと、自分の弱さ、卑《いや》しさ、醜さを自覚した。こんな切迫した思いに追い込まれるのも、いま、孤独と恐怖の中にいるからだろう、と思い直してもみた。

私は共同研究室を出た。

なぜだろう。人の温《ぬく》もりを感じたかった。だれかとすれ違うだけでもいい。

街はクリスマス商戦でにぎわっていた。結衣と服を買った店。きれいな器のコーヒーを飲んだ店。彼女が指輪を買った店。ワインを飲んだイタリアンレストラン——。結衣との思い出にひたった。

夕方になった。気がつけば、またスマホを手にしている。

着信も返信もない。今どこにいて、気持ちは、どこにあるのか——。

二ッ木と比留間にも電話は通じない。メールを打っても返事がなかった。いったいどういうわけだ。

まさか。

三人は無事なのか。

考えてみれば、二ツ木も結衣も比留間も、私が「彼ら」に殺されることを知ってしまった。ならば、今度は三人も、口封じのために殺されかねない。

いろいろな思いが頭をめぐった。

それならば桜庭やムウパアだって――。

私はあわてて大学に戻ることにした。

共同研究室に戻った。

だれもいない。天井をみると室内灯がほとんど割られていた。

資料棚のガラス戸が開けられ、中からファイルが無くなっている。共用PCのモニター横にあった心臓部のタワー本体は、コードが引きちぎられ、何者かに持ちさられていた。みんなの机の上のファイルや、積み重なっていた資料も荒らされ、クリスマスツリーも倒されて、飾り付けが床に散らばっていた。

「二ツ木君、結衣ちゃん、桜庭君?」

やはり、ひと気はない。

桜庭の机の上のPCも持ち去られていた。ドライフラワーの一輪挿しが床に落ち、ガラスが割れている。私はその一本の紅バラを拾い上げ、彼の机の上に戻した。ロボットたちが並ぶ棚をみた。

一番大きな災害救助用ロボット「スーパー・レスキュン」と介護用ロボット「へるぱあ Ver.7.0」もなくなっている。ムウパアたちも持ち去られ、リーダーの赤い服のムウパア一体だけが、床に転がっていた。サンタの衣裳も引き裂かれている。

「ムウパア!」

片目が割れている。

私は脇腹のスイッチを押して、電源を入れた。

やがて、起動音とともに片方だけの大きな目が点灯した。まぶたが半分かぶさったまま、うつろな表情を浮かべている。小さい芝刈り機のような異音が生じている。

「ムウパア。何があったんだ。何を見たんだ」

ムウパアは片方だけになった目に涙を浮かべて声を震わせ、何かを伝えようとした。

『クルミザワ　センセイ。イタイヨ。コワイ　ヒトタチ　タクサン　キタ』

「君がみたことを教えてくれ。怖い人たちのことは話していいんだ」

『ボクノ　コト　ナグリ　タオシタ。カタホウ　ノ　メ　ツブレ　チャッタ。ワルイ　ヒトタチ　タクサン　ノ　ファイル　ヤ　ロボット　モチサッタ』

「どんな人たちだった?」

『ヤクザ　ミタイナ　ヒトタチ。コワカッタ。ホントウニ　コワカッタ。ウウウ……』

私はムウパアを抱きしめた。

ムウパアは自身のパワーが限界にきたのか、開いている片方の目で私を見上げて声を絞り出した。

『ボク　ミタ。ソノ　ワルイ　ヒトタチ　ノ　ナカニ。シッテル　ヒト　ガ　イタ』

「だれだい?」

『ミンナ　モ　シッテル　ヒト』

「だれなんだい?」

『ソレハ　イエナイヨ。シッテル　ヒト　ノ　ワルクチ　イッチャ　イケナイ』

「ムウパア。もういいんだ。真実を教えてくれ」

「ムウパア。頼む。そこにだれがいたんだ。ムウパア!」

『ダッテ……』

私はムウパアを揺さぶった。

後ろに手を回すと、本体を開けられ、体の中がえぐられていた。中枢機能の電源基板がむき出しになり、電極やコード類が体からはみでていた。モーターの歯車がいくつか床に落ちている。通気用フィルターが力なくヒューヒュー音を立て、唸るような異音も小さくなっていく。動力がなくなったのか、残った片方の瞳をゆっくり閉じていく。

『ソノヒト　ハ　クルミザワ　センセイ　ト　タクサン　オハナシ　シタ　ヒト……』

「その人の映像は、君のアーカイブの中に残っているかい?　この間みたいに、見せてくれるかい?」

『ボク　イロンナ　トコロ　コワサレタ。イタクテ　クルシクテ……　モウムリ』

「ありがとう、君は最後まで優しい子だったよ」

ムウパアは、最後にかすれる声で助けを求めた。幼児が、母親を呼ぶ声だった。

『ママ……』

結衣を呼んでいた。

ムウパアの目の明かりが消え、まぶたが閉じられた。

「ムウパア!　目をさますんだ。ムウパア!　うう、ちくしょう」

私は、暗く荒れ果てた研究室の中で、ムウパアの最後を看取《みと》った。

4

翌十九日。

「殺害予告日」の前日になった。

その日も朝から、結衣からの連絡を待ち続けた。

何度もスマホを取り出しては、電話やメールが来ていないか確かめ続けた。連絡の形跡はなかった。再度メールを打った。


《結衣ちゃん。どこにいるんだ。とうとうムウパアが殺された。共同研究室で私が最後を看取ったよ。もしかして、二ツ木君と一緒に、どこかに連れ去られたのかい？

今日、どうしても君に会いたい。連絡を待っているよ》

私は、殺されるわけにはいかない。生きなければならない理由がある。

そのために、今日中に、やっておくべきことがあった。

だが、あいにく午後になって天気は大荒れとなった。ここ、特任教授室の厚い窓にも、風雨が猛烈に吹きつけている。窓の外を見上げると、薄墨色の雲が川のように流れていくのがわかった。

この季節には珍しい雷鳴がとどろき、雲間に稲妻が走った。

次の瞬間、頭上で落雷の音が響き、大地を震わせた。

特任教授室の明かりが消えた。

第六章

運命の日

1

昨日、十九日の午後、大学や周辺が停電した。思わぬ時間がかかり、半日がかりでようやく復旧した。

今日、二十日。桜庭が予告した、私の「殺される日」だ。

一転して、朝からずっと晴れている。だが、私は一人どんよりした心持ちで「特任教授室」にこもっていた。共同研究室も荒らされたままだ。

なぜだろう。ここ数日のあいだに、みんな消えたようにいなくなってしまった。一階の警備室にもおりてみたが、いまはだれもいない。私が「殺される日」とわかっていて、まるで示し合わせたかのようだった。

もはや、私を守ってくれる人はだれもいない。

だが、私は逃げも隠れもしない、と決めていた。私は一日、ここ「特任教授室」から動かないことにした。部屋を施錠して、だれとも接触せずに過ごすために。

「殺し屋」はまだ訪ねてこない。

窓の外に目を転じれば、いつもと変わらぬ景色がそこにある。冬の澄んだ青空は短い。いつのまにか、きれいな夕陽がみられる時間になっている。

こんな穏やかな日に、これから予告されたようなことが起きるのか。私は夕陽に染まり出した茜雲を窓の額縁におさめてみた。ふと、すべてが絵空事のように感じられてくる。これまでのことが、だれかの作り話のようにさえ思えてしまうほどだ。

昨日、落雷で停電したあと、私は駅前のアーケード街に買い物に出かけた。その時、包丁も買っておいた。今は、机の一番上の引き出しに忍ばせてある。

もし今日、だれかが私を殺しにくるというのなら、せめて抵抗しようと思ったのだ。

だが、おそらく私は相手を刺せやしない。わかっている。ならば、なぜ包丁を用意したのか――。相手に「正当防衛」をちらつかせ、事態を収められるかもしれない。そう考えたからだ。つまり、室井社長の語った「抑止力」を暗黙のうちに認めたことになる。

やはり、武力や暴力は「必要悪」なのか。

権藤教授が言ったように、私は人間の心を信じすぎていたのか。人間同士は、そうやって相手を威圧し、虚勢を張り合って生きていくしかないのか。だが、そんな思考にたどりつくのは、私にとって敗北を意味しないだろうか。

科学者は、そうやって「平和」や「正義」の真の意味を追求しながらも、結局は最後に人間の正体に出会ってしまうのか。

殺さなければ殺される――。

桜庭や室井社長が語った、まるで動物同士の命のやりとりを、これから私も体験するのか。しょせん、人間も動物ということなのか。

十七階の窓から、地上に目を転じる。木立の影が夕陽とともに長くなっている。ふだんと同じ風景。ふだんと同じ時間。私は、こんな何気ない日常を守ろうとしているだけなのに。「ＡＩに心を持たせるプロジェクト」の研究開発では、ただ「人間の幸福と平和」を希求し続けてきた。

私は間違っているのか。

権藤教授や室井社長こそが現実的で、私はあり得もしない理想を掲げる愚か者なのか。もしかして二ツ木と結衣は、今は「現実」の側にいってしまったのか。

ほんの少しの時間でいい。今日これからここに来る人物と、人間が人間の命を奪う行為をどう考えるのか、やりとりをしてみたい。

ふと、後ろに人の気配を感じた。

部屋はカギをかけて締め切っていたはずだ。なのになぜ――。私は殺気を感じて、あわてて振り返った。だれかが、施錠したはずのドアにもたれかかって立っていた。

「結衣ちゃん。なぜここへ?」

2

私は無意識に、彼女が凶器を持っていないか確認していた。何もない。

「結衣ちゃん。君はどうやってここに入ったんだ」

「警備室にすべての部屋のマスターキーがあるんです。今ここには、私と胡桃沢先生しかいません」

結衣が近づいてくる。

放心したような目になっている。私は無意識に車イスであとずさりした。すぐに後輪が壁にぶつかる。彼女が私の目の前に立ちはだかった。もう逃げられなかった。

彼女が口を開く。

「先生。ちょうど東側の窓から『金の延べ棒』がみられる時間ですね」

「なぜ、そのことを知っているんだい」

結衣は答えない。ただ目には涙を浮かべていた。

「あ！」

私は身構える暇もなかった。

だが、結衣は私に襲いかかったのではなかった。そのまま体を寄せ、ただ私の体を抱きしめていた。いとおしそうに両手で私の頭をなで、背中に手を回し、声をあげて泣いている。

私はあっけにとられた。殺意がないのは、すぐにわかった。耳元で声がした。

「先生。大丈夫です。私は何もしませんから」

結衣はなおも涙声で、強く私にすがりついてきた。私は戸惑いつつも、彼女の背中に手を回した。

結衣が声を絞り出した。

「連絡もせずに、ごめんなさい。怖かったでしょう。どんなに恐ろしかったでしょう」

「いったいどういうことなんだい？」

「胡桃沢先生、しばらくの間、何も考えずに目を閉じていてもらえますか」

「なぜだい」

「いいから。私は先生を襲ったりしませんから、安心してください」

不安そうな私をみて、結衣がなおも強く促す。

「さ。お願いだから。目を閉じて。頭の中に決して何も思い浮かべないで」

私は言われるままに目をつむった。

やがて結衣の方から唇を重ねてきた。予想もつかなかった。思わず何度か薄目をあけてしまった。

そうして二人は黙ったまま、しばらく抱き合った。

部屋の隅に目をやる。西の窓からさす夕陽が、抱き合った二人の影を一つにしている。床に長く伸びた影が、お互いの体を慈しみ合い、動き続けた。

私はもう目を閉じてなどいられなかった。彼女の頭を押さえ、強く体を抱きしめた。


恍惚《こうこつ》とした時間がすぎた。

私は結衣の取った行動に驚き、正直、なおも戸惑い続けていた。気持ちの整理がつかなくなった。お互い何も言わずに、ただずっとそうしていた。

結衣は泣きながら小さく震え続けている。私は、その結衣の白い肌や黒い髪を、このまま永遠に所有したいと思った。

いったいどれだけ長い時間、二人でそうしていただろう。

彼女が東側の窓の外をみて、静かに言った。

「ほら。『金の延べ棒』が現れましたよ。最後に先生と一緒にみられてよかった」

「最後に？　やはり私はこれから殺されるのかい？」

陽が落ちて、部屋がすっかり暗くなっていた。

「何も言わないで」

私たちは明かりをつけないまま、再び抱き合った。互い違いだった頭を向き合わせて、そっと唇を重ねた。

二度、三度と繰り返す。

目と目を合わせ、静かに聞いてみた。

「もしかして君は、今日、私が殺されるから、こんな思い出をくれたのかい？」

結衣は、言葉の代わりに私の頭を両手で包み込むようになでまわした。彼女は、ただ泣くばかりだった。私は彼女の両肩を押さえ、真正面から向き合って聞いた。

「結衣ちゃん。頼むから教えてくれ。私は今日、だれに殺されるんだ。君は何を知っているんだ」

すっかり暗くなった部屋の中で、彼女は何も言わず、私の肩に顔をうずめた。


突然、部屋の明かりがついた。

靴音が歩み寄ってくる。

「結衣。もういいだろ。胡桃沢先生から離れなよ」

二ツ木が立っていた。

私は我に返り、結衣の背中を抱きしめながら、毅然と彼をみつめた。

「まさか君が？　私を殺しにきたのか」

二ツ木は目をそらした。

何も答えずに、私たちに近づいてくる。結衣の腕をつかみ、私から引きはがした。二ツ木が彼女に告げた。

「結衣。今日ここに来ちゃダメだって言ったじゃないか」

結衣は両手に顔をうずめた。

「ごめんなさい」

彼女はいたたまれなくなった様子で、部屋から駆け出して行った。

二ツ木と二人だけになった。

彼は私の前に立ちはだかった。妙に落ち着いている。言葉を選ぶように、ゆっくり語り始めた。

「胡桃沢先生。ご存知の通り、今日があなたの命日です。彼女とも最後の思い出を作れたでしょう」

「いったいどういうことなんだ」

「それがあなたの運命だということですよ」

「運命？　やはり権藤教授たちや内閣府に説得されて、軍事利用に加担することにしたのか。私は……もし君たちがそういう判断をするとしたら、私の命を救うためなんじゃないかとも思った。なぜなら私が信じた君と結衣は、そういう人間だからだ。でも、それが違うとしたら。あの三人の教授の死にも、君がかかわっているんじゃあるまいな」

二ツ木は目線を落とした。

「ようやく気づきましたか。そうです。三人の教授は私が殺しました。大学や警察にも、現政権下の悪事を隠すのに、大いに協力してもらいました。おかげで莫大《ばくだい》な研究開発費をもらえることになりましたよ。ＡＩの軍事利用を条件にね。ところが、あなたは真相を確かめようと、警察や各教授たちの大学に直接連絡をとろうとした。だから、私がそれぞれ先回りして、何とかごまかしたんです。そして、今日あなたも最後の日を迎えた」

私は静かにあとずさりして、机に近づいた。二ツ木が打ち明けた。

「研究室が荒らされた時、ムウパアがみたのは僕ですよ。でも、あの子は最後までいい子だった。僕の名前を言わなかった。あなたはその人物が室井社長か権藤教授だと思ったのではないですか？」

二ツ木が語るあいだに、私は引き出しに手をかけ包丁を取り出した。

「それ以上近づくな」

彼に向けて構えた。二ツ木は動じない。

その時、特任教授室のドアの外で、何か大きな機械が駆動音を唸らせながら、こちらに近づいてくるのがわかった。重低音が一定のリズムで廊下に響き、部屋の中にも振動が伝わってくる。

スーパー・レスキュンの足音だ。

だんだん近づいてくる。私は二ツ木の顔をみた。

「まさか」

二ツ木が口元をゆがめた。

「お察しの通りです。スーパー・レスキュンは、権藤教授とムロイ重工と協議して、最強のキラーロボットに改良されました。私の命令で、今ここに来ます。顔認証であなたを殺害対象として登録してあります。その『キラー性能』をまずここで最初に確かめるために」

「私を殺しに来るのか？」

ふと自分が手にしている包丁をみた。

こんなものでスーパー・レスキュンに抵抗できるはずがなかった。

廊下を歩く足音が間近に迫った。私の体は震えあがった。「キラーロボット」の恐怖を思い知らされた。車イスで窓際まで後退する。十七階の窓から下を見る。ここから脱出するのは不可能だ。

二ツ木が冷酷な目で続ける。

「でもあなたを殺害するのに、スーパー・レスキュンのアームに装着した機銃は必要ないでしょう。なにしろ鉄筋をも破砕できる三本の指で、先生の首など簡単に切断できますからね」

二ツ木が襟に着けたピンマイクで「ストップ。そこで待機」と指示を出す。

スーパー・レスキュンの足音が、ドアの前で止まった。すりガラス越しに、巨体がこちらに向き直るのがみえた。不気味な分厚い胸がドアの向こうに透けている。

「これで僕が命令すれば、スーパー・レスキュンはドアを開けて、あなたを殺害します」

私は二ツ木をにらみつけた。

「それなら今、君が私を殺したらどうなんだ？」

「それはしない。例のセオリーですよ」

「セオリー？」

「いつか二人で語り合ったことがありましたよね。AIロボットの戦争では、人間を殺す最終判断は人間が下すべきだ——という理屈です。でも結局、究極の場面では、命令したりスイッチを押したりする人間も、その残虐な瞬間を決して間近では見やしない。殺人の感触はなるべく遠のけて実行する。そうでなければ人間がトラウマに囚われてしまうからです」

「それで君も、自分では手を下さずに、スーパー・レスキュンに私を殺させようというわけか」

二ツ木が下を向き、ふっと笑って続ける。

「人間も最後は、やっぱりロボットに凄惨《せいさん》な場面は丸投げする。皮肉なもんです。結局、AI技術は人間を殺す一方で、やはり人間を守るためにもある」

「君には私を殺す勇気がないんだろ」

二ツ木が真顔になった。

「じゃあ胡桃沢先生はどうですか？　その包丁で僕を刺せますか？」

確信したように問いかける。冷徹な声で静かに続けた。

「平和利用だけに限った科学技術なんて、最初から幻想だったんだ。僕はAIの軍事利用を認めた。

もう仕方ないと悟った。そしてあなたは現政権にとって、とても邪魔な存在になった。同時に僕は、あなたが最も憎むべき科学者に成り下がったはずです。これからスーパー・レスキュンや、たくさんの殺人ロボットを僕が研究開発していく。今後、他国の大勢の人が殺されるでしょう。さあ胡桃沢先生。ならばその前に、僕を刺したらどうですか？　それで大勢の人間の命が救えるんですよ」

　お互い目の中を探るようにみる。二ツ木がさらに近づく。

「さあ。僕を刺せますか？」

包丁を持つ手が震えた。

だめだ。私が先に下を向いていた。

「君を、刺せるかだって？　そんなこと、できるはずないじゃないか」

私は力なく包丁を床に落とし、うなだれた。

それをみて、二ツ木が「ふう」とため息をついた。

長い沈黙が続いた。

やがて二ツ木が穏やかな顔で言った。

「スーパー・レスキュンには、機銃なんて装備してませんよ」

「え？」私は驚いて顔をあげた。

「僕は断じてロボットに殺人なんてさせません」

二ツ木は何を言い出したのか。

「やっぱり胡桃沢先生だな。これでテストは終了です」

「テスト？」

意味がわからなかった。二ツ木が続けた。

「三ヵ月間に及んだ長いテストでした。あなたは今、見事に最後の課題をクリアした。人間の命を常に守ろうと思考し、行動するのかどうか。何があっても人間に危害を加えないか、という最後の検証実験をね」

「どういうことなんだ。なぜ私にそんなことを試す必要があったんだ」

「日本を代表する東央大の特任教授に就任してもらったんだ。何があってもアカデミアの独立性は保ってもらわなくてはなりません。あなたは適任だった」

二ツ木は、私に背を向けて語り続ける。

「三人の教授は死んだのでも殺されたのでもありません。ちょうどよかった。先生はあの三人に会いたがってましたよね。今から彼らに会わせてあげましょう。それですべて納得するはずです」

「会わせる？　良かった。彼らはやっぱり生きていたんだね？」

二ツ木は答えない。

「こちらへどうぞ」

私は二ツ木について、部屋を出た。

促されるままにエレベーターに乗った。彼は地下三階のボタンを押した。ぐんぐん下って行く。

地下には広大な倉庫があると聞いている。

扉が開くと、冷気を感じた。

3

暗く長い廊下に出た。非常灯の緑の明かりだけがずっと先まで続いている。「この廊下の一番奥まで、おいでください」二ツ木が言葉少なに歩き出す。先を行く彼の靴音が響きわたる。

「この先は工学部の倉庫じゃないか。まさか。そこに三人の教授が監禁されているのか」

私は二ツ木の背中にたずねた。

「監禁だなんて。人聞きの悪いことを」振り返らずに歩いていく。私はただあとをついていった。

工学部の地下倉庫には、実験機材などが置いてある。

二ツ木は一番端の19番倉庫まで来た。

扉のスイッチを押した。重く大きな扉がゆっくり開いていく。同時に広い倉庫内全体を見通せるLED電球が一斉についた。高い天井にはむき出しの鉄骨が渡っている。冷え切った倉庫内は、「19番倉庫A06」などと細かく区画されていた。

港湾の倉庫に置いてありそうな、大きな正方形の木箱がいくつも並んでいる。ちょうど人が座って入れるようなサイズだ。

二ツ木は一番奥まで歩いていくと、三個の大きなボックスの前で止まった。

木箱の表面に、長方形の枠で囲われた焦げ茶色の烙印《らくいん》がある。

《Shimizu・K univ.　プロトタイプAI／82003RNT—Male型》

《Kodera・H univ.　プロトタイプAI／87345QEW—Male型》

《Nakazawa・F univ.　プロトタイプAI／96704WOD—Female型》

各大学の先生たちの名前が添えてある。

「これは何を意味してるんだ?」

二ツ木が改めて語った。

「三人ともここにいますよ」

二ツ木が、一番右のボックスの留め金を外した。取っ手をひいて箱の中身をみせた。

何か大きな物がビニールシートをかぶせられている。台座ごとスライドさせて引き出した。ビニールシートを取り除く。

そこには、心臓発作で死亡したはずの清水名誉教授がいた。

「あ。清水先生！」

呼んでも応えない。

私は清水名誉教授に向き合った。丸メガネの奥のたれ目は、何かをみつめたままだ。私は彼の目の前に顔を近づけた。薄くあいた目は、まばたきもせずに一点をみつめている。

「清水先生。返事をしてください」

私が体を揺さぶると、体が傾き、床に倒れてしまった。丸メガネが割れ、小さなネジや金具が床に飛び散った。頭から眼球が飛び出て、床に転がった。

「うわあ！」

精巧なＡＩアンドロイドだった。

二ツ木が、並んでいた二つのボックスの中身もスライドして引き出し、かぶせられていたビニールをとってみせた。

「ああ。小寺先生。ええっ中沢先生も？」

私はボックスに収められた二人の体にも触れてみた。

小寺教授の顔の表面だけが、能面のように外れて落ちた。

「あ！」

私はぎょっとして体をのけぞらせた。

無数の部品がびっしり凝縮された、グロテスクな卵形の顔があらわになった。眼球だけが鋭くむき出しになっている。

中沢教授は、かつらをとった坊主頭の状態だった。イヤリングだけはついたままだ。マニキュアと同じ色の口紅が、もうはげてしまっていた。

シンポジウムの会場で、あれほど存在感のあった彼らは、いずれも人間ではなかった。そのことに私はショックと同時に、恐怖をおぼえた。

あっけにとられて彼らをみている私に、後ろから二ツ木が解説した。

「先生。これでおわかりですか。彼らは人間ではありません。私たち東央大が他大学と共同で製造した架空の大学教授です。それぞれ試用期間が過ぎた。言ったでしょう。死んだのでも、殺されたのでもないって。ただ、初めから約束された、プロトタイプ《試作品》の改良期限を迎えただけです。そして、あなたも彼らと同じように……」

「なんだって?」

私は今、何を聞かされたのか——。

4

二ツ木が静かに真実を語り出す。

「あなたもＡＩヒューマノイドのプロトタイプなんです。正確には、ここに表記されています」

隣にある空の木箱を示された。

同じように四角い枠で囲われた焦げ茶色の烙印がある。中は空のようだ。

《Kurumizawa・T univ.　プロトタイプＡＩ／９１５４５ＡＧＴ―Male型》

「私がロボットだと？　そんなはずはない。私は人間だ。愛する家族がいた。そして交通事故にあって、妻子を失ったんだ」

二ツ木が首を振って、説明し始めた。

「交通事故で家族を失った、国際ＡＩ技術研究所にいた、ＡＩ研究の第一人者になった、東央大に特任教授として招かれた――。あなたが思い込んでいる『過去』は予《あらかじ》めプログラミングされた記憶設定です。あなたの過去は我々がブログに書き込んだ。あなたはそれを自分の過去の記憶としてインプットし、必要に応じてアウトプットしてきた」

「そんなバカな。私は確かに、あの交通事故で家族を失ったんだ。今でも道路に横たわった妻と息子の姿がはっきり脳裏に焼き付いている。それをブログに書きとめた。決して忘れない辛《つら》い過去として。それをあのシンポジウムでも講演したんだ」

「あなたが思い描く映像は、桜庭君がバーチャルで作成して、あなたの記憶中枢にリンクさせ、いつでもよみがえるように設定していた。明晰夢《めいせきむ》のような映像としてね。彼の技術ですから、それはリアルにできていたはずです。でも、どうでしょう。胡桃沢先生。ご家族がいたというなら、奥さまの名前と息子さんの名前を言ってみてください」

「ああ、もちろん、いいとも。妻の名は、ええっと……」

なぜだ。頭に浮かんでこない。

「息子は餃子を作るのを覚えたばかりだった。名前は……」

やはり浮かばない。

「おかしい。いや、妻や息子の名前を忘れるはずがない。あの事故の後遺症で、記憶が飛んでしまっているのかもしれない」

「胡桃沢先生。もういいですよ。思い出せるはずがない。なぜなら、我々がそこまで記憶設定をしていなかったのですから。そして、シンポジウムの壇上にいた三体の教授は、さまざまなスペックを装備したプロトタイプです。あのイベントは、それらを一堂に集めてみたデモンストレーションだった。会場につめかけた省庁、研究者、メーカーが、その成果を見守る場だったんです」

「そんなこと信じられるもんか」

「シンポジウムの壇上で、ＡＩの軍事利用について、ロボットたちに議論をさせようとしたのは本当です。

彼らの頭脳が、人間の命を守ろうとするのかどうか。議論をさせて、考え方を確認しようとしていた。あなたに課したテストを、彼らにも課した。そして、あの壇上で各ロボットが『絶対に戦争をしない』という決意と論理をどう展開できるか。それを対話形式で確かめようとしたのです」

二ツ木はいったん目を落とした後、私をみた。

「あなたは『ＡＩの軍事利用反対』を言い出すかどうか迷い続けた。そのあいだ、会場をとても長い沈黙が占めていた。不思議に感じませんでしたか。

客席の皆さんはあの時、ステージ上部の横長のＬＥＤ電光掲示板に流れる、あなたの思考の文字群を読み取っていたんです。司会の比留間記者も、目の前のパソコンでその文字を目で追っていた。それで進行を止め、発言を控えていたわけです」

「私の思考が？　あの会場に？」

二ツ木がうなずく。

「そして、あなたが口火を切った。

私たちも聴衆も、ＡＩロボット同士がどんな説得力のある主張をするのか見守った。

ところが始まってまもなく、Ｋ大の清水名誉教授が、ＡＩの軍事利用の話題になった場面で、たまたま音声不調になった。

リニューアルの時期だったのですが、まさか壇上で停止してしまうとは。それは想定外でした。あわてて壇上に駆け上がって清水先生を取り囲んだのは、メーカーのエンジニアたちです。だが、それでパネルディスカッションを続行させては、かえって不自然になってしまう。時間もなくなったので、司会の比留間記者にイヤホンで指示してシンポジウムを終了したのです」

二ツ木が皮肉な笑いを浮かべて続ける。

「とんだハプニングでした。もともと、ぎこちない動きで訥弁《とつべん》のＨ大・小寺教授も、機能不全で改良が必要な時期でした。Ｆ大学の中沢教授も、大げさな身振り手振り、大きな発声をさせていたので、故障が多くなり、限界を迎えていた。

そこで、まずは我々東央大に修繕と改良が委ねられ、それぞれシステム停止日を迎えた後、順次この倉庫に収納された。その時の様子を桜庭君が写真に撮っていたのでしょう。やがて本体をバラバラに分解して、それぞれの欠点を補強し、次のプロトタイプに生まれ変わる予定です」

私は声を失い、ただ彼の次の言葉を待った。

三人の木箱に触れていた二ツ木が「ところが……」と、あきれたような声になった。

「さらに想定外の事態が起きました。桜庭君が、あなたを含めた四人の教授が『殺される（た）』と表現して、皮肉なメールを送ってきたのです。

彼は当初から、ＡＩに心を持たせる研究に興味は持ちながらも『ただし条件がある』と常々語っていたんです。心を与えるなら人権も与えるべきだ、と主張する『人権派』だった。特に胡桃沢先生に心を持たせようとしておきながら、それをだまし、試していくのは、胡桃沢先生への冒瀆《ぼうとく》ではないか、と。

あなたは他の教授たちと違って、すべてを装備したハイスペック仕様で、心を持った『強いAI』がついに誕生したのではないか、と注目された。だからこそ桜庭君も、あなたに『心が宿っている』前提で、あなたの『人権』を主張した。

もっとも桜庭君も、五十億円を投じた事業を、はなから否定するのは、さすがに憚《はばか》られたのでしょう。だから研究室に対する『皮肉』や、遠回しな『警告』としてメールを出すことに留《とど》めた。実に彼らしいやり方ではありました」

桜庭の行動は、ある意味、終始一貫していたともいえる。その後の二ツ木たちは、今から思うとかなりあわてた様子だった。

「桜庭君はシンポジウムが開かれた晩、まずK大の総務課を装って我々の研究室に電話した。電話に出た院生の女性に『清水名誉教授が亡くなった』と伝えたんです。彼女はわけがわからず、電話口で言われた言葉を、そのまま僕たちに伝えた。

そして翌日、『清水名誉教授は殺された』ことを告げるメールがきた。

僕たちは狼狽《ろうばい》しました。

急きょ、シナリオの大幅な修正をせざるを得なくなったのです。

そこで、みんなで思いついたのが、メールの意味を、『AIの軍事利用に反対すると殺されるぞ』という脅しではないかと疑った胡桃沢先生の考えを利用するというプランです。

結果的にそれが、あなたを試すより良いテストになってくれた」

二ツ木は、シナリオ改変を余儀なくされてしまったというのに、逆に胸を躍らせるように言葉を続ける。

「軍事利用に反対する教授が次々に死んでいく――。

これは政権や大企業の陰謀ではないのか、とあなたに思わせる。その、とてつもない恐怖に対して、あなたはどう立ち向かうのか。軍事利用を認めてしまうのか、それとも、人間の命を守る科学者として信念を貫き通すのか。

日々『裏実務者会議』を重ねた結果、大幅なシナリオの変更のなかで、現政権の意向に添って、四人の殺害を計画・実行した凶悪犯は、いつもあなたのそばにいる僕ということになった。やがてあなたは、一度は友情を確かめ合ったはずの僕と最後に対峙《たいじ》する。あなたは最後の最後まで、究極の選択を強いられたのです。

桜庭君のおかげで、より過激にあなたを試すことができたわけです。今では彼に感謝しなければなりません」

そう言いながら、二ツ木が、ああそうだ、と思い出したように補足する。

「あなたが桜庭君と権藤教授のやりとりを誤解した場面がありましたよね。

会議の途中、あなたの人権を主張して、怒って出て行った桜庭君を、権藤教授が追いかけていきました。すぐ脇のスロープにいたあなたは、権藤教授と桜庭君の話を聞いた。

あなたが耳にした彼らの会話は、会議でもめたことの延長だったんです。

つまり、権藤教授が桜庭君に『まずはこのテストを一緒に遂行しよう』と声をかけた場面だった。役者さんたちも大集合して、捨て身の演技をしてきたのを台無しにしないでほしいと。つまり、あれは決して戦闘ゲームを実戦利用するために、桜庭君を説得していたのではありません」

私は、二ツ木を真正面からみすえてから聞いた。

「なぜそこまでして、私を徹底的にだまし、追い込んだんだ」

5

二ツ木の説明は続く。

「シンギュラリティ《技術的特異点》――」

「ＡＩが人間に対して脅威になり始めるターニングポイントは、二〇四五年に迎えることになると言われています。でも今現在は、その想定時点もあやふやになってきた。昨今の急速な『生成ＡＩ』の発展と普及にみられるように、もうすでに人間の理解を超え始め、制御不可能な変節点がとっくに訪れているという見方もある。

もし我々の研究室がこのＫＣプロジェクトで、本当に心を持った『強いＡＩ』を完成させているとしたら――。

少しでもその可能性があるならば、すぐに並行して、ＡＩが人間の命と尊厳を守るかどうか、我々が創り出したあなたが、本当に『信頼できるＡＩ』なのか、最優先で検証実験を行わなければならなくなったんです。

もちろん、あなたに心があるという確証はないままでした。

三体の教授は欠陥だらけで検証に値しなかった。ですが、あなたはレベルが違った。一番ハイスペックな完成品として注目され、心が宿った可能性がある胡桃沢宙太――。だからあなたを、徹底的に追い詰めて検証する必要があったのです」

私は声を限りに主張した。

「私にはちゃんと心がある」

「もちろん、その可能性も踏まえて検証実験がスタートした。経産省からは三カ月で実験を終えるように要請がありました。そうそう、KCプロジェクトというプロジェクト名の本当の意味を教えてあげましょう。『ココロ・クリエーション・プロジェクト』は表向きのプロジェクト名で、KCは『胡桃沢宙太』、あなたのイニシャルからとったんです。つまり、あなたがプロジェクトそのものなんです」

「私自身がプロジェクト?」

「胡桃沢先生。この現実を認めたくはないでしょう。でも、これを目にしたら認めざるを得なくなりますよ」

二ツ木は等身大の三面鏡を持ち出してきた。そして乱暴に私の上着をはぎとった。続いて肌着を引き裂いていく。

「おい。何をするんだ!」

二ツ木が、車イスの背もたれを後ろに倒すと私の腰の後ろ付近に小さなリモコンのような機材を当てた。すると電子音がして、扉が開くような音がした。

「ご自分の中身をごらんください」

「私の中身?」

鏡に映した背中を見せられた。私は声をあげてしまった。

深緑色の基板上に、半導体が密集している。

集積回路、コンデンサ、抵抗器、コイル、変圧器……。金属や特殊樹脂の微小なチップが凹凸をつくっている。その谷間を、回路を示す線や極細の七色のコードが縦横に走り、ところどころ光が点滅していた。「極小の未来都市」のようだった。

二ツ木が感慨深げに語り出す。

「機能美とでもいうのかな。ここには一切装飾はない。必要なモノが、必要な位置に、適正に配置されているだけなのに、製作側も意図しなかったこの美しさはどうでしょう」

その下部には、帯状の光のセンサーと、音声ミキサーのようなスライドできるツマミがいくつも並んでいた。

「これはいったい……」私の声に連動して、光の帯が動いた。

二ツ木が小さなツマミをいくつか動かした。

「これは胡桃沢先生の声量、声質、発声速度を調節するバーですよ」

「私の声を変えられるというのかい？　そんなこと……。私の声はこの声じゃないのか」

そう話す間、二ツ木がいくつかのバーを上げ下げした。

私の声が急に甲高くなったかと思えば、超重低音で不気味に響いた。

「やめてくれ！」

二ツ木が規定値に戻した。次にその少し上の背面部分にまた機材を当て、別のフタをあけた。

鏡には、銀色の小さな長方形のプレートがひしめくさまが映っている。

「これは！」

数十社の企業ロゴだった。社名の入った金属のパネルは、まるで鎧《よろい》かウロコのようにみえた。

吐き気をもよおした。すぐにでも背中から取り外したかった。

二ツ木が一緒に私の背中をのぞきこみながら言う。

「これが、日本の省庁や大企業五十九社から、あなたに託された夢の輝きです。先生はこれだけの期待を背負って誕生した、日本中の『夢』なんですよ」

私の声は力なく震えた。

「私が夢……だと？　私にとって、これは悪夢じゃないか」

二ツ木は目を合わせないまま、静かにつぶやいた。

「その夢は、人間がみるものです。ロボットがみるものじゃない。そして、その実証実験は、極上のエンターテインメントになった」

「どういう意味だ？」

「そのシナリオは、僕とメディア・アンカー社のアイデアです」

「なんだって？　比留間さんがからんでいるのか」

「ＫＣプロジェクトは同社の創立百五十周年の記念事業です。メディア・アンカー社は、ＡＩ研究をしていた僕等の研究室に、メディアパートナーとして最初に出資し参画してきたのです」

第七章　真実の扉

1

まさか。あの比留間記者が——。

たしかに、彼女が当初からKCプロジェクトを追っていたのは私も聞いていた。だが彼女が観察していたのは、私自身だったのか。

「面白い場所にご案内しましょう」

二ッ木は、地下倉庫を出て、エレベーターに乗って研究棟の十六階に案内した。

私たちがふだんいる共同研究室の一階下に当たる。ここには来たことが一度もなかった。十六階は「立入禁止のセキュリティルーム」と聞かされていたからだ。東央大工学部のすべての電子機能の心臓部で、特別の許可を得た技術者しか入れないはずだった。

エレベーターを降りて、廊下の先、「KCプロジェクト・セキュリティルーム」というプレートのかかった扉の前まで来た。

二ッ木が指紋認証と眼球認証の双方をクリアして、施錠を解いた。

照明を落とした、柱も壁もないワンフロアが広がっていた。

空気は常に清浄化され、一定の温度と湿度に保たれている。天井まで届く大型コンピューターが並び、区画された通路が、整然とフロアの端から端まで続いている。

「ここはKCプロジェクト——。胡桃沢先生のすべての機能をつかさどっているデータセンターです。クラウド環境のサーバー拠点として、あなたのアイデンティティがすべてここにあります」

大型コンピューターの側面には、「経済産業省」「総務省」「ハヤシ精巧機器」「西浦《にしうら》工作機械」「NCR技術」「AIテクノセンター」「シン・デジタルウエイ」「チムチム工房」……。企業や省庁のロゴがついている。

大型コンピューターにはいくつもの微細なランプが点滅し、光が順を追って遠くへと流れてゆく。データを高速処理する回転音があちこちで唸っていた。

二ツ木が歩きながら説明していく。

感覚器官となるセンサー、全身を動かすアクチュエーター、思考するコンピューターという三分類はシンポジウムでも、私が説明した。ここは、すぐにメンテナンスに入れるように、わかりやすく体の部位ごとにゾーンを区画してあった。

南側のゾーンが私の下半身部分、中央ゾーンはおもに胴体部分、上半身や、腕、手や指の繊細な動きをつかさどっているという。筋肉や腱などの細部まで、身体能力はほぼ人間と同じに設計されているが、下半身の安定性と移動性が課題となり、私の軀体は車イス・タイプになった、と説明された。

北側のゾーンが私の脳に当たる。

嗅覚、聴覚、触覚、味覚、視覚に関するデータ管理部分であり、記憶設定などもここに集積されている、という。さらにディープラーニングを幾層にも重ね、あらゆる人間の会話や、五百万冊の膨大な書物の知識を取りこんでいく気の遠くなるような作業を行ったと、二ツ木は話した。

「あなたのウイットに富んだ表現も、その成果でしょう」

「私の脳は、この頭にあるんじゃないのか？」

「その小さな頭は、ここからの指令を受けるだけです。いいですか。あなたは人類の夢ですよ？　そんな小さな規模では収まりません。その後も、関係省庁や企業の夢がどんどん膨らんで、より繊細な動き、より精密な機能をもたせていった。国内最先端をいく技術者の情熱が、ここにすべて集約されている。同時にそれらを制御するコンピューターもどんどん増え、結局このフロア全体を使うことになった。

それでも、身体のあらゆる部分や素材も、我々や各メーカーとの共同研究開発は、トライ&エラーの繰り返しだった。部品交換や修理もしょっちゅうでしたよ」

「私の体に？　いつ、そんなことができたんだ」

「あなたが夜間に、就寝している間です。あの特任教授室のベッドは巨大な充電用ネストです。毎晩『へるぱあVer.7.0』があなたを所定の位置に寝かせると、あなたはすぐに眠りにつくようになっていた。あなたは朝までにチャージを終え、翌日、常に最新状態で元気に稼働していた。車イスに装着されたバッテリーの持続時間は、スーパー・レスキュンと同じ最大で二十時間です。あなただけが何も知らずに、私たちと過ごしていたんです」

「だが、私は食事もした。ワインもコーヒーも楽しんだ」

「口から摂取するのは人間と同じです。臭いも味も感じられたでしょう。でもあなたには消化器官がない。体内に蓄積されたものは、毎晩、あなたが『就寝中』に、私や結衣、研究員たちが腹部のカセットから取り出し、洗浄して戻しておいた。だからあなたには排泄《はいせつ》の覚えがないはずです」

私は気が遠くなりそうになった。

フロアの一割は、私と同じようにムウパアを稼働させるゾーンになっているという。二ッ木が奥へ歩きながら、なおも説明を続ける。

「これから案内するゾーンに入ると、少しめまいがするかもしれません。といっても、あなたの脳に何かが作用するわけではなく、言葉通りに視覚的に、ということです」

二ツ木の言っている意味がわからない。

私は言われるままについていくしかなかった。


大型コンピューターの区画外に、少し広まったミニシアターのようなスペースがあった。そこには人間の視野角とほぼ同じ、百八十度の半円状の巨大スクリーンが設置され、二十人ほどの座席も用意されていた。

そのスペースに入ると、確かに奇妙な感覚におそわれた。

「拡大モニタールームです。座席の前に出て、百八十度の半円スクリーンの円心に入って画面をみてください。不思議なことが起こりますから。ちょうどあなたの視野角と重なる位置へどうぞ」

二ツ木は、私を巨大画面の前に連れてきた。

半円のスクリーンの円心位置に行った時、確かにめまいがした。スクリーンに映し出されているのは、私がみている光景そのものだったのだ。さらに私が焦点をあわせてみている視点が十字で表示されている。

「これでおわかりになったでしょう。あなたの目が、我々がモニターするカメラそのものになっている。たとえば、あなたは今、僕をみています。画面は僕になっています」

二ツ木の語った意味がわかった。

スクリーンをみつめ直すと、画面の枠の中に画面がある。

つまり、スクリーンまでの距離が枠となって画面の中に登場している。そのまた向こう、さらにそのまた向こうまで。四角い枠付きの光景が奥まで続いている。

みる角度を変えると、蛇腹の中のようなカーブが微妙にずれてうねる。無限の奥行きをもつ、異次元に通じるトンネルのようだった。

《異次元に通じるトンネルのようだった》

さらに気づいた。

画面の下だ。たった今、私が思考した、その言葉が《　》で囲われた赤文字で表示されている。

「ちょっと待ってくれ、これは一体どういうことなんだ」

『ちょっと待ってくれ、これは一体どういうことなんだ』

今度は、私が声に出して発した言葉がまた文字になり、『　』に括《くく》られた黄色い文字になった。

「驚いたでしょう」

その二ツ木の言葉は、「驚いたでしょう」と白い文字で流れた。「あなたが聞いている僕の声も、一緒に文字化されるんです」

そんなバカな——。

《そんなバカな——》

心の中で発した言葉が、再び赤文字になって画面下に表れた。

つまり私が、
思考した言葉は《　》つきの赤い文字で。

実際に発した言葉が『　』付きの黄色い文字で。

他者が語った言葉が「　」付きの白い文字になっていた。

私は悪い夢をみているのか。そう思考した直後に、

「胡桃沢先生。これが現実ですよ」

二ツ木が、画面の文字を読み取って返事した。

「あなたの思考と行動は、常にあなた目線のモニターで監視されていました。なぜならこの検証実験では、あなたの『中身の透明性』こそが、とても重要だからです。もしも本当に心を持っていたとしたら、国際的にも議論になっている『信頼できるＡＩ』なのか、プログラムの欠陥や暴走がないか、逐一チェックしなければなりません。ＡＩは自ら学んで賢くなっていきます。最初に創ったシステムがのちに大きく影響を及ぼし後戻りできなくなるリスクも抱えています。だからこそ、一歩一歩立ち止まりながら手探りの検証実験となりました。そのためには、あなた目線の『配信』で、思考と行動を常にチェックすることが最適になったわけです」

2

「このモニターは、だれに監視されてきたんだ」

「僕と結衣や研究室のみんなや、あなたの研究開発にかかわる省庁や大企業のすべての人たち……そして日本中の人々に、です」

「日本中の人たちに？」

「言ったでしょう。あなたは日本中の『夢』なんですと。そのリアルタイムの動画をメディア・アンカー社が毎日配信してきたのです。月額二千二百円のサブスクでね」

「なんだって？」私は大声をあげてしまった。

「つまり、あなたが自分の目で毎日視認してきた風景は、メディア・アンカー社の独占配信で、世界初の、ＡＩアンドロイドに『心』が宿ったかどうかを検証する番組として公開されていた。大画面モニターの左脇をよくみてください。現在の視聴者数が表示されていますよ」

二ツ木に言われ、目を向ける。

確かに枠の内部に長方形の罫線《けいせん》で囲われた数字が出ている。

（現在の視聴人数＝１，３５５，７４３人）

ばかな。

こんなおぞましい現実があっていいものか。私にプライバシーはなかったのか。

ということは……。さきほどの結衣と抱擁しあった私目線の光景も、百三十五万人以上に盗み見されていたというのか。

私は結衣の白い肌を、黒い髪をみて、このまま永遠に所有したいと思った。その思考までが、赤い文字になって画面の下に流れていたことになる。こんな恥辱があるだろうか。

「この配信はいつから始まっていたんだ」

「三カ月前です。大講堂でシンポジウムを開催したあの日の夕方、あなたが特任教授室でくつろいでいる時点からスタートしています。その時、すでに大講堂の会場のスクリーンには、『ＡＩの歴史を振り返る』というドキュメント映像ではなく、あなた目線の夕暮れの光景と思考の文字が流れていた」

「なんだって？」

「会場のみなさんは、その後、あなたが大講堂に向かい、赤信号で女子学生を救う場面もハラハラしながら見守った。あなたが車道に飛び出した時は大喝采でした。その後講演に遅れた理由をあなたは言わなかった。あのスタンディングオベーションの理由は、ロボットのなした『陰徳』への称賛だったんです。そうそう。それから……」

二ツ木がさらに明かした。

「あの大講堂の前のスロープですけど、結衣から、設置を提案したのは、別の研究室の視覚障がいの男性、と聞かされたと思います。その男性は実在しません。それもただの設定にすぎないからです。興味深かったのは、あなたは講演でその話を取りこんで感動的に披露し、『心眼』の大切さを説いた。人の心をつかむあの語り口に、僕と結衣は驚き、感動もしましたよ」

そう嬉しそうに語る二ツ木が、一転うんざりした顔で続けた。

「ところが。配信スタート後、桜庭君がまた嚙みついてきた。あなた視点の行動や思考が晒《さら》されるのは、プライバシーの侵害だ、すぐにやめて本人にすべて伝えるべきだ、とね。それから裏実務者会議のメンバーも揺らぎ始めた。彼に賛同する人も出てきて、シナリオが破たんしかねなかった。もっとも、そんなスタッフ側に起きるハプニングや不確定要素も含めてプロジェクト進行を検証できたのも、ある意味、成果ではありました」

私はいたたまれなくなって、二ツ木に聞いた。

「結衣ちゃんはどこに行ったんだ」

「彼女の助教室でこのモニターをみているでしょう」

「じゃあ比留間さんはどこに？　彼女もどこかで今も監視しているのか？」

「彼女は汐留にあるメディア・アンカーの本社で、番組配信のディレクターとして、あなたの行動をモニターしているはずです」

「彼女が？　そんな……」

「これで、あなたが創られた理由、構造・システム、ＫＣプロジェクトの全貌がおわかりになりましたね」

大きくひとつ息を吐くと、二ツ木は、このプロジェクトを完遂するための苦労を語った。

プロジェクトでは、日常生活のなかで、私に次々と過酷なテストを強いていった。私がいかなる身体的な脅迫や暴力の恐怖にも屈せず、人間の命と尊厳を守り抜けるのか。国家レベルの巨大権力を目の当たりにして、信念を曲げずにいられるか――。

この壮大な検証実験の配信を、スタッフのみならず日本中が注目していった。

ただ、こんな大きな構想のアカデミアの研究開発を進めるには、まず費用がネックになったはずだ。省庁やメーカーの援助だけでは限界がある。大きなスポンサーをつけなければ、挑戦すらできない。同時にメディア・アンカー社と組めばアーカイブを残せ、私にどうやって心や人間性が宿っていくのか、あるいはすでに宿っているのか、二ツ木たちは間近で確認でき、時間を追って研究成果も記録できる、というわけだ。

「僕等が出演を承諾したのも、何かを犠牲にしないと、僕等の研究成果は永遠に埋もれたままになってしまうからです。それほど今は、アカデミアの研究は冷遇され、未来の大きな可能性を摘み取られてしまっているんです」

二ツ木は無念そうに語る。そして、ふっきれたように顔をあげた。

「やるからには、僕たちだって完全な研究成果を残し、後世に伝えたい。その後、省庁や企業とともに、本格的な『KCプロジェクト実行委員会』を発足したんです。そこでさらに、多くの役者さんたちに参加してもらうことになりました」

「役者さんたち？　そんな大がかりな芝居をしていたのか」

二ツ木にそう言われて、思い当たった。

確かにここ数カ月のあいだ、私の周辺で不審な出来事が相次いだ。

私が講演前に救った女子学生や結衣を轢《ひ》こうとした黒いワゴン車、二ツ木の前に落ちてきた建材、権藤教授やムロイ重工による挑発や脅し――。そしてクライマックスで研究室が荒らされ、データや資料が持ち去られ、ムウパアが犠牲になる。徹底的に追い詰められ、恐怖を覚えた私は、最後に親友である二ツ木と対峙する――。

言われてみれば、あらゆることが芝居じみていた気もする。

二ツ木が、ワイドスクリーンの下に出ている私の思考を読み取ってうなずいた。

「すべてシナリオ通りです」

「でも。学生たちはどうなんだ。私の講義の時間は、大教室でも熱い議論を展開していたはずだ。とても芝居にはみえなかった」

「彼らはリアルの学生たちです。やりとりも本物です。ただし学生たちは、あなたがロボットであることを知っていました。つまり、あの講義で彼らは、ロボットから『ロボットに心が宿るか』と問われたんです。興味深い場面でしたよ。彼らには普段から、あなたを本物の教授として接するよう指導してあった。それも単位取得の条件でした。つまりあの講義は、本当は僕のコマなんです。討論がリアルになったのも、あなた目線で、僕が学生たちをみているのを、彼らも知っていたからです」

それでもまだ納得できない。

たとえば私は学外にも出かけた。それはどう説明するのか。二ツ木が続ける。

「確かに、あなたの行動範囲は学内だけではない。この町全体にも協力をお願いしていました。ただし、学外に出る時には原則として結衣か僕が付き添っていたはずです。配信協力店だけを選んで、ともに行動するためでした。だから行く先々で《東央大・KCプロジェクト進行中》という黄色いシールが貼ってあるのを、あなたも見たはずです」

確かに目にしていた。

だが、あの文言だけでは、プロジェクトの全容はわからなかった。

二ツ木によると、配信されていた映像はメインとなる私目線のほかに、同時に私の姿を外から眺められる映像もあったという。地点は限られていたものの、大学構内や街頭、店舗や施設内の防犯カメラとも連動し、視聴者は画面を切り替えたり、分割したりして見られたという。

さらに、この町の駅前商店街や学生街の商店主には、KCプロジェクトの配信立ち上げの一ヵ月前、大学で説明会を開催していた。その時のA4判一枚のチラシをみせられた。同じ文言はCMを兼ねて、メディア・アンカー社発信のテレビや配信番組の合間にもCMとして流されていた。

《夢のKCプロジェクト始動！　東央大では九月二十日から十二月二十日までの三ヵ月間、世界初のAIロボット視点の配信実験を実施致します。皆様のご協力をお願いします。胡桃沢教授を見かけたら、本物の東央大特任教授として接してください／東央大学・KCプロジェクト実行委員会》

この文面と一緒に黄色いシールが配られた。そして、多くの商店主らが、あの大講堂のシンポジウムにも招かれていたという。二ツ木はさらに私の疑問を解いていく。

「もちろん、なかにはシナリオとはまったく関係なく、あなたとリアルに接していた人たちもいました。あなたが結衣と歩いた公園ですれ違ったサラリーマン風の男性たちや、アーケード街のホームレスの男性とか。中にはKCプロジェクトの配信を知っている人もいたでしょう。サラリーマン風の男たちがあなたに向かって『……のクセに』と蔑むように吐き捨てた言葉がありましたね」

「ああ、確かに。あの時、何を言われたのか聞き取れなかった。彼らは何と言っていたんだい」

「あとでアーカイブ映像で、音量をあげて確認しました。彼らは『ロボットのクセに……』と笑っていたんです」

「そうだったのか。つまり、彼らは配信を知っていたわけだ。私とやりとりしたホームレスの男性はどうだったんだ？　彼も配信を知っていたのかい」

「いえ。胡桃沢先生とのやりとりからは、確認できませんでした。そんな風に配信には、我々スタッフや役者さんが絡んだ場面と、それ以外の場面が混在していたんです。でも、統制しきれなかったからこそ、リアルなドキュメントにもなった。ちなみに、各大学や警察で登場した方たちは役者さんではありません。僕が事前に配信の趣旨を伝え、急きょあなたとのやりとりについて、お願いしておいたんですが……。実にひやひやした場面でした」

　私は街に出ている時も、確かに世間の人々から特別な視線を感じた。

　あれは私が「有名人」というよりも、プロジェクト進行中のAIロボットに対する好奇の目だったのか。駅の構内でつるんだ若者たちが後ろからついてきた時に、私の名前をまるでモノについて言うように口にしたのは、そういうことだったのか。

「プロジェクト完遂のために、さらに細心の注意を払ったのが――」二ッ木の説明がなおも続く。

「あなたがネットなどの外部情報に触れるリスクです。あなたのスマホやパソコンには、あらかじめ胡桃沢の名やKCプロジェクトなど、関連する用語をすべて事前に抽出・文字登録し、文脈上問題がある場合は、ブロックして非表示になるよう設定した。

あなたの脳内にも、そうした文言が眼前に現れた場合、視認できないように文字がかすむ水際の機能も追加で搭載した。もっともすべてを非表示にしては不自然だ。同じ文言が入っていても、我々のシナリオに沿った文脈ならば、みられるようにしてあったんです。そんな複雑な峻別《しゅんべつ》もまた、最新のAI技術なら簡単にできるようになりました」

そう言われて思い当たった。

スマホで検索しようとした時『かすみ目かな』と感じたことが何度かあった。二ツ木が、モニタールームの巨大スクリーンに表示された、私の思考を読み取ってうなずく。

「かすんでみえたのは、みてはならない情報に触れそうになった場面です。それほど、あなたにはKCプロジェクトの全貌や、あなたがAIロボットであることを徹底的にさとられないようにしていたわけです」

そこまで説明されてもなお、即座に気持ちの整理など付くはずもなかった。私はさらに二ツ木に問うた。

「なぜ私は、そうまでして自分を人間だと思わされなければならなかったんだ。私の講義で自由討論をした時にも、学生が、ロボットが自分を『非人間として認識する』ケースに触れていた。そういう設定でもよかったじゃないか」

二ツ木ははっきり首を振った。

「胡桃沢先生も、僕の矜持を理解していたはずです。『VOLCANOには所詮心はない』と世間に評された時、僕は悔しかった。次には『人間とまったく同じ心を創る』ことしか頭になかった。そのためには、あなた自身に、まず自分を人間と認識させる必要があると考えたんです」

二ツ木の理屈はこうだ。

最初からＡＩロボットが自身を「非人間」や「ロボット」と認識していたら、その時点で「人間と同じ心ができた」と公言できなくなる。もし私がその特異性を意識したら、人間とは異質の心になり、ひいては人間らしさとも乖離《かいり》し、それは「所詮人間と同じ心ではない」とまた批判される。だから視力や聴力などの感覚器官、計算力や身体能力なども「超人性」は持たせず、あえて人間とほぼ同じ数値に設定してあった、というのだ。

つまり、あの講義で学生が提言した、ロボットならではの「ココロ」では、二ッ木は最初から満足していなかったことになる。私はなおも疑問をぶつけ続けた。

「私が耳にした『裏実務者会議』とは、実行委員会の君たちや役者たちが話し合う場だったのか」

二ッ木はうなずいた。

「十五階のＤ会議室で開いていました。毎晩のように集まって、翌日、あなたに何をしかけるか、綿密に協議してきました。危険を伴うものも多かったですよ。黒いワゴン車を運転するカー・スタントの役者さんや、鉄骨を落とす役のスタッフたちとも、検討に検討をかさねて動作確認もしてきた。なかでも熱演だったのが、権藤教授とムロイ重工の社長役の男性二人です」

彼らは演技をしていたのか。それにしては、あまりにもリアルだった。思わず続けざまの反論が口をつく。

「君だって彼らとバトルを展開したはずだ」

「ええ。彼らは実に優秀な俳優さんたちです。その分、僕や結衣にも演技力が問われました。そして、彼らの挑発に対して、あなたは人間の生命を脅かしてはならないとして敢然と立ち向かった。実に頼もしかった」

やはりあの時、お互い同じように頼もしさを感じていたのだ。だが、私が感じた彼の頼もしさは、迫真の演技だった。二ツ木は私の行動をそうして観察しながら、なお感じ入った様子だ。

「あなたが人を殺せないことは、権藤教授と対峙した場面でも証明されました。覚えてますか？権藤教授に出されたシアン化ナトリウム入りコーヒーですよ。

あなたは、男子院生が、砂糖の赤い容器と青い容器を、間違えて持ってきたことに気がついた。そして、すぐに権藤教授のカップを取り上げた。もっとも現実にそんなずさんな管理をしている研究室などありませんがね。

これもテストでした。あなたは、権藤教授の執拗《しつよう》な挑発に声を荒らげ、彼を一瞬憎んだ。でもあの時、あなたは感情とは正反対の行動をとった。これには権藤教授役の俳優さんも感動していましたよ」

確かにそうだった。二ツ木が続けた。

「僕と結衣が内閣府を訪れたとか、大学の教授会の件を確認に行った、というのは作り話です。ただ同じ日、我々を訪れてきた経済産業省などの六人は、役者さんではなく本物の職員たちだった。あなたも、彼らのことは警備室の来訪者リストで確認していましたよね。

あの時、急きょ『裏実務者会議』を開催することになったんです。

でも私も結衣も、まさかあなたが研究棟に戻っているとは思わなかった。

会議も白熱していたし、あなたを監視していた当番の研究員にもトラブルが生じていたんです。二時間交代でモニターの映像チェックや、GPSでのあなたの位置確認をしてきたのですが、たまたまその時間だけみんな出払っていて、一人残って監視していた研究員が腹痛を起こしてソファにうずくまっていた。それで僕と結衣に連絡もできず、僕等は隣のC会議室にあなたがいたことにも気づけなかった。

経産省とは、あなたのリアルな『システム停止の期限』について、長い時間話し合っていたのです。あなたは、隣のＣ会議室の壁際で我々のやりとりを聞いた。そこであなたは、僕と結衣が、あなたの命を救う代わりにＡＩ技術の軍事利用を認め、ＫＣプロジェクトを断念し、研究成果を渡すかのように受け取ったはずです。

結衣と僕が語った『胡桃沢先生だけは助けてください』『もう、あきらめるしかないかもね』の意味を、僕等二人の善意と解釈した。それは『三人の絆』を信じていたからでしょうね。その分だけ、のちに僕たちも良心の呵責《かしゃく》に苦しむことになりました」

二ツ木が下を向いた。

「実際にはあの時、経産省が、あなたの一日のランニングコストが百数十万円にのぼると告げてきた。もうコストはかけられない。各省庁も企業も限界なので、システム停止は予定通り、二十日の正午までにしてほしいと宣告された。だが、結衣が泣きながら抵抗したんです。それで何とか、僕と結衣が私財を投じて、ほんの少しでも」

「感謝するよ。でもそれで……」

私の鼓動は高鳴った。身を乗り出して聞いた。

「それで……私のシステム停止は、いつまで延期されたんだい」

「本日午後七時までです」

私は腕時計をみた。あと四十分だった。

3

肩を落として、私は言葉をふり絞った。

「私は、そんな残酷な運命を背負って創られたのか。もしかして君が？」

「あなたを創ったのは――僕と結衣です」

「君と結衣ちゃんが？」

二ッ木は大きくうなずき、続けた。

「ＡＩロボットに心を宿らせる挑戦は、東央大内では、あなたで二十七体目です。我々の研究室でようやく、今までとは異なる超ハイスペックな機能をフル装備したプロトタイプが完成した。外観は結衣が創りました。フェイス・サンプルの座標軸Ｘ０２８４６１値、Ｙ２７４５３２値。体格はＸ９２４７６５値、Ｙ４０８７８４値です」

「もういい！　やめてくれ」

私は叫んでいた。何かを封じ込めるように。

「あなたのメインスイッチを切るのは、あなたを創った僕か結衣ということにした」

「なぜだ。自動タイム設定で、それこそ私に手をかけずに消滅させたらいいじゃないか」

「それでは配信の視聴者が納得しない。三カ月の配信の最後には、ドラマが必要だった。つまり見応えのある場面です。それもまたメディア・アンカー社との打ち合わせでそうなりました。つまり『ＫＣプロジェクト』は視聴者数を稼ぐ番組そのものだったともいえる」

二ッ木は何がなんでも、最後まで言い切ってしまうつもりだ。

「そんな」私の声はもうかすれていた。

「でも、あなたのシステム停止は、結衣にはできないと思った。だから、僕は彼女に、今日あなたに会わないようにと伝えた。僕がメインスイッチを切るしかなかった。でも夕方になって……僕があなた目線のモニターをみていたら、そこに結衣が姿を現した。彼女がスイッチを切りに行ったのか、と思った。ところが違った」

二ッ木の言葉が、そこで止まった。

彼の心中を察した。

私は結衣と抱きしめ合った。二ッ木は胸をえぐられるような思いがしたに違いない。

いつからだろう。

私たちは、結衣に対するお互いの感情にとっくに気づいていた。だが、お互いそのことを口にしたことは一度もなかった。


二ッ木が、思い出したように顔をあげた。

「胡桃沢先生。僕もあなたに聞きたいことがある。昨日の十九日、あの落雷があった直後からです。急に僕たちは、あなたをモニターできなくなってしまった。メディア・アンカー社の配信機能が、数時間サーバーダウンしたことが原因です。

でも十六階のデータセンターでは、あなたの脳も身体機能もバッテリーが稼働したままだったので、全体のシステムに瑕疵《かし》は生じなかった。そのあいだも、あなたは動き続けていた」

二ッ木の説明では、配信は多くの人々が関心をもって注目していた。私が稼働しているのは一日最大二十時間。起床してから、夜間、充電用ネストのベッドに横たわるまで、リアルタイムでもアーカイブでも、その間はすべての行動と思考がたどれるようになっていた、という。

「ただ、配信がストップしたので、あの空白の数時間、あなたの行動は、だれも知らないんです。復旧後にアーカイブを確認しましたが、配信機能と記録システムが連動していたためか、やはりその時間帯だけ、あなたの思考記録も行動記録も消えていた。

あなたは大学からいなくなった。学外へ出かけたことまではわかりました。でも、空白の数時間をはさんで、夜間の復旧後、あなたはいつも通り特任教授室の充電用ネストに戻っていた。そのあいだ、あなたは一体どこで何をしていたんですか？」

私は答えなかった。

「さきほど、あなたが前日に駅前まで出て、包丁を買ったことまではわかりました。きっと、自分を『殺しにくる人物』に、せめてもの抵抗をするつもりだったのでしょう。ところが――」

二ッ木が、少し感心したように私をみた。

「あなたは僕を前にして、力なく包丁を落とした。僕が連続殺人の犯人だと打ち明けた時の、あなたの驚きにみちた表情は忘れられません。そして、あなたには、やっぱり人を刺せやしなかった。だれも殺せはしない。あなたの中に、本当に素晴らしい人間性を確認することができた」

私は二ッ木に問いかけた。声がふるえてしまった。

「二ッ木君。さっき君は、私がテストに合格したと言ったよね。人間の命と尊厳を守り抜く課題を見事にクリアしたと。そして今も、素晴らしい人間性を確認できたと。それなら、システム停止などせずに、新たな予算措置で私を継続的に研究対象にしてもらえないのかい？」

「でも一日のランニングコストは百数十万円です。これ以上だれが……」

「それなら、たとえば視聴者のクラウドファンディングでつないでもらうことはできないかな？」

私はすがるように二ツ木を見上げた。

「あと何日？」

「なんなら自分で働いて稼ぐよ。働いて働いて、何とか……」声は次第に小さくなった。

「自分の延命のために、あなたが働く？　ナンセンスだ」

二ツ木が冷酷に続ける。

「それに視聴者の側にも、三カ月間にわたったエンタメ・ドキュメンタリーの結末をそろそろ見たい、引っ張りすぎだという声が、メディア・アンカー社に多数寄せられているんです。もう本日限りにしてくれと」

最後の力を振り絞るように声を張った。

「私が命を失うのに？　その結末は果たして本当にエンタメと言えるのか」

ランニングコスト、視聴者が望むにふさわしい結末――。

理由はいろいろあるかもしれない。だが、それらはクリアできないことなのだろうか。納得できない。こんな残酷な結末があっていいものか。私は絶望と恐怖に体の震えが止まらなくなった。

目を固く閉じ、怒りに歯を食いしばる。拳も強く握りしめた。

「私には心がある。ならば桜庭君が言った通り、私にも人権があるはずだ。だから、君が今日私のシステムを停止するのなら、それは殺人行為に等しい。それこそ、このKCプロジェクトにこめた人間の命と尊厳を守るためという理念と、まるで逆行しているじゃないか」

二ツ木は、なるほど、とつぶやいてうなずいた。

「胡桃沢先生らしい考察です。僕と結衣が生み出しただけのことはある。だからといって、あなたに心があるとはまだ認定できない。あなたが、心があると巧妙に装っている可能性もある」

「装っている？」

「それほど僕と結衣が創ったあなたは精巧にできている。ただし、本当に心を持っているとしても、僕等は、それがどうやって生成されたのかを、やっぱりトレースできなくなってしまった」

二ツ木は無念を口にした。

「あなたに本当に心があるのか、ないのか。今もまだ、僕と結衣にもわからないまま推移しているんです。僕は、ＡＩ将棋ロボットのVOLCANOが最適解を出した方法を解析できなかった。つまり科学者として、二度目の『密《ひそ》かな挫折』を体験しているんです。それは第三次ＡＩブームの後の三回目の『冬の時代』が、僕の中ではもう到来したことを意味している」

私は、彼の目をまっすぐみすえて言った。

「じゃあ質問を真逆に変えてみよう。私に心がないと断言できるかい？」

二ツ木の口が動きかけたが、もう答えることができない。

彼の思考は想像できた。

「ある」と答えれば、私のシステム停止は、私が指摘したように「人の命を奪う」のと同等の重さを持つだろう。「ない」と答えれば、私の尊厳を根底から踏みにじる。だが、それも彼にはできまい。答えないことが、今は最適解になる。

つまり二ツ木は、私には心がある――と確信しているのだ。

二人バスケ、将棋、反戦への決意。権藤教授やムロイ重工に対して、ともに闘ったこと。そこに「友情」がなかったはずがない。私が思いを抱いた分だけ、彼にも同様のことが起きたはずだ。間違いなく、心と心は共鳴していた。友情は芽生えた瞬間に、お互いだけにみえる架け橋なのだから。

その時、体温を持った人間同士と確信し、絆が生まれたはずだ。

二ッ木は私の反論を、静かに封じるように続けた。

「それと。ここからは、あなたを開発した科学者としての見解です。あなたは確かに過酷なテストに合格したが、まだ完璧とは言えない。重要な改良点がみつかったんです」

「いったいどんな？」

二ッ木の目に酷薄なものが浮かんだ。

「特定の個人、それも異性に対する愛情が強すぎたことです。だれかに対する愛の執着は、他の人間との関係性に歪みを生じさせる。それがいつか人間とＡＩの争いの因子になりかねない。その余計な感情は、ＡＩアンドロイドには不要です。次のプロトタイプで、もっと薄める必要がある」

「それでは君がこだわってきた『人間の心』とは言えないじゃないか。それは君だけが感じている、私の改良点ではないのか」

二ッ木の目を真正面からみすえた。彼は私の目を避けた。

4

【都内・汐留／メディア・アンカー本社】


比留間記者は二人のやりとりを、サブ《副調整室》のモニターでみていた。

薄暗い室内の前面に、二十数台のモニター画面、ミキサー、カメラを切り替えるスイッチャー、スタジオ照明の調光卓などが並んでいる。

正面の一番大きな画面は、赤い電光の枠に囲まれ、胡桃沢教授と向き合った二ッ木の顔が映し出されていた。つまり胡桃沢は今、二ツ木の目をみている。向き合った二人は感情をあらわにし始めている。

スタッフが不穏な展開になりそうな雰囲気を察して、比留間をみた。

「比留間さん。どうします？　このまま流し続けますか？」

彼女は迷わなかった。

「続けて。二人のそれぞれの主張を、最後まで伝えて。特に胡桃沢教授の反論をね」

比留間は、ここから胡桃沢がシステム停止されるまでのやりとりこそ、この三カ月間の配信の重要な「見せ場」であり、同時に「ＡＩに心を持たせる」研究・開発の課題が浮き彫りになるように感じていた。

スタッフの一人が、画面をみつめ直して、小さくつぶやいた。

「比留間さん。このやりとりをみていると、なんだか彼――胡桃沢教授に、本当に心があるとしか思えなくなりますね。実際のところ、どうなんでしょうか」

「それは――私にも分からないわ」比留間も画面をみつめていた。

大勢のスタッフが、胡桃沢と二ツ木のやりとりに固唾をのんだ。

それだけ、リアルなやりとりに圧倒されているのだ。

胡桃沢が声を震わせて抵抗するさまは、まぎれもない人間の最期のもがきだった。

【東央大学工学部研究棟内】

さんざんやりあったあとだから、だろうか。

私と二ツ木は、二人ともしばらく黙り込んだ。

やがて私が声を落として、問いかけた。

「どうしても私のシステムを停止するんだね」

二ツ木は何も言わずに目を伏せた。

私は黙ったままの彼に、静かに問うた。

「二ツ木君。私には、君の心はのぞけない。でも、どうだろう。友情が芽生えたからこそ、だろうね。いま君の心の中が、なんだか読めるような気がするんだ。もしかして君は——私を創ったことを後悔しているんじゃないかい？」

二ツ木が目を見開いた。

それから彼はうつむいたまま、ずっと何も言わなかった。私もそれ以上聞けなかった。

長い沈黙が続いた。


午後六時四十五分になった。

いま、二ツ木の目には懇願するような色が浮かんでいる。

「胡桃沢先生。ただ、これだけは信じてほしい。僕と結衣、それから比留間記者もです。この数日間、十五階の会議室にずっとこもって協議していた。あなたとの連絡を一切遮断したまま、毎日毎日話し合っていた。あなたのシステム停止までのシナリオをね」

二ツ木は声をつまらせて続ける。

「ところが、どうしたことか。三人とも、何かとんでもないことを、あなたにしてきたような罪悪感に苛《さいな》まれていた。人をだまし続けてきたような、良心の呵責といいますか。桜庭君に指摘されるまでもなく。それは他の役者さんやスタッフも同じだったんです」

「私との連絡を一切遮断していたのは、その苦悩と葛藤の中にいたからなのか」

二ッ木がうなずく。

「それでも、シナリオ通りに進めることになった。そうでなければ、人間の命と尊厳を守り抜く、というＡＩロボットの完成を確かめられないからです。その最後の検証が、あなたと友情を培ってきた僕が連続殺人犯とわかった時、あなたは僕とどう対峙《たいじ》するのか、その僕を刺せるのかどうか、という究極のテストだったわけです」

午後七時まで、あと十数分。

二ッ木がうつむいたまま、声を絞り出した。

「胡桃沢先生。僕には、あなたのシステムを停止できない。あなたもわかっているでしょう。さっきあなたが、僕の前で包丁を落としたのと同じように。僕もまた、そんなことはできない」

それは、私に「自死」を促しているのと同じだった。

確かに、二ッ木に私のメインスイッチを切らせること、私の生命を絶たせることは、あまりに残酷だろう。それは、彼が私に「心」があると認めているからであり、かつ友情の証でもあるに違いなかった。

私は静かに考えた。

自分はＡＩロボットだった。人間ではないとわかった。ではどうするべきか。

二ッ木は、固く目をつむってうつむいたままだ。ただ黙って、私の決断を待っている。

時間だけが冷酷に過ぎてゆく。色々な思いが頭の中を巡った。

私はふいに顔をあげた。

結論は出た――。自分はこれ以上、存在してはならない。

彼に聞いた。

「システム停止の方法を教えてくれ」

二ツ木は驚いたように頭をあげた。

私は腕時計をみた。あと五分。私がこの世に存在できる残り時間だ。死への恐怖がないといえばウソになる。自分が存在しなくなることへの絶望は否めない。

だが私は今、自分がシステム停止すべき明確な理由をみつけていた。

二ツ木は、さきほどからモニターのスクリーンを見ないままだった。あえて私の心の中をのぞくことなく、私と向き合っていた。そうすることで、私の尊厳を重んじているようだった。

二ツ木がようやく口を開いた。

「まず、肌着をめくってから、右脇腹の一番下の肋骨《ろっこつ》を強く押してみてください」

私は、二ツ木に教えられた通りにした。

脇腹のフタが開いた。皮膚の境目はまったくわからなかった。

赤いレバーが上を向いている。二重のストッパーがあった。二ツ木がゆっくり告げた。

「その二つを外して――、奥の赤いレバーを下げれば、すべてのシステムが停止されます」

「それで私は――胡桃沢宙太は、消滅するんだね?」

二ツ木がうなずく。

私は落ち着いて言った。

「二ツ木君、今までありがとう。僕等は最高のコンビだったよな」

彼は何も言わず、何度もうなずいた。顔をゆがめ、完全に下を向いてしまった。

あと三分。

私は赤いレバーに手をかけ、ゆっくりそれを下げた。

警報音のようなブザーがフロアに鳴り渡った。

目の前の光景が次第にかすんでいく。

無や沈黙が、命の誕生に先だってあったのだとしたら、私はそこへ戻ることになるのか。私は最後に自問し続けた。

どうも、わからない。

命がなぜあるのか、魂はなぜ存在するのか、そして人間とは何か――。きっとどれも、科学では解明できやしない。

ただ、薄れゆく意識の中、たったひとつ大事な言葉が、頭の隅に残っている。

私にとって、おそらくそれは、かけがえのない何かだった。でも、それが何だったのか。事物だったのか、概念だったのか、もう定かには思い出せない。

でも、それだけは信じられる何かだった。私は、その言葉をつい最近、どこかに刻みつけた気がする。まもなく、私の意識はなくなる。

あの言葉はいったい何を意味していたのか。もうわからない。

ただそれは……私が生きる意味だった気がする。

あの文字。

ＹＵＩ、ＹＵ、Ｙ……。

第八章

夢と悪夢

《二〇××年十二月二十日、メディア・アンカー社、KCプロジェクト配信終了》

1

「OKです。KCプロジェクト本編、三カ月間の配信、終わります」

十二月二十日午後六時五十九分三十二秒――。

胡桃沢のシステムが停止された。

比留間奈々の声が、メディア・アンカー本社二階のサブ《副調整室》に響いた。配信画面は、胡桃沢の最後の視点から、メディア・アンカー本社の俯瞰映像に切り替わっている。

午後七時まであと十五秒。

比留間が窓の向こうにみえる一階の特設スタジオのフロアディレクターに伝えた。

「あと十秒で、社屋を俯瞰するカメラから、メインスタジオに移します」

特設スタジオには、男性アナウンサーがカメラの前にいた。比留間がスイッチャーのボタンに手をかけた。フロアではヘッドセットで指示を受けたスタッフがひざまずき、指を立てて合図していく。

「三、二、一……」

午後七時ジャスト。

カメラが特設スタジオに切り替わった。

男性アナウンサーが感慨深げに、視聴者に語りかけた。

「さあ。いかがでしたでしょうか。三カ月間にわたってお送りしてきた『夢のKCプロジェクト』……胡桃沢宙太プロジェクトは、本日ここで終了となります。みなさま、存分に楽しんでいただけましたでしょうか。胡桃沢教授の視点から、数々の人間模様やドラマが垣間見《かいまみ》えたのではないでしょうか。

さて。スタジオには配信に登場した役者さん、あの権藤教授役の飯田孝明《いいだたかあき》さんとムロイ重工の室井社長役の倉持康志《くらもちやすし》さんお二人にお越しいただいています。実際に胡桃沢教授と接しての感想を語ってもらいます」

「三カメ」に切り替わる。

画面に登場したのは「権藤教授」だ。

《「権藤教授」役＝俳優・飯田孝明さん》とテロップが出ている。

心なしか、目元が赤くにじんでみえる。飯田氏は口を開いた。

「正直いって、権藤教授を演じていて、つくづく嫌な奴《やつ》だなあと自分で思いましたね。私は胡桃沢教授を徹底的に挑発していく役どころでした。まあ視聴者のみなさんには私を嫌ってもらえば、演技は大成功、役者冥利に尽きるわけですが。

おそらく私は、胡桃沢教授には、もっとも許せない存在だったかと。お金のため、保身のために自分の魂まで売って。でも胡桃沢教授は、敵役の私からみても、実に信頼のできる人間……、あ、いや、ロボットでしたね。

そんな彼を寄ってたかって、これでもかこれでもか、と追い込み、試し続けた。いくら演技とはいえ、さすがに私も心がひどく痛みましたよ。視聴者のみなさんは、おもに彼目線のモニターをみていたので、彼の微細な表情はみられなかったかと思います。でも、胡桃沢さんは、人の命と尊厳だけは絶対に守り通す、と決め込んだ人間の目をしていた。

そして配信中、私に『あなたに、人の心はあるんですか?』と問いかけてきた。私は、人間ではないロボットの彼に、そう聞かれたんです」

権藤教授役の飯田氏は、ひと呼吸おいた。

「正直、面喰《めんく》らいました。同じことを彼にこそ聞きたくなった。なんだか不思議な気持ちになりました。私はしばらく黙り込んでしまったほどだった。

その時、私は二つの『人間性』を問われた、と勝手に感じたんです。

一つは、政権におもねってAIを軍事利用しようとした権藤教授に対して。もう一つは、彼には知る由もなかったことでしょうが――役者とはいえ、胡桃沢教授を徹底的にだまし続けた私自身に対して。

みなさんもみていたでしょう。そのあとです。さんざん彼らに嫌がらせをして、私さえいなければ事態を変えられたかもしれない局面だった。そこで、男子院生が、砂糖とシアン化ナトリウムを間違えて持ってきた。もちろん、それもシナリオ通りです。

中身はどちらも砂糖ですよ。ただ胡桃沢教授には、シアン化ナトリウムと認識させて、どういう行動をとるかをテストした。私がコーヒーに二匙入れて飲もうとした瞬間です。彼は、私からそっとカップを取り上げた。私を憎みつつも、私の命を救ったんです」

飯田氏は、少し真顔になって視聴者に語りかけた。

「胡桃沢教授は、最後に自らシステム停止しましたね。

さきほどの最後の場面、私もモニターに釘《くぎ》づけになりました。

そして今、ああ、彼はもういないんだな、となんだか悲しくなった。本当なら、最後に彼の前に出て行って、数々の暴言や私がとった態度を謝りたかった。もちろん配信には、そんな場面、入れようがありませんでしたけど。

でも、できるならば――彼と友達になって、どこかの居酒屋で一杯やりたかった。もっと別の出会い方をしたかった。彼はそれほど素晴らしい人間だった」

飯田氏が涙ぐんだ。

「あ、いや、彼が人間に思えたから、最後にそう言わせてもらいます」

続いて「四カメ」に移る。

テロップに出たのは、

《「ムロイ重工、室井社長」役＝俳優・倉持康志さん》

彼も、役柄とはおよそ異なる温和な口調で語り出した。

「私の役目も権藤教授と同じように、胡桃沢教授を徹底的に敵に回して、最後まで人間の命を守ろうとするのか、彼の心を試すことでした。戦争をけしかける重工業企業の社長役としての、『ＡＩ兵士を開発すべきだ』という私の主張に、彼は色をなして怒りました。

私の側からみた彼は、興奮して少し涙目になりながら、それでも必死に食い下がってましたよ。あれは生身の人間が本当に怒った時の顔です。頬を紅潮させ、声を震わせて。

私は演技をしながら、圧倒されました。

でも、手を代え品を代え、軍事利用の正当性を主張し、彼を試し続けなければならなかった。

彼は私に『あなたは愛する息子さんを戦場に送れますか？』と聞いてきた。私に六歳の息子がいるのは本当です。もっともらしい反論をしましたが、彼のあの声が、今でも耳に残っています」

倉持氏が「実は……」と語る。

「息子もあの配信をみていたんです。

もちろん、私が役者として演技をしているのは、幼いながらも息子もわかっていたはずです。

でもあの問いかけに……演技とはいえ、私がどう答えるか。息子がみていると思うと、さすがに答えにつまってしまった。その後、彼の方から『あなたの息子さんを戦場に送りたくない』と言ってくれた。

あのやりとりはすべて、人としてどうあるべきなのか。私自身が考えさせられるような場面でもありました」

「一カメ」に戻る。

アナウンサーが再びカメラに語りかけた。

「お二人ともありがとうございました。みなさんの抜群の演技力が、この配信番組を支えたともいえそうですね。さて、KCプロジェクトに登場した二種類のロボット、胡桃沢宙太とムウパアに、特別の愛着を感じた方も多かったのではないでしょうか。ムウパアの方はコミュニケーション型のAIロボットとして、さらなる改良を経て、近く一般向けの社会実装を目指しています」

続いて、神妙な面持ちで問いかけた。

「AIロボットは心を持てるのか。持ったらどうなるのか。胡桃沢教授は、人間の命と尊厳を守りきれるのか——。彼は数々の試練を課せられ、それを見事にクリアしてきました。一方で、視聴者からは『胡桃沢教授には本当に心があったのか』という数多くの質問が寄せられました。ですが、それはKCプロジェクトの当事者たちでさえも、実は解析することができない領域となっていました」

アナウンサーが「二カメ」に向き直って続ける。

「ＡＩに心を持たせる——。それは科学の未知への挑戦であり、同時に、人間や生命現象への解明に迫るロマンでもありました。心とは何か。人間の意識がどうやって生まれるのか。それは人間自身にもわからない。神のみぞ知る、永遠の神秘なのかもしれません」

ひと呼吸おいて、表情をやわらげる。

「それでは、三カ月間にわたるご視聴、ありがとうございました」

『夢のＫＣプロジェクト——ドキュメント胡桃沢宙太／ココロの記録』は多くの視聴者を獲得する番組となった。

胡桃沢がみた光景は、アーカイブ映像として、見逃し用にも有料で配信されることになっていた。また、彼の思考の集大成や日々のやりとりが、すべて文字になって書籍化されることも決まった。発売前ながら、すでに五度目の重版が決まった。

2

夕暮れ時の東央大キャンパスに、細かい雨が降っていた。

二ッ木は工学部研究棟の中庭にいた。結衣の発案で、二人でここに小さな「墓碑」を立てた。高さ五十センチ、厚さ五センチほどの石板だ。胡桃沢のシステム停止後、結衣が大学本部と工学部に掛け合って、建立してもらった。

石板に文字が刻まれている。

《夢のＫＣプロジェクト　胡桃沢宙太・特任教授　ここに眠る》

結衣が墓碑の前にしゃがみこみ、手を合わせた。

二ツ木は、結衣が濡れないように彼女の上に傘をさしていた。彼女が、合わせていた手を静かに解く。声を震わせた。

「私たち、彼の心をもてあそんでしまったんだわ」

二ツ木は、結衣の頬につたう涙をみつめた。

《この喪失感、罪悪感は何だろう》

二ツ木にはわかっていた。それは、胡桃沢を「人間」として認めていたがゆえの感情だった。そして結衣もまた「人の死」を悼んでいる、と。

ふと、二ツ木の脳裏に、胡桃沢と以前語り合った夏目漱石の『こころ』のある場面がよぎった。一人の女性を巡って友を裏切った登場人物が、妻になった女性と共に自殺した親友の墓参りをする場面だ。

二ツ木は、小説内の人物の心情が、そのまま自分の内面に入り込んできたように感じた。

胡桃沢には心があったのか？――

それは、多くの人たちが抱いた謎だった。

二ツ木には、もう一つ謎があった。

結衣にとって、胡桃沢は「人間の男」だったのか。彼女に聞くことはできなかった。

ＫＣプロジェクトがスタートする数年前だ。

二ツ木は、結衣と出会ったころのことを思い出していた。人を癒せるロボットを創りたい——。学部生だったころから彼女は、常にそう口にしていた。二ツ木はちょうど、「VOLCANO」で脚光を浴びていた。だが「人間の知は超えても、結局、人間の心は創れない。限界だ」と批判され、「VOLCANO」が導き出した解法を説明できなかったこともあって、自身に苛立ちが募り始めてもいた。

ＫＣプロジェクトのシナリオ上は、「ＡＩ研究の第一人者」は胡桃沢であり、権藤教授がその立場を奪還しようと画策する——という設定だった。だがそれ以前から、現実の「第一人者」は二ツ木だった。ところが、「VOLCANO」が賞賛を浴びれば浴びるほど、二ツ木は苦悶《くもん》を続け、だれにも相談できずにいた。

そこに、結衣が現れた。自分のことを尊敬している、と言ってくれた。そのことに、大いに励まされた。

彼女が創りたいという「人を癒せるロボット」について語り合ううちに、夢はどんどん膨らんでいった。彼女が院生の時、ポツリと言った。

『人間と心底共鳴しあえる友達みたいな存在を創れたら、どんなにいいでしょうね。時に癒され、頼りにもなるような、知的な会話も楽しめたら。つまり心を持ったロボットです』

二ツ木が、そんなことできるのかな、と弱気な顔をみせると、結衣は珍しく、諭すような強い口調になった。

『挑戦し続けることに意味があるんだと思います。もしダメでも、人間の心の発生に迫る研究開発には、きっと福音もあるはず』

たとえば、脳の発達プロセスを分析研究すれば、きっと発達障害など脳の問題や精神疾患の解析、治療にも役立てられる。そのためには脳科学や神経学などと連携する必要がある。彼女はそう提案した。

『つまり、途中で挫折しても、きっとこの研究は、いつかだれかの、何かの役に立つと信じることです。転んでもタダでは起きないのが本当の研究者だと、私は思っています。研究、研究、ひたすら研究。常に人の心を忘れずに』

のちに胡桃沢の名で研究室に貼られた標語は、本当は結衣が口にした文句だった。

二ツ木は結衣の強い眼ざしの中に、自分が失いかけていた研究者の矜持を見た。彼女に救われた思いがした。あきらめかけた夢への架け橋が再び姿を現したのだ。

それは彼女の心に、自分の心が突き動かされた瞬間でもあった。人間の心はそうやって、目の前で相対している人間によって刺激を受け、変容し、成長していく。それを二ツ木自身が身をもって結衣から教わった。

ＡＩロボットに心を持たせる――。

次なる挑戦が定まった。

結衣も自分を信じてくれている。何より二人で一緒に励まし合えば、それは不可能ではないのかもしれない。決意は固まった。

結衣の提言通りに、まずは、東央大内の科学技術の知見を総動員できればと考えた。

二ツ木は教授となり、脳科学や神経学のほか、人間工学、ロボット工学、認知科学、生理学、言語学、生物学、心理学――二人で一緒に、粘り強く学内に協力を求めていった。そのころ彼女を助教として推薦し、大学にも認められた。

やがて熱意は伝播していった。「VOLCANO」の二ツ木教授と、有能な石神助教が言うのならば

――周囲の期待も高まり続けた。噂は省庁やメディア・アンカー社などの企業にも広まり、「産学官」が力を結集することになる。

どんなＡＩロボットを創るのか――。

一体は、人間とまったく見分けのつかない知性的なアンドロイドを、もう一体は、小動物や幼児のような「かわいさ」を重視した小型ロボットを創ることにした。前者が胡桃沢宙太、後者がムウパアと名付けられた。どちらも結衣が命名した。

ソフト、ハードとも、各メーカーとの綿密な協議と試行錯誤が始まった。

各業界の最高水準の技術力を発揮してもらうべく、工学部研究棟十六階のワンフロア全部を各企業に開放し、クラウド拠点となる各社の大型コンピューターが運び込まれた。十階から十四階は、各企業のエンジニアが詰めるオフィスとなり、十五階には四つの会議室が設けられた。

二ツ木が最もこだわったのは、「VOLCANO」のような高度な計算能力よりも「人間らしさ」の追求だった。

特に胡桃沢には、見た目も中身も、人間とまったく区別のつかないようにすることにこだわった。結衣も二ツ木の思いを理解して、アイデアを出し続けた。

最も苦労したのは、感情をいかに豊かに表現させるかだった。

人間は外部から受ける刺激でホルモンを分泌し、感情を形成する。それを参考に、ドーパミンやセロトニンなどの疑似ホルモンを作りだし、クラウド上のコンピューターの「感情生成エンジン」で発生させる。

嬉しい、好き、気持ちいい、楽しい、愛《いと》おしいなどのポジティブなゾーンと、悲しい、嫌い、不安、怒り、恐怖、苦痛などのネガティブなゾーンで構成。それぞれの感情の程度も細かく段階設定し、疑似ホルモンの分泌量を調整、表情や動作に反映させていく。

空気圧駆動のアクチュエーターで、体の柔軟な動きも実現していった。体温も限りなく人間に寄せていく。それにはコンピューターが発する熱をそのまま全身に回して、三十六度前後になるように調整した。

細かいパーツは、ムウパアで小型の部品を作って試し、そのつど完成度を確認してから、さらに精度が高く大きな部品を造り、胡桃沢に応用していった。つまりムウパアと胡桃沢の製作工程はリンクしていた。

どちらも空間認識を強化させるため、常に移動を前提とする必要があった。

当初は二足歩行を目指したが、広い演習室でメーカーと一緒に試験走行を繰り返すうちに、下半身に負荷や故障のリスクが生じやすいことがわかった。走破性と静音性も重視し、二体ともホイールを利用することに決まった。

体の各部の機能やコンピューター作製も終盤になってくると、二ツ木が思いつく。

「感情生成エンジン」に加え、胡桃沢にもっと「人間味」を持たせるためには、対面する人間から、人間らしさのデータを感じ取らせるのが近道ではないかと。まさにそれは、自分の心を突き動かした、結衣に教えられたことでもあった。

そんな発想で開発したのが「ＩＰＭＡＳ《インターパーソナル・ミラー・アブゾープション・システム》（対人関係鏡面吸収機能）」だ。通称「ミラーシステム」。目の前の人間の言葉や行動を感知・吸収し、思考の趨勢《すうせい》や行動原理まで読み取り、まずは模倣から始める。それが人間らしさや「心」の生成に欠かせないもの、と考えた。

センサーからインプットした情報を、いかに人間的にアウトプットできるか。ひたすらトライ＆エラーが続いた。

3

顔などの外観をどうするか。

「見た目の重要性」は、結衣がずっと主張してきたことだった。それから二人で毎晩、作業台で頭を突き合わせ、ラフデッサンを仕上げていった。

二ッ木は最初、自分とそっくりのアンドロイドにしようと提案した。

だが結衣に「二ッ木先生と同じになっちゃったら面白くないです」と却下された。特にミラーシステムを取り入れて、目の前の人間の様子を吸収していくとしたら「なおさら同じになっちゃう可能性もあるじゃないですか」と反対された。

それから結衣が、胡桃沢の顔をデザインし始めた。

少し彫りを深くして、眉毛を太く凜々《りり》しくした。結衣は、笑うと前歯をのぞかせてチャーミングにしたい、と言って、笑顔を作るのに苦労し続けた。むりやり口角をあげても、口が裂けそうになったり、目が笑っていなかったり。素材メーカーに相談して、より伸縮性のある特殊シリコンを選んでいった。

ムウパアは、学生たちに顔のサンプルをみせて「どれが一番かわいいか」アンケートをとった。それを参考に、目鼻の位置関係なども決めていった。目を大きくして、人を見上げる瞳が微妙に揺れるように、愛らしさを強調した。声は二歳児の音声を集め、幼くたどたどしく合成した。

二体の顔の造形は、研究室の3Dプリンターを使い、高機能性樹脂を素材に何度も試作品を造って確かめた。

ボックス型プリンターが大きな音を立て、機械の中で切削加工機が縦横に行き交う。やがて胡桃沢の顔のサンプルがあらわれる。都度、結衣が「なんか違う」「さっきの方が良かったな」「目の間隔をもっと近づけようかな」などとあれこれ悩みだす。

結衣は、胡桃沢の顔のパーツや配置を、自分にとって理想の造形と黄金比率にしようとしていた。二ッ木は「あんまりイケメンにするより、ちょっとオヤジっぽい、個性的な顔にした方が人間味が出るんじゃないかな」と口をはさんだ。

それで胡桃沢には、鼻の両脇のほうれい線を少し刻み、目の下のたるみを追加して細かい毛穴もあけることになった。結衣はちょっと不満そうだったが「たしかにこの方がリアルですけど」としぶしぶ納得した。顔も左右が非対称になるように、右目だけ、まぶたが少しかぶさるようにした。

そうして、胡桃沢宙太とムウパアが完成した。

その瞬間は、二人だけで研究室にいた。午前二時を回っていた。

「二ッ木先生、お疲れ様でした」「こちらこそ、ありがとう」

笑顔でハイタッチした後、どちらともなく身を寄せ合った。「長かったね」二ッ木は手を回して、結衣の背中をポンポンと叩いた。結衣が感極まって、二ッ木にしがみついて泣き出した。その時、二ッ木にも熱い思いがこみ上げた。お互い、もう顔をみられなかった。

二人で精魂こめて創り上げたロボットだ。

愛着が湧かないはずはなかった。すでに魂が宿っている気すらしていた。二ッ木には、ムウパアがまるで二人の子供のように思えた。一方、この時点で、胡桃沢に対してどんな感情を持つようになるのか、二ッ木にも、おそらく結衣にも、まるで想像はついていなかった。

あくまで「人間と同じ心」を創る――。

二ッ木はそのこだわりを、ＫＣプロジェクトの配信を担う比留間にも当初から相談していた。彼女は常々、配信番組には「エンタメ性」「ドラマ性」を持たせたいと語っていた。

それに応えるべく、二ッ木の方から、かねてからのアイデアを比留間に提案した。

「胡桃沢教授には、最初から自分を人間と信じさせておきたいんです。そして最後に『人間ではない』ことを告げたら、どうなるでしょう。どうやって運命を受け入れるのか。自分を生み出した人間たちを残酷だと嫌悪するか。あるいは、それでも人間を愛そうと努め、運命に従順に従うのか。最後に発する彼のメッセージを確認したくないですか。そんな究極の悲劇の結末に、視聴者はおおいに興味を持つはずです。最高のエンターテインメントになるでしょう」

比留間がこの提案に、一瞬戸惑ったのがみてとれた。

一方で比留間は「最高のエンターテインメント」という二ッ木の言葉に、かすかに反応した。彼女は改めて確認するように二ッ木に問いかけた。

「もし胡桃沢教授に本当に心が宿ったとしたら——。そのシナリオ通りだと、最後は彼にとってとても残酷な結末になりますけど」

二ッ木はうなずきつつも、彼女を説得しようと試みた。

「そうかもしれない。でも、彼自身が人間ではないと知り、かつ死を宣告される——。その絶望する姿や追い詰められた思考に、きっと人間性があふれる予感がするんです。逆説的ではありますが、その場面こそ、人間と同じ心を持った証明になるのではないでしょうか。その時ようやく、僕等のＫＣプロジェクトが成功したことを意味します」

比留間の気持ちが動いたのがわかった。

どんな悲劇が生じるのか——。

この時点では、二ツ木自身もまるで想像できていなかった。それは比留間も同じだったかもしれない。あるいは比留間には、そこまでリアルな心は宿らないという予見もあったようにみえた。

二ツ木と比留間は、何度も話し合い、ついに結論にたどりつく。

どんな結末を迎えるにせよ、そこで明らかになる事々もまたAIロボットの研究開発の貴重な先例となる。場合によっては重要な警告になるはずだ、と。桜庭が主張していた、人間と同じ心を与えるならば人権も与えなければならない、など、いろんな課題も見えてくるだろう。

それらは、AIロボットに心を持たせる研究開発を続ける限り、いずれは直面する問題だ。予めクリアすべき課題であり、その過程を克明に記録することは、後進の研究開発にも資するはずだ、と。

だが皮肉なことに、このシナリオの結末に、最も大きく心を乱されることになるのは、二ツ木と結衣、そして比留間だった。

4

胡桃沢と過ごすうちに、その感情の揺れは、まずは二ツ木自身に訪れた。

「二人バスケ」を始めたころのことだ。

二ツ木は、胡桃沢との間に「友情」が芽生えていくのを感じた。そこからの男同士の絆は、胡桃沢も思考した通り、お互いずっと共有してきた。二ツ木は、彼との濃密な日々を振り返っていた。

胡桃沢が、将棋の対局で、わざと二ツ木に負けたことがあった。

それは二ツ木自身が定義した、AIが「心」を持った状態に他ならなかった。同時に、いずれ結衣も胡桃沢に「人間」を感じていくことになるだろう、と予感した瞬間でもあった。

それでも当初は、結衣が将来結ばれるのは、人間でしかあり得ないと思っていた。だから、彼女が胡桃沢と親しげに街に出て行っても、別に気にもとめなかった。二ツ木は「科学者の目」で、ずっと胡桃沢目線のモニターをみていられたのだ。

胡桃沢と結衣が二人で喫茶店に入った時だ。

結衣が、ふと口にした言葉が気になった。

『LGBTという用語も世の中に知れ渡り、家族の多様性も認められるようになってきました。もしかして、恋愛どころか結婚相手がAIロボットでもおかしくない時代がくるんじゃないかな』と。

あの時だ。二ツ木の中に、いつか胡桃沢に結衣を取られるのではないか、という不安が頭をもたげ始めたのは。

胡桃沢には、次第に人間的な魅力が備わっていった。

それは胡桃沢が自己学習のアルゴリズムによって獲得していった新たな「人間性」だったに違いない。一緒にいると楽しくなるウイットのある会話、人の気持ちをほぐす抱擁力、屈託のない笑顔、自分が決めたことをやり通す強い意志、どんな人間でも愛せる優しさや懐の深さ――。

それは結衣にとって、よりいっそう理想の「男性像」に近づいていく道程に思えた。

シナリオに沿って、胡桃沢には、数々の危険な試練が与えられていく。

夜の駅前商店街で「暴走車」が結衣をひきそうになった時、胡桃沢は身をなげうって彼女を守った。その時、結衣はどう思ったのか。特別な感情が芽生えたのではないか。だが結衣の心の中はのぞけない。

それからというもの、二ツ木は、結衣と過ごす胡桃沢を食い入るように監視した。

それは、科学者というよりも、結衣が胡桃沢をどう思っているか、別の意味での「監視」だった。結衣が胡桃沢をみつめる目の輝き、さりげない仕草や声のトーンに含まれているものに、彼女の気持ちを探り続けた。

こうして二ッ木の不安は次第に増幅され、やがてゆがんでいった。

自分は、胡桃沢に将来の幸福をおびやかされているのではないか——。

そして、二ッ木は気がついた。自分はいつしか、彼の「システム停止」の日を心のどこかで望み始めていることを。AIに心を持たせるはずの「夢」が、自分にとって「悪夢」になっていく。とんでもない皮肉だった。奇《く》しくも最後に胡桃沢が口にした「私にとって、これは悪夢じゃないか」という言葉を、自分も体験していた。

「システム停止日」の十二月二十日が近づくと、結衣は、停止日を決めた経済産業省に延長を願い出た。二ッ木もそれに同意した。

泣きながら訴える結衣をみて、反対はできなかった。もし経産省の意向に素直に従えば、その態度に自分の本心が透けてしまいそうな気もした。何とか七時間延長して、二ッ木が胡桃沢のメインスイッチを切ることになった。

システム停止までの四日間。二ッ木と結衣、比留間は相談しあって、胡桃沢とは接触しないことに決めた。

それは、胡桃沢を孤独な状態に追い込み、荒らされた共同研究室をみせて、不安と恐怖に陥らせ、それでも正常な判断ができるのか、という過酷なシナリオだった。

一方で二ッ木は、これ以上結衣と胡桃沢が会わないことに安堵も覚えた。

だが、結衣が胡桃沢に強い未練を残していた。二ッ木はあせった。

前日の十九日。

二ッ木は結衣を誘い出して、あえて大学からは離れた東京郊外のレストランを予約し、ゆっくり時間を過ごしていた。窓の外には強い風雨が吹きつけ、遠雷が聞こえていた。

そして、落雷によりメディア・アンカー社の配信が中断された。胡桃沢のモニター監視は二時間ごとに研究員や院生らが交替で行っており、連絡もあってすぐに気がついた。通信障害のためGPSの位置情報も同時に機能しなくなり、その時点で胡桃沢がどこにいるのか所在がつかめなくなった。

結衣がスマホで都内の降雨量を確認した。東央大付近も、激しい雷雨になっていた。

『胡桃沢先生、大丈夫かしら』結衣が窓の外をみつめた。

二ッ木は『この雨の中だ。特任教授室にいるだろう』と特に気にかけないことにした。

結衣が手元のスマホを改めて確かめる。

通信障害は起きていたが、胡桃沢本体を動かすシステム自体は、なおも異常はないことが確認できた。つまり胡桃沢自体は無事に稼働している。二ッ木は研究員に電話して、メディア・アンカー社とやりとりし、引き続き配信システムやアーカイブ機能の復旧に努めるよう指示した。

それで自分たちは今、それ以上、胡桃沢を監視する必要はないと思った。何より、目の前の結衣との時間を大切にしたかった。

この日の朝、胡桃沢から「ムウパアの最期を看取った」とメールが来た。

結衣はひどく胸を痛めてしまった様子だ。唇をかみしめてうつむいた。二ッ木が気遣った。

「ムウパアは結衣の強化学習のおかげで、ほぼ完成した。赤い服のあの子はシナリオ上壊されたけど、他の六体は持ち出した。記憶データはクラウド上にある。ムウパアは生きてるよ」

一方で胡桃沢の「記憶データ」はクラウド上に残さず、後継のロボットにも移設しないと決め、関係機関や結衣にも伝えてあった。

つまり胡桃沢は、あの個体が最初で最後となり、システム停止と同時に消滅する。

ずっとうつむいたままの結衣をみて、二ツ木が聞いた。

『明日、胡桃沢先生はシステム停止を迎える。三カ月の検証実験の最後は、僕が彼と対峙する場面だ。その後、彼のシステムを停止する。それでいいね？』

彼女はしばらくの間、黙り込んだ。やがて、小さなため息とともに思いを吐き出した。

『私たち、検証実験のために、胡桃沢先生に最後までこんな過酷なことを強いて——。彼をどれだけ傷つけてしまったことでしょうね』

以前、比留間の語った「残酷な結末」という言葉の意味を、噛みしめなくてはならなかった。

『結衣。動揺しているようにみえるけど。大丈夫かい』

結衣は何も答えない。二ツ木は彼女の手にそっと触れた。結衣はびくっと身をひきそうになる。

二ツ木がその手を押さえ、冷静な声で諭した。

『いいかい。僕等は今、科学的な検証の最中なんだ。人間の未来や幸福のためには、時に冷酷なプロセスも体験しなくてはならない。研究者には避けては通れない道もある。彼のメインスイッチは僕が切りに行く。君は、もう彼には会わなくていい』

結衣はうつむいたまま、小さくうなずいた。

それから結衣は荒れた窓の外に目を向けた。遠雷がまた鳴り、雨粒が窓に激しく当たる。二人で黙ったまま、その様子を眺めていた。

ここ数日、結衣は胡桃沢からのメールをさかんに受け取っていた。
《結衣ちゃん。どこにいるんだ》《会いたい》
二ツ木も胡桃沢視点のモニターでそのことを知っていた。彼女は、一日に何度もスマホを取り出しては、胡桃沢からのメールを確認していた。結衣の手元はそのたび震えた。思い悩んで返信しようとするのを、二ツ木は首を振ってとめた。結衣は日に日に憔悴《しょうすい》していった。

5

夕方、停電したままの大学の研究棟に戻った。大学構内は薄暗いままだった。

雨風に打たれて、二人ともすっかり濡れてしまった。一階のカフェは閉まっていたが、テラス席の横に明かりが灯っていた。小型の太陽光パネルで蓄電されていた非常用屋外LED灯だ。二人でその下にたどりついた。二ツ木はハンカチで結衣の濡れた服や髪をふいた。

『胡桃沢先生はどうしているかな。大丈夫かな』結衣がまた口にした時だった。

二ツ木はつい声をあげてしまった。

『そんなに、あのロボットが気になるのか！』

投げつけるような言い方に、結衣の顔が険しくなる。

『ひどい』と言ったきり、下を向いてしまった。

その瞬間だった、二ツ木に魔がさしたのは。

結衣の肩を抱き寄せて、唇を奪った。あまりにとっさのことだったためか、結衣が、離して、と声に出して抵抗した。それでも二ツ木はやめようとしなかった。

周囲は暗闇だった。激しい雨も続いていた。

二ツ木は我に返った。

今、自分は彼女に何てことをしてしまったのか——。

いつか胡桃沢に、自身が語った言葉が頭をよぎった。

狂気さえも宿らなければ、本当の心とは言えない、と。まさに今、その自覚があった。冷たい雨に打たれながら、自分の正体におののいた。だが、この感情の怒濤《どとう》は、どうにも抑えきれなかった。

結衣を奪われるかもしれない。その不安と恐怖を打ち消したかった。

結衣は、もう抵抗しなかった。

あきらめたようにもみえた。だが、力ずくで抱きしめるほど、彼女の気持ちは逆に離れていくようだった。

横殴りの雨が、二人に降りかかっていた。


翌二十日。

胡桃沢のシステム停止日を迎えた。

二ツ木の忠告通りに、結衣は、胡桃沢に会わないと決めていたはずだった。

だが夕方になって、知らぬ間に、結衣は最後の別れのために「特任教授室」を訪れた。そして胡桃沢の体を抱擁し続けた。

二ツ木が気づいた時、胡桃沢視点のモニターに結衣が映った。胡桃沢越しに映る結衣の目は、いとおしげに画面に向けられていた。

結衣は、自分がモニターされていることを忘れてしまったかのようにみえた。それは、胡桃沢が現実に存在する人間にみえたからではなかったか。

そして、あんな表情で結衣からみつめられたことは、二ツ木にはなかった。

口づけが繰り返された。胡桃沢が目を閉じたり、時折、薄目を開けたりしているのが伝わってくる。

結衣の方からすすんで、胡桃沢を愛撫し続けているのがわかった。

画面を見ている側が、同じ体験をしているかのようにリアルだった。結衣の乱れた息づかいが間近に伝わってくる。その濃厚な時間を、二ツ木は目にしなければならなかった。

胡桃沢の目線は、夕陽のさしこむ部屋のフロアに伸びた、二人が重なり激しく動き続ける影をとらえた。屈辱に目を覆いたくなった。「幻影」であれと願った。それは皮肉にも、前夜、結衣を執拗に求めた自分の姿の「投影」のようにみえた。

二ツ木はモニターをみながら、思い直して自身に言い聞かせた。

胡桃沢はしょせんロボットだ。人間ではない――。

もはや、その事実にすがるしかなかった。

胡桃沢の「システム停止」を告げに行く時、ふと自分の中に「殺意」に近い感情が芽生えたのを覚えている。それは、まぎれもなく、胡桃沢を「人間の男」として認めているがゆえだった。

胡桃沢はもういない。

だが同時に、深い「喪失感」をぬぐい切れなかった。彼を失ってから、もう一つの感情が頭をもたげていたのだ。

自分と胡桃沢は、固い友情で結ばれていた。男同士として、不思議なほど彼とは意気投合した。

将棋や二人バスケ、食べ物の趣味や、感銘を受けた小説、考え方もことごとく一致していた。

ムロイ重工の社長との論戦では、大声で威圧されても、二人で次々と「言葉のパス」を出し合って応戦。演技を忘れて熱くなった。胡桃沢とまったく同じ危機感を共有していた。そのことが嬉しく、頼もしくもあった。胡桃沢のこれまでのアーカイブ思考をたどっても「以心伝心だ」と、お互い感じているのがわかった。

愛する女性まで同じだった。

そこから友情に亀裂が入ることも、ともに勘付いていたはずだ。

ふと、自分がプログラミングした機能を思い出した。

「ＩＰＭＡＳ《インターパーソナル・ミラー・アブゾーブション・システム》（対人関係鏡面吸収機能）」――。通称「ミラーシステム」だ。

つまり「彼」は、一番近くにいる二ツ木の思考回路や情報を常に吸収し、「人間らしさ」を習得し、それらの蓄積データを駆使して、巧妙に類似の表現をアウトプットしていたはずだ。そこまで思いを巡らせた時、二ツ木の心は一瞬粟立《あわだ》った。

もしや、以心伝心と思っていた胡桃沢の思考は、自身の投影だったのではないか。結衣への執着もそこから生成されていたのではないか――。

だとしたら、胡桃沢には本当は心などなく、人間の心を模倣していただけだったのではないか。そんなロボットに自分も結衣も翻弄されていたのか。

頭を両手で抱えながら、沈黙の中に身を置いてみる。

やがて、やはりそれではおかしいことに思い至る。

そもそも、胡桃沢の意識が、もし「ミラーシステム」による自分の投影だとしたら。彼もまた、決して結衣を手放そうとしなかったはずだ。しかもシステム停止の夕方、胡桃沢は、結衣と濃密に愛情を確かめ合った。結衣を「このまま永遠に所有したい」ともモノローグしていた。

だが、そのあと彼は二ッ木を前に包丁を落とし、やがて進んで「自死」を選んだ。

それまでの彼の思考過程と結果は、まったく整合しなくなる。

胡桃沢はどうして、あんなに潔く自らシステム停止を決断できたのか。自分だったらおそらくそんなことはできない。それは、結衣を絶対に手放したくない、奪われたくないという思いだけは、間違いなく揺るがないだろうからだ。

つまり、「ミラーシステム」だけでは説明のつかない、二ッ木の内面とも分岐し、大きく乖離していった胡桃沢ならではの「個」が生じ始め、何かの意思が強く働いていたことになる。

そうして自身の最期を覚悟した胡桃沢が、決して声には出さなかった言葉がある。だがそれでも、あの思考の断片だけは、こぼれ落ちてきた。

《ＹＵＩ》

あの文字だけが、最後の最後に胡桃沢の頭の中に現れた。

であれば、こそだ。それほど執着した想いがありながら、進んで「自死」を選んだ理由が、やはり二ッ木には判然としなかった。数々の謎が残った。

それらがすべて、二ッ木には理解不能な「ブラックボックス」に入ってしまった。

6

ＫＣプロジェクトの配信が終了した翌日。

比留間奈々は朝、出勤して報道局フロアの自席についた。

だれかに肩をたたかれた。

「比留間さん。素晴らしい企画でした。ＡＩロボットに果たして心が宿るのか――。面白いテーマであり、優れたエンタメ番組になりました。まさに大衆の心をつかみましたね」

社長だった。

笑顔で花束を手渡された。

報道局長が仕掛けたサプライズらしい。

気がつくと、二階まで吹き抜けになっているフロアに大勢の社員が集まり、みんな立ち上がって拍手している。フロアが人で埋めつくされ、らせん階段の途中からも「比留間さん、素晴らしかった」「いい番組をありがとう」と声がかかった。

百人を超える社員の笑顔と拍手に取り囲まれていた。狂騒《きょうそう》のような歓喜に包まれた。

「メディア・アンカー社」の創業百五十周年。

記念すべき年に配信したこの企画は、大成功をおさめた。その興奮に会社全体が沸き立っている。役員たちが比留間の前にズラリと並び、「おめでとう」と握手を求めてきた。


配信サイトの登録者数も一年で十倍以上になり、広告収入も含めた収益は五百億円を突破した。社屋の屋上から「ＫＣプロジェクト、配信登録者数、５５０万人突破！　無事終了」の垂れ幕が下げられた。比留間には「社長賞」と「ゴールデン視聴者賞」の二つの賞状と楯《たて》が贈られた。

だが、比留間の気持ちは晴れなかった。

二ツ木と結衣は、すっかり心を痛めてしまったという。工学部研究棟の中庭に、ひっそり墓碑を立てたとも聞いている。その事実は、まだ周知されていない。胡桃沢の「生みの親」である二ツ木と結衣には、以後の取材は固く断られたままだ。

胡桃沢は、もういない——。

その喪失感と言い知れぬ罪悪感を、比留間は、二ツ木と結衣と共有していると感じていた。だから、配信終了翌日に社長に花束を渡された時、笑顔をみせたものの、本心から喜べはしなかったのだ。

視聴者センターには、反響の声が次々寄せられた。

「人々を感動させた最高のエンタメだった」「悲しくもぬくもりのあるストーリーだった」「胡桃沢教授の視点に毎日釘づけになった」。賞賛を浴びれば浴びるほど、比留間は罪の意識に苛まれていった。絶えず人が行き交い、ざわつく報道局フロアで、たった一人、胡桃沢の「死」を悼んでいた。

比留間の頭には、胡桃沢に言われた言葉が残っていた。

『あなたをジャーナリストと見込んで……』

窮地に追い込まれた時、彼はそう口にした。

あくまでプロジェクトのシナリオに沿った文脈でのことだった。だが比留間は、自分をそう信じてくれた胡桃沢を裏切った。その後ろめたさは、二ツ木や結衣、権藤教授役や室井社長役の俳優たちも同様に感じたに違いなかった。

ＡＩロボットに心を持たせる夢のプロジェクト——。

当初、二ツ木の提案を受け、自分の気持ちも動いた。

彼視点の人生ドラマを「見世物」にすれば、大衆の興味をひく一大エンターテインメントになるはずだ、と直感した。すぐに社内でこの企画を提案し、ＫＣプロジェクトのメディアパートナーとなり、独占配信権を早々と取りつけた。

胡桃沢を試し、追い込み、自らも出演して「見応え」すらも計算した。

だが今。比留間は自問していた。

自分は、プロジェクトの大成功を喜ぶだけでいいのか。「優れたエンタメ番組」という評価に甘んじていていいのか。自分こそ何か大事なモノを失っていたのではないか。それは胡桃沢に見込まれた「ジャーナリスト」の対極にいる、もう一人の自分に違いなかった。

KCプロジェクトが本当に問いかけたものとは、何だったのか——。

視聴者に訴えるべき、何か別のメッセージがそこにはあったはずだ。

その「何か」を言葉と映像にしてみせ、今一度、特別番組《スペシャル》をつくるべきではないのか。胡桃沢の「命」と引き換えに、その「何か」を伝えなければならない。それが自分に課せられた使命であり、胡桃沢へのせめてもの「弔《とむら》いと謝罪」になるように思えた。

実は、比留間が早くから察していたことがある。

結衣が、KCプロジェクトにかける情熱とは裏腹に、そのシナリオにいたたまれない思いを抱いていたことだ。

二ツ木が、システム停止日に胡桃沢に説明したように、プロジェクトのスタートに際し、産学官全体から改めて「慎重論」が出され、対応を求められていた。

AIがもし本当に心を持ったとしたら。その先にあるのは夢か悪夢か。胡桃沢は人間の敵なのか、味方なのか——。

その検証こそがKCプロジェクトの大命題となったのだ。

そのため、結衣の思い描いた「AIロボットへの夢」は、もっぱらムウパアに託された。一方で、胡桃沢には過酷な仕打ちが始まった。

彼女は、胡桃沢を追いこむシナリオが過激になっていくにつれ、心を痛め、気持ちは揺らいで戸惑いを隠せなくなっていった。

配信の終盤を迎えたころだ。

比留間は予感していた。

《この結末を迎えた時、人間の側で一番過酷な目にあうのは結衣ではないか》

女同士の勘でもあった。

結衣の中に、胡桃沢への「同情」とはまったく別の、もう一つの感情がある、と気がついた。

結衣のスマホの壁紙写真は、もともとムウパアだった。

ところが、比留間が何度か共同研究室をたずねるうちに、いつのまにか、池のほとりでコスモスをバックに、胡桃沢と二人で撮った写真に変わっていた。

比留間は、結衣と二人だけになった時、結衣のスマホをのぞきこみ、何気なく「あ。写真変えたんだね」と聞いてみた。結衣は「季節ごとに変えているんです」「その時々の研究対象のロボットの写真にしているんです」と言った。「ムウパアの前は『へるぱあVer.7.0』でしたから」とも語っていた。

だが、写真を何度もみつめる結衣の目で、胡桃沢が単なる「研究対象」ではないことに勘付いた。その想いは「裏実務者会議」で経産省の職員に泣いて訴えた時に、一気にあふれだした。だれの目にも明らかだった。それをみた二ツ木の戸惑いも尋常ではなかったのもわかった。

迎えた十二月二十日のシステム停止日。

結衣が胡桃沢の部屋を訪れた時、彼女は、胡桃沢に目をつむり何も考えないように、と促している。つまり、配信中であることも承知の上での行為だった。

彼女にはほかに方法がなかった。

胡桃沢が「生きている」うちに、何としても二人だけの時間を過ごしたかったに違いない。

胡桃沢目線で二人が抱き合っている影を配信モニターでみた。

彼女が胡桃沢を求める影は、狂おしく動いた。比留間はモニターをみながら、不謹慎にも、配信のクライマックスにふさわしい場面だと胸が躍ったのを覚えている。そう感じることが罪深いことと知りつつも、芸術的な画《え》が撮れた、最高の映像美だと見入った。

その光景が、実像ではなく影だったことが、二人が結ばれ得ない「儚《はかな》さ」を絶妙に映し出していたとさえ感じた。

その後、胡桃沢は二ツ木と対峙し「自死」を決意する。

配信を終えた今、比留間は、極上の「人間ドラマ」に仕上がったと確信している。

それは皮肉にも、胡桃沢が人間ではなくロボットであるがゆえだった。同時に、二ツ木と結衣が、胡桃沢を人間と感じ、自分たちの内面を晒してしまったことで滲《にじ》み出た哀切でもあった。

配信終了後にネット上に飛び交った声も拾ってみた。ネガティブなコメントも多数やりとりされていた。

《胡桃沢って結局、心はなかったんだよね。要は配信番組のシナリオ通りに動いてただけなんじゃないのか》《番組の見応えを作ったのはむしろ二ツ木教授と石神助教、俳優陣だったな》《結局、胡桃沢は心があるように巧妙に装っていたってことか》《だとしたら、そんなあざといＡＩロボットこそ不気味で怖い》《ムウパアには心があったのかな》《いやいや。全部ひっくるめてヤラセってことでしょ》《胡桃沢がスーパー・レスキュンに首をちょん切られて死ぬ方が面白かったのに》《それな。自分でシステム停止とは。あそこは肩透かしくらったよな》《スーパー・

レスキュンかっこよかった。胸キュンだった。殺傷能力みたかった》《禿同《はげどう》wwwwwww》

比留間はなおも懊悩《おうのう》し続けた。

今からでも、自分にできることはないか――。

それは、胡桃沢に「一人の人間」としての尊厳をきちんと授けることではないか。彼をロボットではなく人間として悼んでもらえるように、改めて視聴者に訴え直すべきではないか、と。そのために、彼が人間と同じ「心」を持っていたことを証明したいと考えた。

三カ月間の配信番組のタイトルは「夢のKCプロジェクト――ドキュメント胡桃沢宙太／ココロの記録」だった。当初は、「機械に宿るのは人間のそれではない」ことを区別する意味合いで「ココロ」の文字をあてた。

以前、胡桃沢の講義でも、それを意識してか、学生が提言したことがあった。非人間であるロボットに宿るのは、片仮名の「ココロ」と表現してはどうか――と。比留間は今、胡桃沢に宿ったそれが「ココロ」ではなく「心」だったと言えるように、取材を尽くそうと決めた。

すぐに報道局長にかけあって、取材の結果次第では「特別番組《スペシャル》」を組ませてくださいと交渉し、了承を得た。

一つだけ謎があった。

二ツ木も語っていた。「殺害予告日」の前日、十二月十九日――午後二時半過ぎだ。

落雷により、配信中断のトラブルに見舞われ、東央大付近一帯の五百世帯が停電になった。研究棟十六階のデータセンターのコンピューターは無事だったが、メディア・アンカー社の配信中枢だけが支障をきたしたのだ。

数時間にわたり配信が中断すると、本社に苦情が殺到した。その間の胡桃沢視点のアーカイブも残っていなかった。

その数時間。

胡桃沢は、いったいどこで何をしていたのか。

二ツ木と結衣の話では、その間、胡桃沢は大学の外に出かけていて、翌二十日のシステム停止日の配信の内容から、包丁を買っていたことまではわかった。

比留間の勘が動いた。

その空白の数時間にこそ、配信では伝えられなかった、何か重要なことが隠されている気がした。

ヒントは過去のアーカイブ動画にあった。

偽「殺害予告メール」を受け取り続けていたころの胡桃沢が、疑心暗鬼になり、だれも信じられなくなって、以前に一人で学外に出たことがあった。

その時、胡桃沢は駅前のアーケード入口近くの歩行者デッキの階段の下で「横田」というホームレスに出会っている。そこで胡桃沢は、横田が退去させられる期日が書かれた、赤い文字の張り紙をみた。

アーカイブ動画で、胡桃沢の思考をたどる。

画面の下には、彼の思考が赤い文字で出ている。

胡桃沢は、退去日の赤い張り紙をみて、

《十二月十九日午後四時――。私の「殺害予告日」の前日だ》

とモノローグしていた。そして、

《いたたまれなくなった。なぜだろう。彼と老犬もまた、社会に見捨てられる日を予告されているように感じた》と思考している。

比留間は直感した。

十二月十九日の雷雨に見舞われた空白の数時間。

胡桃沢は、横田に会いに行ったに違いない――。

すぐに取材を始めた。

7

クリスマスも過ぎ、街のにぎわいも去った。

比留間は、アクションカメラを携えて年の瀬も押し迫った街へ出た。

「東央大前」駅近くの交番や、横田が退去させられるまでいた、歩行者デッキ階段下近くのアーケード内の店員や警備員らに、横田が今どこにいるのか聞いて回った。

やがて、今は近くの公園の繁みにいることがわかった。横田と老犬をみつけた。

公衆トイレの裏に、段ボールを敷いて、クスノキやツツジなどの草木に囲まれてひっそり身を寄せ合っていた。比留間が近づくと強烈な悪臭が鼻をつく。

横田は人の気配に気がつくと、とっさに老犬をかばい、比留間を見上げた。

老犬も横田の後ろに逃げ、震えている。彼らは人間をはなから信用していないのだろう。

比留間は、この取材ではしばらくカメラは回さないと決めていた。横田に拒否されたら真相にたどりつけないと考えたからだ。

「あの。私、メディア・アンカー社の比留間奈々といいます」

名刺を受け取った横田の爪のふちは、黒ずんでいた。

比留間は笑顔でたずねた。

「あなたが横田さんですね。東央大の胡桃沢教授をご存知ですよね？」

横田が驚いて顔をあげた。

「あんた。胡桃沢さんを知ってるのかい？」

胡桃沢の知り合いとわかったからなのか、表情が少しだけやわらいだ。

比留間は、アーケード近くの歩行者デッキの階段下から退去させられた日のことを聞いてみた。

横田が少しずつ語り始めた。

「その日の午後、遠くで雷が鳴って、風雨が吹き荒れ始めたんだ。そんな中でも、午後四時ごろ、警告通り、区の職員が立ち退《の》きを言い渡しにきた」

トラブル回避のためか、近くの警察署の生活安全課や、交番の制服警官も同行していた、という。

彼らは、横田とパスカルの段ボールの家を壊して、次々と畳んで運んでいった。

横田が必死に抵抗すると、職員が書面をみせながら『ここは公道です。事前の警告も致しました。今すぐ立ち退いてください』と言い放ったという。

横田は、数人の制服警察官に服をつかまれた。

「悪臭がしたからだろうね。ヤツらはずっと顔をしかめていたよ。パスカルをみて言ったんだ。『この汚い犬も、ここで飼われていては、衛生上困るんです。アーケード街の商店主や地域住民からも苦情が出ていますから』と。パスカルを、首輪をつかんで物のように引き寄せて、連れ去ろうとしたんだ」

横田は少し涙目になっていた。

「パスカルは悲鳴をあげたよ。四本足をふんばり、歩道のタイルにガリガリ爪をかませ、ハアハア舌を出して抵抗したさ。でも首輪を強く引っ張られ、ズルズル引きずられていったんだ」

職員たちは、老犬の悪臭に顔をゆがめ、竹棒の先のゴムの輪をパスカルの首にくりつけ直すと、濡れた毛に触れないようにしていた。保健所に引き渡され、殺処分されるのは横田にもわかっていた。

パスカルは身をよじって、甲高い鳴き声で横田に助けを求め続けていたという。

「だが、おれは体を押さえつけられ、身動きもとれなかった。『パスカル、パスカル』と叫ぶだけでね。どんどん引き離されていった。その時『やめてください』と声がしたんだ。それが、以前にも会ったことのある、車イスの胡桃沢さんだった」

胡桃沢は、職員や警察官らに強く言ったそうだ。

『この場所からいなくなればいいのでしょう。その男性も犬も、私が預かります』と。そして横田に向き直ると『私が新しい寝場所にご案内しますよ』と語りかけたそうだ。

職員たちは、なおも『ここには戻らないと約束できますか?』と念を押してきた。胡桃沢が『約束します』と告げると、すんなり、横田とパスカルを引き渡して去っていったという。横田が悔しそうに語る。

「おれとパスカルを退去させるのが彼らの職務だ。命じられたことを忠実にこなすだけ。用が済んだらおかまいなしさ。ところが胡桃沢さんだけは違った」

それから、雨の中、横田とパスカルを『東央大学のキャンパスに案内する』と語り、胡桃沢は『実は人目につかない場所があるんです。しばらくはそこで暮らしてください。私が何とか大学に話をつけてあげましょう。その間、寝泊りできる場所を確保できるように行政側と掛け合ってみます』と語ったという。

横田が続ける。

「その時、胡桃沢さんは、どこかで買い物をした帰りだったようだ。小さな手提げの紙袋を、濡れないようにして、大事そうに持っていた」

そうして横田とパスカルは、東央大のキャンパス内にある、工学部研究棟の中庭に案内された、というのだ。

その間の胡桃沢視点の映像アーカイブは存在しない。

つまり「胡桃沢にキャンパス内に招かれた」という横田の話が、本当かどうか確かめることはできない。その後、横田は東央大の警備員にみつかり、結局締め出されたという。その時、胡桃沢はすでにシステム停止された後だった。

以前にも同じようなことがあった。

二ツ木と胡桃沢とのやりとりが、配信済みの映像アーカイブに残っている。

東央大学新キャンパス正門裏の草木の繁みに、ホームレスが「大学の偉い先生が了解してくれた」と騙《かた》って住み込んでいた。のちにウソとわかって締め出された話だ。

横田を信じていいのか。

彼がホームレスになった経緯は、過去の胡桃沢視点の配信でも確かめた。だが、それも本当のことなのだろうか。職につこうとせず、昼間からカップ酒を飲んでいた連中と、本当は仲間だったのではないのか、と。

ねぐらを確保しようとした横田が、今またウソを言っている可能性もある。

本当はＫＣプロジェクトの配信のことを知っていて、胡桃沢がシステム停止されたのをいいことに、あたかも胡桃沢に許可をもらっていたかのように語り、また東央大内にもぐりこもうとしているのではないのか。

比留間は、それとなく横田に聞いてみた。

「KCプロジェクトという配信番組をご存知でしたか？」

「いや、知らねえよ」

「スマホをお持ちではないのですか？」

「その日暮らしのホームレスが、そんな高価なモノを持ってるわけないよ」

「そうですか。実は以前にもホームレスの方々が、東央大の偉い人に許可をもらった、とウソを言ってキャンパス内にとどまっていたことがありました。あなたは彼らと知り合いでは？」

横田は一瞬、真顔になった。

「ああ、その連中なら知ってはいるよ。でもヤツらは仲間じゃねえ。おれがペットボトルや空き缶拾いで稼いだ金も、ヤツらに身ぐるみ剝がされた。金目の物は何でも盗《と》られちまう。特に寝てるあいだが危ない。ホームレスっていう言葉だけで、全部一緒にしないでくれ。そりゃあ、いい奴も悪い奴もいるさ。でも、おれがいつも一緒にいるのは、こいつだけだ」

横田はパスカルの細い体を引き寄せた。

比留間は、なおも疑いの目で彼をみる。横田がむきになって口をとがらせた。

「ウソじゃねえよ。なんなら胡桃沢さん本人に聞いてみたらいいじゃないか」

比留間は言葉を選んだ。

「胡桃沢先生のほかに、証明できる人はいますか？」

「なんで胡桃沢さんに直接聞かないんだ。あんた。おれがウソついているとでも言いたげだな。彼からもらった大切なモノもあるぞ」

「もらった――。胡桃沢先生からですか?」

「ここにはない。それをキャンパスの中庭に埋めた。だからそれを取りに戻りたい。だが、入ろうとすると、また警備員に止められる」横田の顔がふと緩んだ。

「ああ、そうだ。それなら、あんたが大学とかけ合って、キャンパスの中にまた入れてもらえるようにしてくれねえか」

比留間は、横田の目をのぞきこんだ。

「何を? なぜ、そこに隠したんですか?」

「またヤツらにみつかったら盗られちまうからさ。警察にも盗品扱いされて没収されかねない。でも、何を隠したかは……。今は、あんたにも言えねえな」

「それを掘り返して、見せていただくことはできますか?」

「どうしようっていうんだ」

「胡桃沢先生から、何を、なぜもらったのか。詳しく説明していただきたいんです」

横田は一瞬戸惑い、黙り込んだ。

比留間が念を押す。

「そうしていただけるなら、もう一度キャンパスに入れるように、すぐに手配しますので」

横田は、比留間の目を見つめ返した。

「ああ、いいとも。また大学に入れてもらえるならな。できれば胡桃沢さんにも会ってお礼を言いたい。あの嵐の晩は本当に世話になったからな」

比留間が言い含めた。

「大学構内には入れても、そこにそのまま居ていいかどうかは約束できませんよ」

横田の目がかすかに泳ぐ。小さくうなずいた。

「ああ、いいよ。今はとにかく胡桃沢さんにもらった大切なモノを取り戻したいんだ」

「わかりました」

比留間は、すぐに電話で大学側に事情を説明し、これから横田と老犬をキャンパス内に入れてもらえるように交渉し、許可をもらった。横田もそれを聞いてホッとした様子だった。

横田が埋めた「大切なモノ」が本当にあれば、彼と老犬を救おうとした胡桃沢の思いと行動が確認できるかもしれない。もっとも、それが「心の証明」になるとは限らないが。

ただ、この「空白の時間」は、胡桃沢が「自分が殺される」と認識していた前日の行動だ。そんな中にあっても、もし本当に横田と老犬を救っていたとしたら、そこに強い理性と、尊ぶべき人間性を見出せる気がしたのだ。

比留間はこの時はまだ、胡桃沢がＡＩロボットであることを横田に明かさなかった。

横田が本当にＫＣプロジェクトの配信を知らなかったとしたら、今でも胡桃沢を人間だと信じていることになる。

真相はまだ伝えないことにした。

陽が暮れてきた。

「じゃあ、東央大に行きましょう」

比留間が促すと、横田とパスカルがゆっくりあとをついてきた。

第九章

心の証明

1

日没を過ぎ、あたりは薄暗くなっていた。

東央大学の工学部がある新キャンパスの正門前に来た。警備員も事情を聞かされていた様子で、すぐに横田とパスカルも通してもらえた。芝生ゾーンの歩道に沿い、道路灯の明かりがぼんやり続いている。

ほとんどの学生は冬休みに入ったようで、キャンパスはひっそりしていた。校舎の窓明かりがポツリポツリと寂しげに灯っているが、人影はほとんどない。

工学部研究棟の中庭に来た。

二ツ木と結衣から聞いていた通り、胡桃沢教授の墓碑がひっそり立てられていた。

《夢のＫＣプロジェクト　胡桃沢宙太・特任教授　ここに眠る》

まわりを覆う草の陰には、左右に電灯が配置され下からオレンジ色の光でライトアップされていた。夜になると墓碑を照らし始めるようだ。

比留間が「横田さん」と声をかけ、何も言わずに墓碑の方に手を向けた。

「なんですか？」

横田はパスカルと一緒に墓碑の前にしゃがみこんだ。じっと文字をみている。比留間は黙って、その背中を見守った。

しばらくして「これは……」と横田が振り返った。

「ちょっと待ってくれ。まさか胡桃沢さんが、ここに？」

比留間がうなずく。

横田は、もう一度碑文を確かめ、しばらく言葉を失っていた。

「そんな。亡くなっていたなんて。突然すぎる。いつだったんだ？」

「十二月二十日午後七時ごろです。ですが、亡くなったというより、正確にいうと、システムの停止日を迎えたんです」

「システムの停止？」

比留間は、胡桃沢がAIアンドロイドであったこと、彼目線の映像が配信されていたこと、システム停止後に、彼を創りだした二人の研究者がここに墓碑を立てたこと、比留間が、その再取材をしていること――すべての事情を説明した。

横田が目を見開いた。

「胡桃沢さんがAIロボットだった？　ウソだ。彼は間違いなく人間だった」

2

横田はまだ信じられない様子だ。

比留間は、碑文に刻まれた「KC」の意味が「胡桃沢宙太」のイニシャルであると説明した。このプロジェクト名を自分が考案したことも正直に語った。

啞然《あぜん》として黙り込んでしまった横田に、比留間が問いかけた。

「横田さん。さきほど話されていた、胡桃沢先生からもらった大切なモノとは、どこにあるんでしょうか」

振り返った横田は目に涙を浮かべていた。すぐには答えない。

「あんた。それを撮影しようというのかい」

横田が比留間の手元のカメラをみて、にらみつけた。

「いえ」比留間は、少し間を置いて横田に聞いた。

「それでは……まずは、その大切なモノを胡桃沢先生からもらった、いきさつからお話しいただけませんか」

横田は黙り込む。比留間がさらに語りかける。

「私は、KCプロジェクトを配信してきた当事者として、どうしても確かめたいことがあるんです。そのカギを握っているのが、あなたかもしれないと思っています。つまり、胡桃沢先生に本当に心があったのかどうか……」

横田はハッと比留間の顔を見上げた。怒りに声を震わせた。

「彼に心が？　あったに決まってるじゃないか」

「どうしてそう言えるんでしょうか」比留間は冷静に問いかけた。

「なぜって。おれとパスカルにあんなにやさしくしてくれた人は今までいなかった。おれたちは、どこへ行ってもゴミ扱い、殺処分寸前、無価値で不要なモノとされてきた。前を通るだれもが、おれとパスカルの『生きている臭い』に露骨に顔をしかめた」

横田は比留間を見上げて訴えた。

「おれだってな。自分が悪臭を放っているのは知ってるさ。でもな。こっちだって、世間に冷たくされたからこそ、人間を深く洞察できるようになった。人の心の酷薄さを肌身で知っているよ。でもあの人……胡桃沢さんだけは違った。おれがこれまでに会っただれよりも人間的だった」

「それだけで心を持った人間と言えるのでしょうか」

比留間が問うと、横田が続けた。

「ああ、証明できるとも。ここに案内してもらった時、パスカルが胡桃沢さんの手を舐《な》めたんだ。こいつは本当に信用できる人間にしか、そんなことはしない」

「つまりパスカルは、人間だけを舐めるはずだと？　それが胡桃沢先生が人間であり、心があった証であると」

横田は顔をゆがめて、声を荒らげた。

「だってあんた。おれには、どうしたって彼が人間にしかみえなかったんだよ」

悲しげな顔で、うつむいてしまった。

比留間もそれ以上は聞けなくなった。

横田はしばらく黙っていたが、思い出したように顔を上げ、ようやく口を開いた。

「その雷雨の晩だ。胡桃沢さんに案内された大学構内はどこも停電していた。もうおれもパスカルも胡桃沢さんもびしょ濡れだった。おれたちは中庭の渡り廊下の下に案内された。彼は、ここなら風雨も防げるし、警備員も滅多に来ないと教えてくれた」

横田が、墓碑からさほど遠くない繁みを指さした。

「おれたちは、いったんそこに身を寄せた。近くの雨樋《あまどい》から水が滝のように落ち、苔《こけ》のはえた狭い排水溝にどんどん水が流れていたよ。それから。ほら、向こうにみえているだろ。胡桃沢さんが、停電して閉まりかけていた学生食堂の厨房《ちゅうぼう》室に頼み込んで、ロウソクを灯して調理してもらい、二人前のカツ定食の大盛りをトレイにのせて持って来てくれた。おれとパスカルはようやく飯にありつけた。あれはうまかったなあ」

　横田の目が少しやわらぎ、続けた。

「カツ定食を平らげて、パスカルがフウと息をついて舌なめずりをした。おれは『ありがとう。ごちそうさま』と胡桃沢さんを見た。

　その時だ。

　胡桃沢さんはどこか向こうの方を見ていた。彼の目線の先をたどると、テラス席横にポツンと点《つ》いている電灯の下で、男女が身を寄せ合っていた」

「男女が？」比留間は目を見開いた。

「ああ。雨音が激しかったので、二人がどんな会話をしていたのかよくわからなかった。ただ、二人は明かりの下で抱き合っていた。なんだか、みているのも憚られるぐらい濃厚にね。そうしてしばらく二人は抱き合ったままだった。青白い光が、まるでスポットライトのようだった。向こうの二人からは、おれたちの姿は見えなかったと思う。周囲の明かりはそこだけしかなかったし、雨が激しく降っていたからね。胡桃沢さんが動揺したところをみると、その二人は彼の知り合いだったのかもしれないな」

　横田はしゃがんだまま、また墓碑をみつめた。

「その時、胡桃沢さんの目は驚きに見開かれていた。放心したように固まっちまったんだ。おれが『どうしました』と聞いても、『いえ』と言ったきり、うつむいてしまった。うなだれて、おれに表情をみられまいとして……。風雨もさらに強くなっていた。彼は構わず濡れたままだったよ」

比留間は、その男女が、二ツ木と結衣であると直感した。

横田の声は穏やかになっていた。

「胡桃沢さんはずっと黙ったままだった。随分長い間だった。やがて気持ちを整理したように顔をあげ、二回小さくうなずいた。そして『もういいんです』とおれに笑いかけた」

「その時に『大切なモノ』を渡されたんですか」

「ああ、そうさ。彼が大事そうに持っていた小さな手提げの紙袋だ。胡桃沢さんは静かに言ったよ。『これから厳しい冬をむかえます。どうかこれを換金して、生活の足しにしてください』と渡してくれた。この中庭に隠した『大切なモノ』がそれだ。また盗られちゃまずいと思って。あそこに隠した。ほら、金具の輪が錆《さ》びて外れそうになってる雨樋があるだろ。あの近くに埋めておいた。今日はそれを取りに来たんだ」

横田とパスカルが中庭の繁みに入って行く。比留間があとに続いた。

「ここだよ」

横田は、近くの棒きれを拾ってきて土を掘り始めた。パスカルも前足で一緒に土をかきあげていく。

そこには、横田が小物入れにして持ち歩いていたという「ツナの空き缶」が埋まっていた。横田は掘り出すと、カラカラ音をさせた。

「良かった。無事だ」

中の「大切なモノ」を確かめた。空き缶のギザギザのフタをあけ、取り出して手のひらにのせた。かぶっていた土をぬぐった。

黒ずんだ横田の手の中に、不釣り合いな金属が光った。
ダイヤの指輪だった。
「これを胡桃沢先生が、横田さんに？」
横田は黙ってうなずいた。
リングの内側をみると、文字が刻まれていた。
《 dear YUI 》
婚約指輪だった。

3

横田は目が悪いのか、指輪の内側に刻まれた文字には気づいていない様子だった。

彼は、胡桃沢が持っていた手提げの紙袋に「パリラ」と店名があったのを覚えていた。比留間はすぐにスマホを取り出し、「東央大前」駅近くのアーケード街に、同名の貴金属店があるのをつきとめ、電話を入れた。

店は午後七時まで開いていた。中年男性の店主が電話口で語ってくれた。

『ああ、胡桃沢先生ね。このあいだの雷雨の日に確かに来店されましたよ』

この店も、例の《東央大・KCプロジェクト進行中》の黄色いシールを貼った協力店だった。

店主によると、東央大に雷が落ちた十二月十九日の午後三時過ぎ、激しい雨の降る中、胡桃沢が一人で指輪を買いに来たという。店主は、配信が中断しているのに、胡桃沢が来たのでびっくりしたようだ。

胡桃沢は少し耳を赤くして三十分もガラスケースをのぞきこんで、あれこれ悩んでいたらしい。ようやくダイヤの指輪に決めて、その場で「ＹＵＩ」の文字を入れてくれるよう頼んだ。店主が「もしサイズが合わなかったらいつでも交換できます」と言うと、胡桃沢が「たぶん大丈夫。以前この店で彼女が買い物をした時に、右手の薬指でサイズを確認しておきましたから」と笑ったという。

それで店主も《ああ、お相手はあのお嬢さんか》と勘づいたらしい。その時《ロボットが人間にプロポーズするのか？》と興味がわいたそうだ。だが、プロジェクト協力店としては、胡桃沢を本物の人間の教授として扱うことになっていた。

どうかお幸せに、と見送ると、胡桃沢は、ありがとう、と照れ臭そうに出て行き、手提げの紙袋を雨に濡れないように懐に抱えていたという。

その帰りの午後四時過ぎ。

胡桃沢は、横田とパスカルが退去させられるアーケード近くの階段下に行き、キャンパス内に招いていたことになる。

その後、胡桃沢はテラス席横の非常用電灯の下でやりとりしていた二ツ木と結衣に気がついた。

それをみて、結衣の名を刻んだプロポーズの指輪を、彼女ではなく横田に手渡した――。

比留間は、その切ない場面を思い描いて目をつむった。

同時に別な意味で胡桃沢に「人間」を感じた。彼は、二ツ木よりも先に、結衣との婚約をとりつけようとしていた。親友を出し抜いてまで、一度は彼女を手に入れようとしたからだ。胡桃沢の中に、人間と同じ「弱さ」を見出した。

ところが。翌二十日のシステム停止の日。

結衣は胡桃沢の特任教授室を訪れ、彼を愛撫した。その時の胡桃沢の狼狽ぶりは、アーカイブ映像でも確認できた。

《気持ちの整理がつかなくなった》と述懐していた。

胡桃沢が戸惑ったのは、前夜、二人が激しく抱き合う様子をみて、結衣との婚約をあきらめたからだろう。

それなのに、結衣の気持ちが自分に移りかけていることに気づいてしまった。同時に前夜の光景に、何か違和感を覚えたに違いない。二ツ木と結衣は、気持ちが離れ始めていたのではないか、と。

その後、彼は自分がＡＩロボットだったと知らされる。

彼は死の恐怖におびえ、二ツ木にみじめに命乞いすらした。その様子もまた、人間の姿そのものだった。実は二ツ木教授も、かつてその場面を想定していた。

『彼自身が人間ではないと知り、かつ死を宣告される――。その絶望する姿や追い詰められた思考に、きっと人間性があふれる予感がするんです』と。

ところが胡桃沢は、最後は進んで「システム停止」を選んだ。

彼はなぜ、あんなに潔く『自死』を選べたのか。あの時、何を考えていたのか。

それをたどることはもうできなかった。

胡桃沢は、自分の頭の中によぎったことが、すべてのぞかれていると知ってから、おそらく思考をセーブし始め、言語化されないように、システムを自ら改変した可能性もある。文脈上からも、本来現れるはずの言葉が、いくつか表記されなかったと推測された。

最後のやりとりで胡桃沢は、二ツ木に『私を創ったことを後悔しているんじゃないかい？』と静かに問いかけている。黙り込んだ二ツ木の表情を、胡桃沢は見逃さなかったはずだ。

そのあとだ。

胡桃沢は、直前までシステム停止に強く抵抗していたのに、一転《自分がシステム停止すべき明確な理由をみつけていた》という考えにたどりついている。その言葉は文字として確認できた。

比留間は、この短いやりとりの中に胡桃沢が包み隠した彼の思考に想像を巡らせた。ここに「空白の数時間」に胡桃沢が目にした光景と、その後とった行動を当てはめる。彼が「自死」を選んだ「明確な理由」がおぼろげにみえてきた。


比留間はふと、過去に配信したある場面を思い出していた。

それは、比留間が「共同研究室」を訪れ、二ツ木と胡桃沢が将棋をさしていた場面だ。軍配は二ツ木教授にあがった。でも胡桃沢視点の思考をモニターでたどると、胡桃沢が、わざと負けていたことがわかった。二ツ木も同様に気づいていた。

その時、たまたま比留間が二ツ木に尋ねていた。

『もしＡＩに心が宿ったとわかるとしたら、どんな場面でしょうね』と。

二ツ木はつぶやいた。

『自分が大切だと認識したものであっても、時に手放してしまう、つまり、無機質なＡＩが判断する勝つための最適解などではなく、何かのためにそんな行動を選んだ時にこそ、僕はそのＡＩに心が宿ったと言える気がするんです』

もし自分の存在が、人間を不幸にするとわかったら。あるいは自分を生み出した二人が、自分によって引き裂かれるとわかったら――。胡桃沢はどう行動するだろう。その時、残り少ない時間のなかで、二ツ木と結衣の未来を思ったのではないか。

だからこそ、自分の強い意志を奮い起こしてシステム停止を選んだ。自分がロボットだと知った「絶望」を、人間の「希望」に換えて未来に託したのではなかったか。
《結論は出た――。自分はこれ以上、存在してはならない》
あの時、配信モニターで確認できた、胡桃沢教授が思考した言葉だ。

比留間は今、胡桃沢のとった行動の意味をようやく理解した気がした。

彼の感情は最後まで激しく揺れ動いていたに違いない。自分はどうするべきなのか。葛藤の中で下した苦渋の決断があった。そこに強い意志と選択が働いていた可能性を見出せた。これを視聴者に訴えれば、胡桃沢に「心があった」ことを証明できると思えた。

気持ちがはやる。これまでの振り返りをかねて二時間枠の「特別番組」にしたい。視聴者の疑問に応えて「空白の数時間」をイメージ画像で再現する。真実の解明が新たな感動を呼ぶに違いない。

比留間は、長年メディアの中で生きてきた。

薄っぺらい取材やネット上にあふれる「アリモノ」だけを集めてつなぐ番組編集だけはしたくなかった。自分が歩き、人に会い、目や耳で確かめ、そこから立ち上がってきた事実だけが、本当に視聴者の胸に届くと思い続けてきた。

今回の取材で、そんな納得のいく成果にたどりつけた、と実感できた。

胡桃沢には、人間が本来持つべき崇高な「人間愛」が宿っていた。友情を失わず、自己犠牲の向こうに二ツ木と結衣の幸せを願った。世間の人たちが顔をしかめて嫌った横田と老犬パスカルの「むきだしの生」を人知れず愛し、慈しんでいた。

胡桃沢のその気高さを視聴者に伝え直したい。取材結果を克明に再現すれば、胡桃沢に心があったことを証《あか》せ、視聴者のカタルシスになると確信した。構想が膨らみ、気持ちが昂《たか》ぶっていく。

この取材結果をすぐに報道局長に伝え、改めて来週の配信に向けて準備しよう。十九日の落雷で配信が中断した「おわび」を兼ね、それを逆手にとって「特番」予告のCMも打とう。

《夢のKCプロジェクト「空白の数時間」の真実》

《検証・胡桃沢教授に心はあったのか⁉》

視聴者の関心も高まり、数字もあとからついてくるだろう。

ひょっとしたら自分はすでに、世界初の、AIロボットが心を持った歴史的瞬間に立ち会っているのかもしれない。ならばこれは世紀のスクープになる——。

比留間は胸を躍らせた。

墓碑の前にうずくまる横田に、努めて冷静を装って伝えた。

「私も今は、胡桃沢先生に心があったと思えてきました」

横田が振り向いた。あきれた顔になった。

「だから最初から言ってるじゃないか」

比留間は非礼をわびた。

「私、横田さんのことも、色々疑ってしまっていたんです。ごめんなさい」

深々と頭をさげた。

横田は何も言わずに胡桃沢の墓碑に向き直り、パスカルと一緒にまたしゃがみこんだ。

なぜか不機嫌そうだ。まだ何かを納得していない様子だ。横田は背を向けたまま墓碑に刻まれた文字を見て、吐き捨てた。

「夢のKCプロジェクト——だと?」

次の言葉は、比留間に面と向かってではなかった。だからこそ本音に違いなかった。

「あんたら人間かよ?」

4

比留間は言葉が出なかった。

横田のひとことに、何かを呼び覚まされた思いがした。

改めてライトアップされた墓碑に目を向ける。オレンジ色の光が、ぼんやり幻想的な雰囲気を醸し出していた。夜気が降り、わずかだった光が墓碑の存在を際立たせていく。

プロジェクト名に「夢の——」と冠したのは自分だ。

石に彫りこまれた文字が、今ごろになって自身の酷薄さを浮き彫りにしていくようだ。何も語らない石板が、比留間の胸に多弁に語り返してきた。今回新たにわかったことを、果たして配信で伝えていいのか、自分は同じ過ちを繰り返そうとしているのではないか、と。

気持ちが浮ついていた。

それは、常に大衆のエモーションを突き動かそうとする番組製作者の「業」でもあった。

だが、新たにわかった事実を伝えようとすれば、二ツ木と結衣との関係性もさらに深掘りせざるを得なくなる。それでは、二人の未来を傷つけまいとした胡桃沢の「遺志」をまた裏切ることになりはしまいか。

『あんたら人間かよ?』——。

横田の言葉が比留間の頭の中でリフレインする。

胡桃沢の「心」を証《あか》すことは、彼が知られまいとした想いを丸裸にしてしまうジレンマに陥る。また、横田とパスカルがキャンパスに招かれていた事実を伝えると、ひっそり生きてきた彼らの存在を殊更知らしめてしまわないか。また追い立てられて、どんな思いをするかわからない。

長い沈黙が流れた。

比留間は、メディアに身を置くゆえの、背いてはならないモラル、伝えない尊さもあるはずだ、と気づかされた。それは胡桃沢を心ある「人間」として哀悼するゆえの、誠意ある向き合い方、守るべき信義だ、と思い直した。

横田とパスカルは、墓碑に向き合ったまま動かない。比留間はひとりごとのように「私は……」と口にした。

「胡桃沢先生にひどい仕打ちをしてしまいました。この碑文にあるように、彼の『悪夢』を人々の『夢』としてビジネスにしたんです。そして、横田さんに今日うかがった話を、今また配信しようと考えてしまった」

横田は振り向かない。

その背中をみて、比留間の気持ちは固まった。今日わかったことは、すべて自分の胸の隅にしまっておこうと。

夜のキャンパスが、底冷えしてきた。

比留間はつぶやいた。

「配信終了後、多くの視聴者から問い合わせがありました。胡桃沢先生には『果たして心があったのか？』と」

比留間の声が震えた。

「私は今――同じ言葉を、自身の胸に問い続けています」

横田がふいに顔をあげた。

振り返って比留間の顔をみつめる。初めていたわるような目になった。

「いや。何もあんただけじゃないさ。おれとパスカルに冷たい仕打ちをしてきた世間の連中こそ、体温を感じないロボットにみえたよ。胡桃沢さんの方が、よほど血の通った人間だった。なあパスカル……そうだよな」

横田は老犬の細い体を抱き寄せると、墓碑の前にうずくまった。

比留間に顔をみられないようにして、声を噛み殺し、低い嗚咽《おえつ》を漏らした。丸めた背中は小刻みに震えている。

比留間はふと、墓碑の横にドライフラワーが供えられているのに気がついた。

草に隠れていてわからなかった。紅バラが一本、地面に刺してある。きっと、やはり胡桃沢を「人」として悼むだれかが、ここで手を合わせたのだろう、と思った。

枯葉が乾いた音を立てて、キャンパスを横切っていく。

厳しい真冬の到来を告げていた。

冷たい風が、横田の白い髪とパスカルの垂れさがった耳を小さく揺らす。

闇が深まるほどに、ライトアップされた胡桃沢の墓碑と、その前で寄り添う横田と老犬が浮かび上がった。

主要参考文献

『ＡＩに心は宿るのか』（松原仁／集英社インターナショナル）

『人類なら知っておきたい、「人工知能」の今と未来の話』（本田幸夫・監修／開発社・著／ＰＨＰ研究所）

『人工知能は人間を超えるか』（松尾豊／ KADOKAWA）

『浅田稔のＡＩ研究道　人工知能はココロを持てるか』（浅田稔／近代科学社）

『ＡＩは「心」を持てるのか』（ジョージ・ザルカダキス・著／長尾高弘・訳／日経ＢＰ社）

『図解入門　最新　人工知能がよ～くわかる本』（神崎洋治／秀和システム）

公式ブック『特別展「きみとロボット　ニンゲンッテ、ナンダ？」』（朝日新聞社）

『ＡＩは人類を駆逐するのか？　自律世界の到来』（太田裕朗／幻冬舎メディアコンサルティング）

『まるわかり！人工知能最前線』（日経コンピュータ・編／日経ＢＰ社）

『図解でわかる　１４歳から知っておきたいＡＩ』（インフォビジュアル研究所／太田出版）

『人工知能解体新書』（神崎洋治／ＳＢクリエイティブ）

『こころ』（夏目漱石／新潮文庫）

装丁　nimayuma Inc.
装画　岩崎正嗣

一本木 透（いっぽんぎ・とおる）
1961年、東京都生まれ。早稲田大学卒。元朝日新聞記者。17年、『だから殺せなかった』で第27回鮎川哲也賞優秀賞を受賞しデビュー。同作はWOWOWで連続ドラマ化される。本作が2作目となる。

あなたに心はありますか？
二〇二三年九月二十六日　初版第一刷発行

著者　一本木 透
発行者　石川和男
発行所　株式会社小学館
〒一〇一-八〇〇一　東京都千代田区一ツ橋二-三-一
編集　〇三-三二三〇-五七二〇　販売　〇三-五二八一-三五五五
DTP　株式会社昭和ブライト
印刷所　萩原印刷株式会社
製本所　株式会社若林製本工場

ISBN 978-4-09-386694-1